Moses Wolff
Liebe machen

PIPER

Zu diesem Buch

1970: Dagmar und Götz begegnen sich zufällig auf dem Münchner Oktoberfest und erleben einen außergewöhnlichen Moment der unmittelbaren Verbundenheit. Doch im Getümmel der Massen verlieren sie sich aus den Augen und treffen sich erst ein Jahr später am gleichen Ort wieder. Nach einem magischen Kuss trennen sich ihre Wege erneut und es vergehen viele Jahre ohne ein weiteres Treffen. Und während Götz mit seiner eigenen Band nach den Sternen greift, verpassen sich die beiden ein ums andere Mal nur um Haaresbreite …

Moses Wolff ist Autor, Schauspieler und Komiker. Er inszeniert jedes Jahr ein neues selbstgeschriebenes satirisches Theaterstück, ist Gründer und Stammautor der Münchner Lesebühne »Schwabinger Schaumschläger Show« und schreibt für das Satiremagazin »Titanic«. 2015 erhielt er den Schwabinger Kunstpreis. Gemeinsam mit Arnd Schimkat verfasste er den erfolgreich verfilmten Roman »Highway to Hellas«.

Moses Wolff

Liebe machen

Roman

PIPER

Mehr über unsere Autoren und Bücher:
www.piper.de

Wenn Ihnen dieser Roman gefallen hat, schreiben Sie uns unter Nennung des Titels »Liebe machen« an *empfehlungen@piper.de,* und wir empfehlen Ihnen gerne vergleichbare Bücher.

Von Moses Wolff liegen im Piper Verlag vor:
Sekundärliteratur
Ozapft is! – Das Oktoberfest-Handbuch
Highway to Hellas (mit Arnd Schimkat)
Liebe machen

Monaco-Krimis:
Band 1: Monaco Mortale
Band 2: Monaco Infernale
Band 3: Monaco Horizontale

FSC www.fsc.org
MIX
Papier aus verantwortungsvollen Quellen
FSC® C083411

Originalausgabe
ISBN 978-3-492-30749-9
1. Auflage August 2020
2. Auflage August 2020

Redaktion: Martina Schwarz
Umschlaggestaltung: zero-media.net, München
Umschlagabbildung: FinePic®, München;
Getty Images/Virgo Productions
Satz: Fotosatz Amann, Memmingen
Gesetzt aus der Plantin
Druck und Bindung: CPI books GmbH, Leck
Printed in the EU

für Vera

1970

SAMSTAG, 28. MÄRZ 1970

Köln, 4:25 Uhr

Dagmar erwachte mitten in der Nacht. Sie hatte intensiv geträumt, verzerrte Bilder waberten in ihrem Kopf herum. Verwirrt tastete sie nach dem Schalter ihrer Nachttischlampe, knipste das Licht an und sah auf ihren Wecker. Es war kurz vor halb fünf. Sie öffnete die Mineralwasserflasche, die neben ihrem Bett stand, und nahm einen tiefen Schluck. Nachdem sie die Flasche wieder verschlossen hatte, löschte sie das Licht, legte sich auf den Rücken und versuchte mit geschlossenen Augen, sich an möglichst viele Details ihres Traums zu erinnern. Er war zwar relativ gespenstisch und surreal gewesen, hatte aber dennoch kein beunruhigendes oder verstörendes Gefühl hinterlassen, sondern eher eine tröstende und vertraute Stimmung.

An einige Traumbilder konnte sie sich ganz konkret erinnern. Sie war in einem Zugabteil, um sie herum saßen Menschen, die wie Außerirdische wirkten. Keiner sprach, alle hatten kleine Taschenrechner in der

Hand und starrten darauf, als wären es Bücher oder Schatzkarten. Dagmar blickte aus dem Fenster, der Zug fuhr in einen ländlichen Bahnhof ein. Auf dem Bahnsteig standen Personen, die sich nicht bewegten. Sie wirkten fast wie Wachsfiguren oder Schaufensterpuppen. Dagmar überlegte, wo sie eigentlich aussteigen musste. Da fiel ihr ein, dass ihr Gepäck in einem anderen Teil des Zuges war, sie stand auf, die Leute machten ihr Platz, blickten aber nicht von ihren Taschenrechnern auf.

Sie lief durch den inzwischen wieder fahrenden Zug, begegnete spielenden Kindern und einem alten verliebten Ehepaar, das Händchen haltend an einem offenen Zugfenster im Gang stand und glücklich in die Landschaft hinausblickte. Da entdeckte sie ihre Reisetasche, die neben zwei attraktiven Frauen auf einem Sitz stand. Als sie danach greifen wollte, bemerkte sie, dass sie entgegen ihrer Gewohnheit einige Ringe an den Fingern trug. Die Frauen fragten, ob es echter Schmuck sei. Dagmar erklärte, sie habe die Ringe selbst mit goldener und silberner Farbe bepinselt. Alle lachten. Dann schlug Dagmar vor, gemeinsam fortzufliegen, da in Wirklichkeit jeder fliegen könne. Die Frauen wollten wissen, wie das gehe. Dagmar sagte: »Wir fliegen doch schon«, und tatsächlich hatte sie sich in einen Flugsaurier verwandelt, und die beiden Frauen saßen auf ihrem Rücken. Sie segelten durch die Lüfte, sahen von oben auf den Zug hinab und flogen durch ein Fenster wieder hinein, vorbei an dem verliebten alten Paar. Der alte Mann hielt nun ein Geschichtsbuch in der Hand und erklärte gerade irgendein historisches Ereignis. Dann kam eine Hummel durchs Fenster, kreiste um Dagmar und wich nicht mehr von ihrer Seite. An mehr konnte sie sich nicht erinnern. Kurz darauf schlief sie wieder ein.

SAMSTAG, 28. MÄRZ 1970

Hamburg, 4:35 Uhr

Götz erwachte schweißgebadet. Er hatte wirres Zeug geträumt, an das er sich wie immer nur schemenhaft erinnern konnte. Er drehte sich auf die andere Seite und versuchte weiterzuschlummern. Glücklicherweise hatte ihm sein Großvater schon als Kind einen Trick gezeigt, mit dem man sofort wieder einschlafen konnte. Deshalb konzentrierte er sich jetzt darauf, zunächst das Gesicht von Stirn bis Kinn, so gut es ging, zu entspannen, um dann den gesamten Körper folgen zu lassen, also Oberkörper, Schultern, Arme und so weiter. Wichtig war, dass man alle Muskeln völlig locker ließ und tief und regelmäßig ein- und ausatmete. Der Körper sollte so schwer werden, dass man das Gefühl hatte, in die Matratze einzusinken. Dies ließ die Gedanken und den gesamten Organismus zur Ruhe kommen. Als Götz wieder einschlief, träumte er, er sei eine Hummel, die durch ein Fenster in einen Zug fliegt.

1970

DIENSTAG, 31. MÄRZ 1970

Köln, Spätnachmittag

Die anarchistische Hagener Theatergruppe Die Brigadisten war einer offiziellen Einladung des Amtes für Kunst und Kultur der Stadt Köln gefolgt, um vor Betrieben und in Jugendeinrichtungen ihr revolutionäres Agitationskonzept zu präsentieren. Die heutige Vorstellung fand in einer Aula der Universität statt, und auch Dagmar befand sich unter den Zuschauern. Die Schauspieler und Musiker der Brigadisten spielten sehr hingebungsvoll und emotional; es ging inhaltlich um den Verlust von Liebe und die Ohnmacht des Einzelnen. Alle in dem Stück vorkommenden Figuren lebten in ihrem eigenen Hamsterrad, dabei lag die Lösung so nah: Gemeinsam konnte man sich befreien. Am Ende des letzten Aktes entstanden Freundschaft, Solidarität und Zusammenhalt. Die Vorstellung war ein großer Erfolg; das aus Studenten, Lehrern, Professoren, Schülern und Erziehern bestehende Publikum klatschte lange und voller Überzeugung. Im Anschluss standen die Künstler den Zuschauern noch für Fragen zur Verfügung.

»Glaubt ihr, dass die Leute, die sich Programme wie das eure anschauen, nicht sowieso schon durchblicken? Oder kommen auch Bonzen und Kapitalisten in eure Vorstellungen?«, fragte Dagmar. Sie war mit ihrem Freund Eberhard und dessen WG-Mitbewohner Hinnerk hier.

»Es geht uns in erster Linie darum, eine Diskussion anzuregen, die dann im Idealfall in die Welt hinausgetragen wird«, antwortete der Sänger Ulrich, ein gut aussehender Mann mit schulterlangem, goldblondem Haar, dicken Koteletten und einer für seine schlanke Erscheinung fast zu hoch geratenen, hellen, leicht heiseren Stimme. Er sprach leise und betonte seine Sätze überdeutlich und mit sanftem Nachdruck, was seinen Worten eine gewisse Faszination verlieh. Dagmar hatte Ulrich schon auf der Bühne bewundert, er strahlte gleichzeitig Verletzlichkeit, Melancholie, Weisheit, Schwermut, Tiefe und Männlichkeit aus. Sein Charisma war enorm, und Dagmars Freund Eberhard schien Ulrichs Wirkung auf Dagmar mit leichter Besorgnis zu bemerken. Es hatte den Anschein, als versuche er, die Unterhaltung zu unterbinden, indem er wie ein kleines Kind anfing, mit den Füßen zu scharren.

»Alles in Ordnung mit dir?«, fragte Dagmar entspannt.

»Ja. Wann wollen wir los? Ich würde gern noch ins *Ding* gehen«, antwortete Eberhard in leicht quengelndem Tonfall. Das *Ding* war eine erst vor wenigen Jahren eröffnete Kölner Studentenkneipe am Zülpicher Platz, wo gute Tanzmusik lief. Dagmar und Eberhard hatten sich vor elf Monaten dort kennengelernt.

»Warte, ich unterhalt mich grad, siehst du doch«, erwiderte Dagmar etwas genervt, weil sie die oft mit Eifersucht verbundene Ungeduld ihres Partners zur Genüge kannte. Sie fand das Gespräch mit dem Künstler spannend und hatte Lust, sich intellektuell mit ihm zu messen.

Dagmar stammte aus einer Kölner Arbeiterfamilie. Ihr Großvater Heinrich war im Zweiten Weltkrieg Wehrmachtssoldat gewesen und hatte als solcher jahrelang geglaubt, die hinter vorgehaltener Hand gemunkelten Geschichten über Holocaust und Euthanasie seien »feindliche Propaganda«, bis es irgendwann nicht mehr zu übersehen und zu überhören war, dass das gesamte Land einem Haufen traumatisierter Wahnsinniger folgte. Heinrich änderte deshalb gerade in den letzten Kriegsjahren seine ursprüngliche Meinung über das Dritte Reich von Grund auf und wurde ein überzeugter Regimegegner.

Nach Kriegsende trat er sofort in die SPD ein und machte sich fortan für Bürgerrechte stark. Außerdem war er aktiv am Wiederaufbau seiner stark zerstörten Heimatstadt beteiligt. Seine Frau Hilde sowie die gemeinsame Tochter Annemarie – Dagmars Mutter – unterstützten ihn dabei tatkräftig. Alle drei wohnten in einer sogenannten »Trümmerwohnung«, da ihr eigenes Haus im Bombenhagel komplett zerstört worden war.

Das Einzige, was in Köln unversehrt geblieben war, war der Dom. Sprachen Menschen davon, dass dies »wie durch ein Wunder« geschehen sei, sagte Dagmars streng katholischer Opa Heinrich stets: »Nicht *wie* durch ein Wunder, sondern *durch* ein Wunder.« Er war der Ansicht, dass man durchaus öffentlich kundtun könne, dass es tatsächlich Wunder gebe. Mit der Bezeichnung *wie durch ein Wunder* stelle man ja die Existenz und das Auftreten von Wundern infrage.

Dagmars Mutter Annemarie hatte am 28. Februar 1949 beim ersten Rosenmontagszug nach dem Krieg, der unter dem Motto »Mer sin widder do un dun wat mer künne!« stand, Dagmars Vater Frank kennengelernt und sich sofort in ihn verliebt. Noch in derselben Nacht war Dagmar gezeugt worden, woran kein Zweifel bestand, da Frank am nächsten Tag für sieben Monate zu Gleisbauarbeiten nach Bayern reisen musste und Dagmar am Nikolaustag, dem 6. Dezember 1949, auf die Welt kam.

Dagmar besaß dank der Geschichte ihrer Familie einen ausgeprägten Gerechtigkeitssinn, eine Schwäche für ehrliche Arbeiter, eine auf den schwärmerischen Erzählungen ihres Vaters beruhende innere Verbundenheit zu Bayern und eine für Kölner Verhältnisse völlig normale, gesunde Liebe zum Karneval. Im Grunde war sie eine nachdenkliche Person, liebte es, kurz nach dem Erwachen ihre Träume Revue passieren zu lassen, und verlor sich gern in Fantasien. Genauso liebte sie die gelegentliche Auseinandersetzung in Diskussionen, so wie hier gerade mit den Brigadisten. Ins *Ding* konnten sie auch noch in einer Stunde gehen, das Gespräch mit dem Sänger war jetzt wichtiger. Sie lächelte ihren Freund Eberhard kurz an und wandte sich erneut Ulrich zu.

Eberhard zog den Kopf ein und wirkte wieder einmal etwas enttäuscht, als er sich allein auf den Weg machte.

Er war ein großer Verfechter der Gleichberechtigung von Männern und Frauen, scheute aber jeglichen Streit und war deshalb eigentlich alles andere als ein emanzipierter Mensch. Im Gegenteil, er gab grundsätzlich jeder Art von Macht und Obrigkeit bedingungslos recht, um möglichen Konflikten von vornherein auszuweichen. Dagmar mochte ihn gerade wegen seiner weichen Seite, doch wenn er sich für etwas verantwortlich fühlte und glaubte, er müsse sich dafür entschuldigen, ging er ihr auf die Nerven. Dann wurde seine Stimme kindlicher als sonst, er bekam einen hündischen Blick und flehte gewissermaßen um Vergebung. In diesen Momenten schlug ihre Zuneigung in eine Mischung aus Geringschätzung und Restzweifel um. Doch heute bemerkte sie Eberhards Kapitulation nicht, so sehr war sie in das Gespräch mit dem charismatischen Sänger vertieft.

»Eine Diskussion verändert noch keinen Zustand«, sagte sie kokett. Ihre grünen Augen leuchteten. »Mit Worten allein macht man keine Revolution.«

»Jede schöpferische Tätigkeit ist gleichzeitig ein politischer Akt«, sagte Ulrich und zog an seiner Zigarette. »Sobald die Kunst das Denken verändert, wird sie für das System gefährlich.«

Hinnerk stand daneben und verfolgte die Unterhaltung.

»Ich finde sehr gut, was du sagst«, pflichtete er Ulrich bei. »Und eure Arbeit geht genau in die Richtung unserer Band Kunststoffmangel. Vielleicht wollt ihr ja mal mit uns zusammen einen Abend gestalten? Bei euch in Hagen oder hier in Köln. Würde mich freuen!«

»Klar, wir haben immer Lust auf Gemeinschaftsprojekte«, antwortete Frieder, Ulrichs Bruder und der Trommler der Gruppe, ein freundlicher junger Mann mit charismatischem Gesicht und einer angenehmen, sonoren Stimme, die allerdings nicht so einprägsam war wie die von Ulrich.

»Auch eure Songs sind wirklich dufte«, bemerkte Hinnerk. »Da fällt mir ein – hättet ihr nicht Lust, auf der Insel Fehmarn bei einem großen Musikfestival im Spätsommer aufzutreten? Es kommen tolle Bands aus aller Welt, aber es gibt noch kein Theaterprojekt. Ich spiel da auch mit meiner Gruppe, das würde doch gut zusammenpassen.«

»Gibt es Gage?«, fragte Ulrich. »Oder zumindest Reisegeld?«

»Gage gibt's, glaub ich, keine, das müsste man alles aber noch besprechen. Auf jeden Fall zahlen die was zu den Fahrtkosten dazu und natürlich Kost und Logis. Seid ihr dabei?«

»Klar sind wir dabei.«

»Dann sag ich den Veranstaltern Bescheid.«

1970

DIENSTAG, 31. MÄRZ 1970

Hamburg, Abend

Drei junge Männer mit Schnauzbärten und hellen Rollkragenpullovern strolchten um den Eingang des frisch besetzten Gebäudes in der Haynstraße. Die gesamte linke Szene des Hamburger Stadtteils Eppendorf schien sich hier versammelt zu haben, manche Frauen trugen Miniröcke, große runde Hüte und überdimensionale Sonnenbrillen, einige Männer fielen durch langes Haar und weit aufgeknöpfte Hemden auf. In den geöffneten Fenstern des Hauses saßen ein paar Leute und musizierten mit Congas und Gitarren, es roch nach selbst gedrehten Zigaretten, Kaffee und Joints.

Die meisten Anwesenden waren gekommen, um ein Zeichen gegen die autoritären Eliten der Gesellschaft und für Frieden, Liebe und Freiheit in jeder Form zu setzen. Sie folgten der aus Amerika nach Europa schwappenden Hippiekultur, die sich politisch engagierte, sexuelle Befreiung predigte und eine allgemeine Aufbruchsstimmung verbreitete. Außerdem wollte die Szene in Hamburg den Westberliner Nachbarn, bei denen überall politisch motivierte Aktionen und Kunstprojekte aus dem Boden schossen, natürlich in nichts nachstehen.

Als Götz um die Ecke bog, sah er zwei junge Frauen vor dem Eingang des Hauses stehen. Sie trugen bunte Kleider und hielten ein Transparent mit der Aufschrift »Lieber Instandbesetzen als Kaputtbesitzen« in die Höhe.

»Schluck Sekt?«, fragte er, und seine intensiv blauen Augen blitzten spitzbübisch. Er hielt ihnen eine grüne Flasche hin.

»Is der aus'm Kühlschrank?«, fragte die Blonde der beiden, nahm die Flasche entgegen und versuchte, einen entspannten Gesichtsausdruck zu machen, was ihr aber nicht ganz gelang. Götz unterdrückte ein Schmunzeln. Er hatte eine Schwäche für konservative Mädels. Das waren oft zarte Pflänzchen, die, sobald man sie erweckte, zu endlosen Schandtaten bereit waren.

»Man kann ihn gut trinken, aber eiskalt ist er nicht. Zum Wohl!«, rief er gut gelaunt. Die Frau trank, es schien ihr zu schmecken, denn sie nahm wie aus einer Wasserflasche einen sehr großen Schluck, bevor sie die Flasche an ihre Freundin weiterreichte.

Die trank ebenfalls, sagte dann aber: »Ich muss mal kurz aufs Klo. Du kommst hier allein zurecht?«

»Klar, ich hab ja einen netten Typen an meiner Seite«, antwortete die Blonde und lächelte Götz süß an.

»Du bist richtig«, sagte er und strich sich über den Spitzbart. »Wie heißte denn?«

»Karen.«

»Kar*in* oder Kar*en*?«

»Kar*en*.«

»Schöner norddeutscher Name.«

»Eigentlich stammt der Name aus Dänemark.«

»Gibt es da irgendeine Bedeutung?«

»Ja, es heißt *die Reine*.«

»Klasse Name. Altmodisch. Einfach. *Die Reine*. Echt

schön. Du wirkst wirklich, als wärest du innen blütenweiß.«

»Wie… also… was meinst du damit?«, stotterte Karen.

»Na ja, wilde Hühner gibt es wie Sand am Meer. Die nehmen sich, was sie wollen, und toben sich aus. Bei denen kann man nichts entdecken, die haben schon alles erlebt und lassen sich von nichts überraschen. Aber Mauerblümchen, brave Mädels wie du, mit denen macht es Spaß, gemeinsam auf Forschungsreise zu gehen.«

Karen schnappte nach Luft, und Götz beobachtete fasziniert, wie ihre Wangen langsam puterrot anliefen. Offensichtlich verunsichert, leckte sie sich über die Lippen, was Götz' Aufmerksamkeit auf ihren Mund lenkte.

»Astrein, wie viele Leute heute da sind!«, rief in diesem Moment ein etwa zwanzig Jahre alter Mann mit sehr heller Haut, einem kleinlockigen, ballonartigen Wuschelkopf, verwaschenen Bluejeans und einer abgeschnittenen Jeansweste über seinem schmächtigen, unbehaarten Brustkorb. Er hatte sich auf einen Bierkasten gestellt, damit ihn jeder sehen konnte, und sprach mit lauter, klarer Stimme. »Toll, dass ihr alle gekommen seid. Es ist auch wirklich eine wichtige Sache, und wenn wir gemeinsam dafür kämpfen, können wir unser Ziel erreichen: gerechten Wohnraum und Umdenken der Hausbesitzer. Wir sind hier eingezogen, und wir bleiben hier. Hier in der Haynstraße. Wir lassen uns von keinem Bagger, keinem Bonzen, keinem Bullen vertreiben. Die Wohnungssituation in Hamburg ist eine Katastrophe. In diesem Haus wohnen etwa fünfzig Leute in insgesamt einundzwanzig Mietwohnungen. Das Haus wurde letztes Jahr verkauft und soll nun zugunsten eines Neubaus abgerissen werden. Wir wehren uns, indem wir nicht von hier weichen. Wir fordern die Baufirma IHA Hausbau auf, uns weiterhin und ohne Einschränkung Mietrecht zu gewähren. Bitte tragt euch in die hier am Stand ausliegende Liste ein, um eure Solidarität zu bekunden.«

Der Wuschelkopf verteilte ein paar Bleistifte, und die Leute gingen rüber zum Stand. Auch Karen, Götz und die Sektflasche.

»Du hast mir deinen Namen noch gar nicht verraten«, bemerkte Karen.

»Götz«, sagte er. »Komm, lass uns Brüderschaft trinken!«

Er schnappte sich von einem neben ihm stehenden jungen Studenten einen Pappbecher mit Rotwein und stieß mit Karen an, die noch immer die Sektflasche in der Hand hielt. Dann fädelten sie ihre das jeweilige Getränk haltenden Arme durch die Armbeuge des anderen und nahmen beide einen tiefen Schluck, bevor sie sich langsam und schüchtern lächelnd einander zuneigten, bis sich ihre Lippen berührten. Karen küsste ausgesprochen fruchtig, fand Götz.

1970

FREITAG, 28. AUGUST 1970

Köln, Abend

Hinnerk, seine neue Freundin Daisy, Dagmar und Eberhard saßen im Übungsraum der Band Kunststoffmangel und sahen sich gemeinsam den ARD-Beitrag *Die wilden Horden* an. Inhaltlich ging es um die aktuellen studentischen Aktivitäten und den Konflikt zwischen den verschiedenen gesellschaftlichen Gruppen, und es sollten Aufnahmen von dem Auftritt der Brigadisten in Köln gezeigt werden, bei dem sie ja ebenfalls anwesend gewesen waren. Der Probenraum war schön dekoriert mit golden eingerahmten Bildern, Plattencovern, einer kleinen Elvis-Figur auf einem Sockel und einem Bücherregal mit Musikerbiografien. Sie sahen sich die Dokumentation auf einem portablen, knallgelben Schwarz-Weiß-Fernseher an. Ab und zu fiel das Bild aus, und man musste die Antenne ein paar Millimeter verschieben.

Die Sendung lief zur besten Sendezeit und war wirklich sorgfältig produziert. Selbst der Klang der Songs war fabelhaft abgemischt worden.

»Das haben die wirklich anständig gemacht«, meinte Hinnerk anerkennend. »Hätte ich nicht gedacht. Auch die Aussage der Sendung ist wunderbar.«

»Ja, die Leute werden immer mutiger«, bestätigte Daisy. »Ich hoffe, das haben sich einige angeschaut.«

»Bestimmt, um Viertel nach acht sitzen die Leute vor dem Fernseher und glotzen. Ob das nun Frankenfeld ist oder 'ne politische Dokumentation, ist denen schnuppe.«

»Still, sie spielen einen Song der Brigadisten!«, rief Dagmar.

Andächtig lauschten sie, als das Lied *Rücken krumm* lief.

Unsere Taschen sind leer
unsere Koffer sind schwer
unser Alltag ist roh
wir schlafen auf Stroh
Wir brauchen nicht viel
wir sind Formen im Spiel
wir sind Knechte und Huren
wir sind eure Figuren
Wir zerr'n die Schultern nach oben
und den Kopf ziehn wir ein
wir haben so schwer gehoben
sind nicht groß, sondern klein
Wir denken nur, wenn es sein muss
leisten stur, schaffen stumm
sperren Auge und Ohr zu
und der Rücken bleibt krumm

Danach wurde noch Musik der Gruppe Rote Steine aus Westberlin gespielt, die ihnen ebenfalls ausgezeichnet gefiel.

»Bier?«, fragte Hinnerk und bot Gaffel-Kölsch aus einem neben dem Tisch stehenden Bierkasten an.

Eberhard nahm eine Flasche, Dagmar lehnte ab. Sie liebte zwar Bier, aber nur, wenn es schön kalt war. Von ihren Eltern wusste sie, dass es in Italien in Lebensmittelgeschäften alle Getränke auch gekühlt gab, selbst Rotwein. Weil es in Deutschland aber grundsätzlich nicht so heiß war wie im mediterranen Raum, war hier Bier neben Milch das einzige Getränk, das man kalt kaufen konnte. Daisy nahm einen kräftigen Schluck von dem warmen Flaschenbier und zog ihren Parka aus. Darunter trug sie eine türkisfarbene Bluse mit Schmetterlingsknöpfen. Sie streckte sich und gähnte.

»Saugut rübergebracht. Die Brigadisten sind echt 'ne Wucht. Und die Roten Steine haben mich auch voll gepackt mit dieser Mischung aus klaren Texten und Gitarrenriffs. Und wisst ihr, was? Beide Gruppen spielen mit uns beim *Festival der Liebe* auf Fehmarn«, bemerkte Hinnerk. »Das wird wohl größer als gedacht, sie haben sogar Hendrix engagiert.«

»Jimi Hendrix?«, fragte Eberhard ungläubig.

»Ja, die wollen so 'ne Art deutsches Woodstock daraus machen. Wird sicher ein irre gutes Wochenende.«

»Hey, Mann, können wir da nicht mitfahren?«, rief Dagmar spontan.

»Klar. Ihr müsst euch aber selber um Eintrittskarten kümmern, wir haben schon jeweils eine Begleitperson angegeben.«

»Aber Daggi«, warf Eberhard ein. »Mein Bruder hat uns doch Mitte September zu seinem fünfundzwanzigsten Geburtstag nach München eingeladen. Am nächsten Tag beginnt das Oktoberfest. Da freust du dich doch schon so drauf. Wir sollten unser Geld zusammenhalten. Festivaleintritt, Anreise und das alles wird vermutlich nicht billig werden.«

»Mach dir mal keine Sorgen«, beruhigte Dagmar ihren Freund. »Ich hab ein bisschen was gespart, wir können uns sowohl das Festival mit Hendrix und den Brigadisten als auch unseren München-Trip leisten.«

Eberhard starrte sie an wie ein Hase, den die Schlange in einen Hinterhalt gelockt hat. Sein linkes Auge zuckte leicht. Sie wusste, er hasste es, bevormundet zu werden, hatte auf die Schnelle aber offenbar keine Gegenargumente parat. Wie gewohnt, gab er schnell klein bei.

»Gut, dann nimmst du das mit der Organisation in die Hand. Ich lehn mich zurück und mach alles mit, was du sagst. Ist absolut wonnig für mich.«

Neben seinen Entschuldigungsritualen irritierte es Dagmar besonders, wenn Eberhard plötzlich anfing, kecke Jugendsprache zu benutzen.

Als die Sendung vorbei war, griff Hinnerk das Thema wieder auf. »Was für eine spannende Zeit, in der wir leben dürfen. Durch Bands wie die Brigadisten spürt man, dass unsere Aktivitäten richtig sind«, stellte er fest.

»Ja«, bestätigte Dagmar. »Ich hab mich ja noch eine Zeit lang mit ihnen unterhalten. Sie sind aus einem Marionettentheater für Kinder entstanden. Ulrich ist eigentlich Marionettenspieler, der hat ursprünglich für progressive Kinderstücke Texte und Songs geschrieben. Und in letzter Zeit kam die Musik so gut an, dass sie sich jetzt darauf konzentrieren.«

»Bombe«, fand Hinnerk.

Dagmars offensichtliches Interesse an dem Sänger Ulrich schien Eberhard zu irritieren. Doch wie immer blieb er stumm und zog nur ein beleidigtes Gesicht.

»Haben wir noch Tabak?«, fragte Dagmar, die zwar nicht regelmäßig rauchte, aber gerade in diesem Moment extrem Lust auf eine Zigarette hatte.

»Nein, aber ich könnte ein richtig kaltes Bier vertragen. Lass uns doch zum Büdchen gehen, das hat bis Mitternacht auf«, schlug Daisy vor.

»Gern«, stimmte Dagmar zu. »Braucht sonst noch jemand was?«

»Ja, bring *Underberg* mit«, meinte Hinnerk. »Hast du Kohle?«

»Hab ich, kein Problem.«

Die beiden jungen Frauen gingen in die warme Kölner Nacht hinaus. Dagmar trug über ihrer Bluse eine schwarz-weiße Strickjacke.

»Wieso bist du denn noch so warm eingepackt, Dagmar? So kalt is doch nich.«

»Stimmt, aber ich frier so leicht. Außerdem hab ich keinen BH darunter, und bei meiner Bluse sieht man alles durch.«

»Na und? Die können sich doch sehen lassen, deine beiden Äpfelchen. Oder glaubst du, der Hinnerk schaut dir was weg? Oder ich?«

Daisy lachte sich halb scheckig.

»Ich bin eben eine Spießerin.«

»Pustekuchen. Das ist alles anerzogen, meine Schöne. Das musst du unbedingt schnell ändern. Wir leben doch im Zeitalter des Wassermanns, voller Liebe und ohne Schranken im Kopf, lass dich einfach gehen.«

»Ja, ich weiß. Ich würd ja gern lockerer sein, aber ich blockier mich irgendwie immer selber.«

»Ein altes chinesisches Sprichwort sagt: *Glücklich sind die Menschen, die aufhören, etwas werden zu wollen, und anfangen zu sein, was sie sind.*«

Dagmar war nicht immer in Stimmung für diese Art der Kommunikation, die die meisten jungen Menschen ihrer Generation so zu genießen schienen. Viele ihrer Altersgenossen waren für ihren Geschmack zu verkopft, formulierten ständig irgendwelche hochtrabenden Erkenntnisse aus und zitierten von früh bis spät weise Sprüche. Dagmar wollte manchmal lieber die Gedanken fließen lassen und nicht die ganze Zeit abstrakt und philosophisch denken und reden müssen. Aber kurioserweise empfanden ihre Freunde das nicht so, im Gegenteil, sie taten, als sei gerade das immerwährende Schwadronieren ein Zeichen für Freiheit.

Dagmar hatte den Wunsch und das spätere Berufsziel, etwas Kreatives zu machen, zu schreiben, Dokumentationen zu drehen, den Menschen eine Botschaft zu vermitteln. Das fand sie spannend und erstrebenswert. Daisy sah sie heute erst zum zweiten Mal, sie bewunderte ihre direkte Art, wollte sich ihr gegenüber deshalb keine Blöße geben oder wie ein Mauerblümchen wirken. Daher versuchte sie jetzt, etwas Kluges zu dem chinesischen Spruch zu antworten.

»Das waren schon tolle Philosophen im alten China«, presste sie etwas steif hervor.

»Schalte den Kopf aus und dein Herz ein, Süße«, munterte Daisy sie auf, die wohl bemerkt hatte, dass Dagmar gerade überfordert war. »Handle nach deinem Instinkt. Lass dich treiben. Wir sind nur einmal jung, und die Welt steht uns offen!«

Genau das wollte Dagmar ja. Sich treiben lassen.

»Komm, lass uns beide die Blusen ausziehen und oben ohne gehen. Wozu immer diese bekackte Anpassung, wir lassen uns nicht von der bürgerlichen Moral in Grenzen zwängen. Worauf wartest du?«

Das wiederum wollte Dagmar allerdings ganz und gar nicht.

»Nein, also, weißt du, ich …«

»Komm! Stell dich nicht so an! Wir sind zwei tolle Frauen und stolz auf unsere Körper! Zeigen wir, was wir haben! Los! Hupen raus! Auf drei. Eins, zwei …«

»Ich weiß nicht …«

»Hey! Liebelein!!! Du sollst hier nicht nackt ein Rad schlagen. Los, mach den ersten Schritt gegen die Diskriminierung der Frau. Präsentiere allen deinen jungen, saftigen Busen! Was soll denn passieren? Hast du Angst, dass dich jemand fotografiert?«

»Also gut, hast ja recht«, sagte Dagmar und zog etwas angespannt ihre Jacke und Bluse aus.

»Na also!«, sagte Daisy und entblößte ebenfalls ihren Oberkörper. »Und nun lass uns einkaufen gehen.«

Sie waren am Büdchen angekommen und gingen barbusig hinein. Der Verkäufer hatte einen dunklen Schnauzer, lange, krause Haare und rauchte. Er schmunzelte, als er die beiden halb nackten Frauen sah.

»Na, is euch kalt, oder warum habt ihr nur die Hälfte ausgezogen?«, scherzte er.

Daisy ignorierte seine Frage. »Was?« Sie blickte an sich hinab. »Oh, wir haben anscheinend völlig vergessen, dass wir in einem Geschäft sind. Dürfen wir so einkaufen, oder sollen wir die Oberteile wieder anziehen? Ist das hier ein konservatives Geschäft, oder geht ihr mit der Zeit?«

»Mir gefällt's«, sagte der Mann.

Dagmar schämte sich in Grund und Boden. Sie fühlte sich absolut unwohl in ihrer Haut. Fast war sie versucht, sich wieder anzuziehen, wollte aber lässig sein und Daisy nicht im Stich lassen. Verstohlen trat sie mit ihr ans Bierregal und versuchte, so überzeugend wie möglich selbstbewusst zu wirken. In einem Kinofilm hätte sie bestimmt keinen Oscar gewonnen, sie spürte, wie schlecht ihre Darbietung war. Sie blickte an sich herab und schämte sich augenblicklich für ihre Freizügigkeit. Da hätte sie tatsächlich gleich splitternackt rumlaufen können, wie der Verkäufer vorhin durch die Blume vorgeschlagen hatte. Instinktiv verdeckte sie mit dem rechten Arm ihre Brüste. Trotzdem lief ihr ein wohliger Schauer des Mutes über den Rücken.

1970

FREITAG, 28. AUGUST 1970

Hamburg, Abend

Seit der Hausbesetzung in der Haynstraße waren einige Monate vergangen. Karen und Götz hatten sich an jenem Abend nach dem Brüderschaft-Trinken noch einige weitere Male geküsst und waren später zusammen in Götz' Wohngemeinschaft gelandet, wo es indisches Essen und Wein gegeben hatte. Spätabends hatte Götz Karen heimbegleitet. Die Verabschiedung war sehr leidenschaftlich ausgefallen, und sie hatten sich für das kommende Wochenende zu einem Spaziergang an der Elbchaussee verabredet.

Götz war seit seiner Jugend das erste Mal wieder so richtig verliebt, alles war auf einmal so leicht, er erkannte in jedem Geräusch, jeder Pflanze, jedem vorbeifahrenden Auto etwas Entzückendes und Schönes. Er war am 16. August 1950 in Hamburg als Sohn eines Hafenarbeiters und einer Hotelfachfrau geboren worden. Als Jugendlicher hatte er sich mit Gelegenheitsjobs etwas dazuverdient, mal auf dem Fischmarkt als Obstkistenträger, mal am Hafen als Gehilfe des Hafenmeisters, mal auf der Reeperbahn beim morgendlichen Putzen von Kneipen. So hatte er immer wieder Einblick in das »wahre Leben« erhalten, Seeleute, Prostituierte, Gastwirte, Luden, Kaufleute, Ganoven und Handlungsreisende kennengelernt. Deshalb hatte Götz bereits früh ein gutes Gespür für Situationen, menschliche Verhaltensweisen und Umgangsformen entwickelt, wodurch er bei vielen Menschen beliebt war. Außerdem hatte er eine recht annehmbare Singstimme und konnte herrlich Hans Albers parodieren, den er sehr bewunderte. Nach dem Abitur hatte er sich rasch der aufkommenden Studentenbewegung angeschlossen, er war quasi von der ersten Stunde an dabei gewesen. Was sein Studium betraf, wollte er sich nicht festlegen. Im Augenblick studierte er Germanistik.

Sein politisches Engagement war so groß, dass er es geschafft hatte, auch Karen dafür zu begeistern. Sie zeigte mehr und mehr Interesse an Aktivitäten, Demos und Literatur, auch wenn er das Gefühl hatte, sie tat es in erster Linie, um ihm zu gefallen. Für Götz hingegen war es selbstverständlich, sich für die Freiheit einzusetzen, sich zu beteiligen, mitzukämpfen, mitzureden und den Kopf nicht in den Sand zu stecken. Er freute sich deshalb schon sehr auf die Dokumentation *Die wilden Horden,* die am heutigen Abend in der ARD ausgestrahlt werden sollte.

Karen hatte in Götz' Wohngemeinschaft Spaghetti mit Tomatensoße und frisch geriebenem Käse gekocht, das in Studentenkreisen damals beliebteste Gericht. Dazu gab es Rotwein. Zusammen mit seinen Mitbewohnern Benny und der aus Frankreich stammenden Manuelle warteten sie gespannt auf die in der Szene groß angekündigte Sendung. Das Essen und der Wein schmeckten hervorragend, direkt nach der *Tagesschau* ging es los. Gespannt sahen die vier auf den Bildschirm des schönen alten Schwarz-Weiß-Fernsehers, den Bennys Eltern ihm überlassen hatten, als sie entschieden hatten, sich ein modernes Gerät mit einer mit Kabel verbundenen Fernbedienung namens »Tele-Pilot« anzuschaffen. Die Sendung war sehr gelungen, viele interessante Persönlichkeiten kamen zu Wort, und alle waren sich einig, dass diese sehr mutige Reportage zur besten Sendezeit ein wichtiger Meilenstein in der gemeinsamen Arbeit sei. Besonders beeindruckt waren sie von der Musik samt revolutionären, guten Texten.

Götz kündigte an, bald beim Sender anrufen zu wollen, um sich zu erkundigen, wer die Band sei und wo man eine Schallplatte von ihnen bestellen könne. Der Abend endete für Karen und Götz wie so oft beim leidenschaftlichen Liebesspiel auf der Matratze, die auf dem alten Parkettboden in seinem Zimmer lag. Diese Liebesnacht fiel noch sinnlicher und schöner aus als sonst, schließlich hatte Karen um Mitternacht Geburtstag.

Am folgenden Morgen ging es Karen und Götz mehr als hervorragend. Sie hatten tief und fest geschlafen, er war wie immer lange vor ihr wach geworden, und als sie eine Stunde später unter die Dusche ging, hatte er bereits frische Brötchen, Honig, Trauben, Schinken, Butter und Joghurt gekauft und bereitete gerade ein üppiges Frühstück zu. Dabei ließ er seine Gedanken schweifen. Er mochte Karen sehr, merkte aber in manchen gemeinsamen Momenten, dass er möglicherweise zu ausgeflippt für sie war. Sie hatte ziemlich geordnete

Ansichten, wollte nicht aus der Reihe tanzen und bremste ihn regelmäßig in seiner Euphorie, wenn er gerade wieder wilde Zukunftspläne spann.

Doch auch wenn sie vielleicht nicht ideal zusammenpassten, waren sie immerhin oft sehr glücklich. Er war stolz darauf, im Hier und Jetzt leben zu können, und freute sich über jeden Tag, den er mit Karen verbringen durfte. Man weiß ja nie, was morgen kommt, das war ihm bewusst; so genoss er den Augenblick und ließ sich keine grauen Haare wachsen, die würden sowieso von alleine irgendwann kommen.

»Guten Morgen, du«, sagte er, als sie im hellgrünen Bademantel und einem sehr putzig aussehenden Handtuch, das wie ein Turban um ihr Haar gewickelt war, in die Küche kam.

»Hallo, du«, hauchte sie und gab ihm einen liebevollen Kuss.

»Alles Gute zum Geburtstag, mein Engel!«

»Du hast mir doch schon um Mitternacht gratuliert«, erklärte Karen, während sie sich an den Tisch setzte.

»Ich bin überzeugt, dass Zeit und Raum eins sind und es in Wirklichkeit keine Vergangenheit oder Zukunft oder Gegenwart gibt. Deswegen hat meine Gratulation von Mitternacht einfach noch nicht aufgehört. Außerdem gibt es jetzt noch die Bescherung!«

»Bescherung?«

Sie versuchte wohl, verwundert dreinzublicken, was ihr aber nicht sonderlich gut gelang, denn sie strahlte vor Vorfreude.

»Geschenke«, flüsterte er, kniete sich vor sie und stimmte *In the Summertime* an, den aktuellen Top-Hit, den die Radios seit Wochen rauf und runter spielten. Zu seinem Gesang übernahm er auch die Rolle des Kontrabasses, den er mit sonorer Stimme imitierte und dazu pantomimisch die Saiten zupfte. Karen schüttelte sich vor Lachen. Da bemerkte sie die drei kleinen Päckchen auf dem reich gedeckten Frühstückstisch.

»Darf ich die aufmachen?«, fragte sie, nachdem Götz das Lied beendet und sich neben sie gesetzt hatte.

»Ich bitte darum! Erst das kleine.«

Sie löste vorsichtig den Tesafilm vom Geschenkpapier und schlug es zurück. Dann faltete sie das Papier ordentlich zusammen und legte es beiseite, wahrscheinlich, um es irgendwann noch mal verwenden zu können. Eine Verhaltensweise aus der Nachkriegszeit, aber durchaus vernünftig. Als sie mit dem Auspacken fertig war, betrachtete sie das Geschenk. Es war eine Musikkassette mit einem brennenden, in Schwarz-Weiß gehaltenen Zeppelin auf dem Cover.

»Das ist die heißeste Musik aller Zeiten«, schwärmte Götz. »Hast du schon mal was von denen gehört?«

»Glaub nicht«, gab Karen zu. »Und der Sänger heißt LED ZEPPELIN?«

»Das ist der Name der Band. Es bedeutet so viel wie *gelenkter Zeppelin.*«

»Wie toll«, freute sie sich, griff nach dem anderen Geschenk und packte es ebenfalls aus. Es war ein Buch von Astrid Lindgren: *Der beste Karlsson der Welt.* Sie hatte Götz vor ein paar Wochen erzählt, dass sie die ersten beiden Bände, *Karlsson vom Dach* und *Karlsson fliegt wieder*, als Kind gelesen und sehr geliebt hatte.

»Mensch, wie toll!!! Ich wusste gar nicht, dass es einen dritten Teil gibt. Danke, du Lieber!«, sagte Karen, sprang auf und küsste Götz erneut.

»Du musst noch das dritte aufmachen!«

Sie ging zurück zu ihrem Platz und öffnete das längliche Päckchen. Es enthielt ein zusammengerolltes Pergament, auf das Götz mit bunten Buchstaben geschrieben hatte: »Für die tollste Frau der Welt, der Sterne und des Universums«. Dazu hatte er farbenfrohe Blumen, lachende Gesichter und Kometen gemalt. Während er sie musterte, machte er sich wieder einmal Sorgen, dass seine Verrücktheiten zu viel für sie sein könnten. Doch Karen sprang nur auf seinen Schoß, um ihn wild abzuküssen.

SONNTAG, 30. AUGUST 1970

Köln, Nachmittag

Eberhard telefonierte mit seinem Bruder Oliver, der seit fünf Jahren in München lebte.

»Ja, wie ausgemacht, Daggi und ich kommen am Freitag, den 18. September zu euch nach München. Dann feiern wir schön deinen Geburtstag, und am Samstag nimmst du uns mit ins Bierzelt. Nein, auf keinen Fall, bei irgendwelchen Achterbahnfahrten wird mir schlecht. Und das stimmt wirklich, dass man dort das Bier grundsätzlich aus Einliterkrügen trinkt? Das sind ja fünf Kölsch! Die Bayern ham sie auch nich alle. Ich freu mich schon wie bekloppt. Sag ich ihr. Bis dann! Tschö!«

Dagmar runzelte verärgert die Stirn. Sie fühlte sich nicht ernst genommen, wenn Eberhard sie vor anderen Daggi nannte.

MONTAG, 31. AUGUST 1970

Hamburg, Vormittag

Götz und Karen saßen in der Wohnung von Karens Eltern in der Ditmar-Koel-Straße, in der sie aufgewachsen war, vor dem Telefon. Götz hatte den Hörer in der Hand und telefonierte mit der Auskunft.

»Ich bräuchte bitte die Nummer vom Ersten Deutschen Fernsehen«, sagte er etwas zu laut, weil er dachte, man könne ihn am anderen Ende besser verstehen, wenn er die Lautstärke seiner Stimme anhob. »Oh, ich weiß nicht, an welchem Ort die ansässig sind. Haben Sie da kein bundesweites Verzeichnis? Äh, nee, nicht ZDF, der andere Sender, hahaha. Genau, äh, 'tschuldigung, ARD, hab ich ja auch gemeint. Sehr gut! Karen, schreib auf!«

Wenige Augenblicke später war er mit der ARD-Zentrale verbunden.

»Hallo, ich rufe an wegen der Sendung *Die wilden Horden* vom Freitag. Ja, genau. Ach so, da haben auch andere schon angerufen? Wegen der Musik? Das ist auch der Grund meines Anrufs. Aha, prima – Karen, schreib bitte auf: Die Lieder heißen *Rücken krumm* und *Zerstört die Fassade.* Sind die schon irgendwo auf Tonträger erschienen? Wissen Sie nicht? Schade. Wie heißt denn die Band? Die Brigadisten aus Hagen. Haben Sie da einen Kontakt? Vielen Dank. Und die andere Band? Wie heißen die? Die Roten Steine aus Berlin. Und ihre Lieder waren *Macht kaputt, was euch kaputt macht* und *Wir streiken.* Karen, schreib auf.«

Eine Minute später hatte Götz eine Verbindung mit der vom Sender herausgegebenen Nummer der Brigadisten in Hagen. Von den Roten Steinen hatte die Redaktion leider keine Telefonnummer.

»Ella!«, rief eine Männerstimme mit griechischem Akzent am anderen Ende der Leitung.

»Hallo, hier ist Götz aus Hamburg. Wir haben die Sendung am Freitag gesehen und finden eure Musik allererste Sahne.«

»Oh, danke. Ich bin Takis, der Bassist der Gruppe.«

»Wir müssen euch echt gratulieren, wirklich dufte, was ihr macht.«

»Es rufen die ganze Zeit Leute an, wir chaben son diskutiert, ob wir vielleicht eine Platte mit ein paar Liedern aufnehmen shollen, wenn das so gut ankommt.«

»Das wäre die Wucht in Tüten!«, sagte Götz und zwinkerte Karen zu.

»Sheid ihr Sdudenten?«

»Ja. Wir sind beide aktiv in der Szene und finden, dass man solche Leute wie euch unbedingt braucht, um Botschaften an eine größere Masse zu verbreiten.«

»Find ich sehr gut, was du shagst.«

Götz liebte den griechischen Akzent. Man hörte ihn nur sehr selten, denn seit dem Bau der Berliner Mauer kamen zwar wegen des extremen Personalmangels in vielen Branchen immer wieder ausländische Arbeiter nach Deutschland, da die Ausreise aus Griechenland aber aufgrund der politischen Situation sehr schwer war, reisten überwiegend Italiener, Marokkaner, Portugiesen, Tunesier und Jugoslawen ein. Nur vereinzelt begegnete man Spaniern oder Griechen. Götz hasste die Bezeichnung »Gastarbeiter«, sie erinnerte ihn an das von den Nazis verwendete Wort »Fremdarbeiter«. Er versuchte, keine Überbegriffe zu verwenden, sondern jeden einzelnen Menschen als Person wahrzunehmen und entweder zu mögen oder nicht zu mögen, egal, woher er oder sie stammte. Generell dachte er viel über Begrifflichkeiten nach. Zum Beispiel sagten manche Vierzigjährige: »Ich fühle mich wie zwanzig.« Oder Zwanzigjährige behaupteten, sich wie dreißig zu fühlen. Götz wusste nicht, wie man sich in welchem Alter fühlte, er wusste nur, dass es ihm entweder gut ging oder nicht, er entweder Sorgen hatte oder eben keine. Die wenigen Menschen aus Griechenland, denen er in seinem Leben begegnet war, teilten diese Philosophie. Nicht nur deshalb mochte er sie.

»Gibt es mal ein Konzert von euch? Wir würden auch wohin trampen. Es wäre der komplette Wahnsinn, euch mal spielen zu sehen.«

»Es ist nichts Konkretes geplant. Nur so ein Festival, aber da ist noch nicht sicher, dass wir dabei sind.«

»Wie können wir in Verbindung bleiben?«

»Du«, meinte Takis. »Ich würde vorslagen, ich meld mich bei euch, wenn es was Neues gibt. Sag mir doch bitte mal deine Nummer.«

MITTWOCH, 2. SEPTEMBER 1970

Köln, Spätvormittag

Dagmar war sehr aufgeregt. In wenigen Tagen würde sie auf ihrem ersten Musikfestival sein und kurz danach auf dem Oktoberfest in München! Was war das Leben doch für ein Geschenk! Sie stand vor ihrem Bücherregal und sortierte zu ihrer Entspannung die einzelnen Ausgaben der Lieblingszeitschrift ihrer Jugend, die sie sammelte: *Lupo modern.* Dieses Magazin war ein kleines Konkurrenzprodukt zur *BRAVO,* mit Schwerpunkt auf Comics wie *Asterix* und *Lucky Luke.* Sie schmökerte für ihr Leben gern in den verschiedenen Exemplaren. Dazu lief Musik von Janis Joplin. Als sie die Hefte von unten nach oben im Datum aufsteigend geordnet hatte, nahm sie ihr Tagebuch aus der Schreibtischschublade und schlug es auf.

Hin und wieder schrieb sie Notizen, Erinnerungen und Träume hinein. Die beiden bevorstehenden großen Ereignisse FESTIVAL und OKTOBERFEST wollte sie schriftlich festhalten, damit sie nichts davon vergessen konnte. Es ging ihr nämlich schon jetzt, in ihrem jungen Alter, oft so, dass sie sich an bestimmte Begebenheiten nur unvollständig erinnern konnte, beispielsweise an Schulpartys, lange Gespräche auf Bahnfahrten oder intensive Träume. Viel zu selten hatte sie sich die Zeit genommen und solche Dinge regelmäßig niedergeschrieben, aber jetzt wollte sie endlich damit anfangen. In wenigen Tagen würde sie Jimi Hendrix in Fehmarn auf der Bühne sehen!!! Und die Brigadisten mit dem tollen Sänger! Und lauter andere Bands. Sie würde sich mit Eberhard sonnen, mit ihm und lauter Hippies tanzen, Bier trinken, lachen, das Leben genießen! Ihre Vorfreude war riesig, und sie füllte gleich drei Tagebuchseiten mit ihren Gedanken und Emotionen.

MITTWOCH, 2. SEPTEMBER 1970

Hamburg, Spätvormittag

Götz saß beim Frühstück in der Küche seiner Wohngemeinschaft. Es gab weich gekochte Eier, Bierschinken, Bauernbrot, Butter, Kaffee und Orangensaft. Auf dem Tisch lagen ein *Fix-und-Foxi*-Heft und der Band *Asterix und die Goten*, der gerade eben druckfrisch erschienen war. Als das Telefon klingelte, stand er auf und ging in den Flur, um abzunehmen.

»Challo, hier ist Takis von den Brigadisten. Wir haben doch neulich telefoniert. Weißt du noch, oder?«, sagte die Stimme am anderen Ende der Leitung.

»Klar weiß ich das noch«, antwortete Götz begeistert. »Toll, von dir zu hören. Gibt's was Neues?«

»Ich chabe dir doch von dem Musikfestival erzählt, an dem wir vielleicht teilnehmen«, fuhr Takis fort. »Es ist inzwisen absolut klar, dass die unsere Theatergruppe da nur aus steuerlichen Gründen eingeladen chaben, da die Veranstalter das Festival durch diesen Trick als Kulturveranstaltung absetzen können.«

»Was für beschissene Typen«, echauffierte sich Götz.

»Stimmt. Aber wir werden uns von denen nicht instrumentalisieren lassen. Es gibt keinerlei Vertrag, also müssen wir da nicht als Theatergruppe auftreten«, erklärte er und atmete tief ein, als würde er an einer Zigarette oder einem Joint ziehen. »Wir wollen das Festival lieber als Möglichkeit nutzen, die Band spielen zu lassen.«

»Find ich gut«, sagte Götz. »Da erzielt ihr sicher eine viel größere Reichweite auf so einer Freiluftbühne.«

»Genau. Wir chaben beslossen, morgen einfach einen lustigen Ausflug mit guten Leuten dortchin zu machen. Deshalb wollte ich Beseid shagen und fragen, ob ihr mitkommen möchtet. Wir könnten euch an einem Rastplatz aufsammeln und als Tourbegleiter einsleusen, damit ihr keinen Eintritt bezahlen müsst.«

»Mann, das wäre ja fantastisch!«, rief Götz begeistert. »Wir sind auf jeden Fall dabei. Wo sollen wir hinkommen?«

Sie vereinbarten, dass Götz und Karen nach Lübeck trampen und um fünfzehn Uhr an der Raststätte Blüchereiche von der Band aufgegabelt werden sollten. Und zwar bereits morgen!

Götz konnte sein Glück kaum fassen. Er fuhr mit seiner Freundin ins Abenteuer! Mit einer total netten Band, in der noch dazu ein Grieche spielte, der sein direkter Kontaktmann war. Neben vielen deutschen Bands würden lauter Weltmusiker auftreten. Gerüchteweise hatten sich auch Ginger Baker, Joan Baez und Rod Stewart angekündigt.

Götz holte die ungeöffnete Flasche Cognac aus dem Versteck hinter seinen Hemden im Kleiderschrank hervor. Er hatte sie vor zwei Jahren von seiner Tante Ingrid zum Geburtstag geschenkt bekommen und sich vorgenommen, sie zu einem sehr besonderen Moment zu öffnen. Der war jetzt gekommen! Er schenkte sich einen guten Schluck in das leere und seit einiger Zeit viel verwendete Senfglas ein, auf dem Obelix abgebildet war, der gerade einen Hinkelstein warf, wovon Asterix ihn abzuhalten versuchte. Er schnupperte, der Geruch war leicht scharf, aber sehr angenehm. Dann trank er einen klitzekleinen Schluck – es schmeckte fabelhaft. Dieses Glas Cognac, beschloss Götz, sollte ein Symbol für den Beginn herrlicher Zeiten werden!

DONNERSTAG, 3. SEPTEMBER 1970

Köln, Mittag

Dagmar kaufte im Milchgeschäft bei der netten Frau Rettmann ein paar Lebensmittel für die Fahrt ein. Äpfel, ein paar Duplo-Riegel, Kinderschokolade, Orangensaft und einige Beutel Capri-Sonne mit Zitronengeschmack. An der Wand neben der Kasse hing ein Plakat, auf dem »Rettet die Tante-Emma-Läden. Kein Einkauf im Supermarkt« stand. Das war sowieso ihre Überzeugung, man wurde ja in kleinen Geschäften viel freundlicher und persönlicher bedient und beraten.

»Möchten Sie die neue dreieckige Schokolade aus der Schweiz probieren?«, fragte Frau Rettmann.

»Nein, heute nicht. Aber die Form gefällt mir.«

»Es soll die beste Schokolade der Welt sein. Ich lasse Sie gern beim nächsten Mal davon probieren.«

DONNERSTAG, 3. SEPTEMBER 1970

Raststätte Blüchereiche, 14:50 Uhr

Die Autobahnraststätte Blüchereiche war ein beliebter Treffpunkt für Lkw-Fahrer, weil man sich dort gut in den Schatten stellen und tagsüber ein paar Stunden schlafen konnte. Götz' Mitbewohner Benny hatte ihn und Karen mit seinem VW Käfer hingebracht und war dann weiter zu Freunden nach Kolberg im Norden Polens ans Meer gefahren.

Die beiden hatten belegte Brote, Wasser und eine bereits geöffnete Flasche Rotwein dabei, deren Korken im Flaschenhals steckte. Sie setzten sich auf eine gut einsehbare Leitplanke und trotzten dem kalten Wind, indem sie sich aneinanderkuschelten.

»Hast du das Karlsson-Buch schon durch?«, fragte Götz.

»Ja, o Mann, das ist sooo schön. Ich liebe den Karlsson, der ist einfach total ehrlich und sagt immer, was er denkt. Und wenn es mal Probleme gibt, sagt er einfach: ›Das stört keinen großen Geist.‹«

»Ist dir schon mal aufgefallen, dass das im Grunde die Botschaft von Astrid Lindgren ist? Dass ihre Hauptfiguren sich immer so verhalten, wie es jeder von uns eigentlich gerne tun würde, und dass sie aussprechen, was sich niemand von uns zu sagen traut.«

»Da hast du recht, das macht Pippi Langstrumpf auch.«

»Und Michel aus Lönneberga. Das ist, glaube ich, einer der Hauptgründe für Lindgrens Erfolg – dass sie immer Charaktere zeigt, die dem Leser klarmachen: *Hey, es ist völlig in Ordnung, Sachen zu tun und zu sagen, die möglicherweise irgendwen vor den Kopf stoßen.*«

»Ja, aber man verzeiht es den Figuren auch regelmäßig«, gab Karen zu bedenken.

»Stimmt, Astrid Lindgrens Helden leben eigentlich ziemlich egoistisch ihre Launen aus. Die anderen Leute sind beeindruckt und lassen ihnen alles durchgehen. Weder Pippi noch Karlsson noch Michel haben jemals ein gleichwertiges Gegenüber, das wäre mal spannend, wenn es eine Geschichte gäbe, in der die drei aufeinandertreffen und sich gegenseitig messen müssten.«

In diesem Moment fuhr eine Kolonne, bestehend aus einem alten Postbus, einem R4, einer Ente, einem VW-Bus und mehreren anderen Pkws an ihnen vorbei. Die Fahrzeuge waren beladen mit Instrumenten, Kabelboxen und anderem Equipment. Dazwischen saßen junge Frauen und Männer, die allesamt lange Haare hatten.

»Das muss unsere Reisegruppe sein«, rief Götz und sprang auf. Auch Karen schnappte sich ihr Gepäck, und sie liefen rüber zu dem mittlerweile parkenden Tross.

Auf den Vordersitzen des VW-Busses hockten ein Typ mit hellblonden, kräftigen Koteletten und – am Steuer – ein Bursche mit langen Haaren und Vollbart. Er hatte ein markantes, südländisches Gesicht. Götz vermutete, dass dies sein griechischer Telefonfreund sein könnte.

»Bist du Takis?«, fragte er.

»Ja, Mann, wir chaben telefoniert. Sön, dass es geklappt hat. Das ist Ulrich, unser Sänger. Kommt, sdeigt ein.«

Nach einer kurzen Toilettenpause, und nachdem sie mittels eines Überbrückungskabels ein Problem am Anlasser des grünen 2CV gelöst hatten, fuhr die Kolonne weiter.

»Wir mussden über Berlin fahren, weil da unsere ganzen Rhythmusinsdrumente waren«, erklärte Takis. »Und am Grenzpunkt Dreilinden sdanden wir auch im Sdau. Aber jetzt sausen wir in einem durch«, versprach er und sauste in einem durch.

Ulrich zündete einen Joint an und reichte ihn herum, während aus dem batteriebetriebenen Kofferradio das Lied *Anuschka* von Udo Jürgens tönte. Götz zog genüsslich am Joint, während Karen aus dem Fenster sah.

DONNERSTAG, 3. SEPTEMBER 1970

Köln, 15:00 Uhr

Eberhard und Dagmar hatten spontan entschieden, sich den Film *Rote Sonne* mit Uschi Obermaier im Kino anzusehen, der heute anlief. Die Handlung spielte überwiegend in München, und Dagmar bemerkte wieder einmal, wie gut ihr diese Stadt gefiel. In gut zwei Wochen würden sie dort sein. Und vorher auf Fehmarn. Was für ein tolles Leben sie doch hatten, dachte sie und lächelte. *Rote Sonne* war ein schräger Streifen, der jedoch in Dagmars Augen das Lebensgefühl ihrer Zeit und den feministischen Gedanken ausgezeichnet wiedergab. Sie konnte leider nach dem Kinobesuch nicht mit Eberhard darüber diskutieren, weil er wie fast immer nach einer Viertelstunde eingeschlafen war und dadurch den halben Film versäumt hatte.

DONNERSTAG, 3. SEPTEMBER 1970

Fehmarn, 17:15 Uhr

Der Himmel war wolkenverhangen, als der Tross aus Hagen samt Götz und Karen auf den Parkplatz des Festivalgeländes fuhr und neben Bussen hielt, die mit »Jimi Hendrix«-, »Make love not war«- und »Doors«-Motiven bemalt waren. Aus der Hinterluke eines Lkw verteilte die Sexshop-Königin Beate Uhse, die das Festival sponserte, gerade Kondome an Festivalbesucher, als wären es Kamelle auf dem Kölner Karneval. Wie viele Leute mochten hier bereits am Vortag auf dem Gelände angekommen sein?, fragte sich Götz. Zweitausend? Fünftausend? Takis stieg aus und öffnete die Schiebetür, die man von innen nicht aufmachen konnte. Karen war noch etwas schlaftrunken und schmiegte sich an ihren Freund, der sich beeindruckt umsah. Die Truppe ging zu drei sympathisch aussehenden, südländisch wirkenden Mitarbeitern am Einlass, Takis an der Spitze. Er sprach mit den Männern, und einer suchte in einem Stapel loser Blätter nach ihrem Namen auf der Gästeliste.

»Ihr seid aber eine große Band«, scherzte er, bübisch lächelnd.

»Die Band hat eine umfangreiche Tourbegleitung gebucht«, konterte Götz pfiffig.

»Wo kommt ihr denn her?«, erkundigte sich der Sicherheitsmann.

»Unterschiedlich«, sagte Götz. »Einige aus Hagen, andere aus Köln. Und du?«

»Ich komme aus Persien, meine beiden Freunde da auch. Wir studieren in Berlin und verdienen uns hier ein paar Groschen dazu.«

»Ihr seid aber hoffentlich keine Fans vom Schah, oder?«, fragte Götz, meinte seine Frage aber eigentlich rein rhetorisch.

»Natürlich nicht«, lachte der Mann. »Wir haben vor drei Jahren an der großen Demo in Berlin gegen den Schah teilgenommen.«

»Um Gottes willen! Da, wo Benno Ohnesorg erschossen wurde?«

»Ja, es war ein schrecklicher Tag für alle. Plötzlich waren überall Polizisten und schlugen wie verrückt auf die Demonstranten ein. Später kamen dann auch noch Wasserwerfer und Tränengas zum Einsatz.«

»Ein sehr schwarzer Tag in der deutschen Geschichte. Zum Glück sind nicht alle Bullen so.«

»Trotzdem habe ich seither immer ein mulmiges Gefühl, wenn ich Beamte in Uniform sehe.«

»Verstehe ich. Wie heißt du?«

»Bilal. Und du?«

»Götz.«

»Freut mich!«

In diesem Moment hatte Takis die Sache mit dem Einlass geklärt, und die gesamte Mannschaft folgte ihm durch die Absperrungen und vorbei an den Ordnern. Aus der Ferne erkannte Götz eine große Bühne, auf der Roadies zugange waren und riesige schwarze Koffer mit Equipment herumschoben, es roch nach

Bier und Wurst, im hinteren Teil des Geländes stellten die Besucher Zelte auf, einige hatten nur Isomatten und Schlafsäcke dabei, die sie einfach irgendwo auf den Boden legten. Ein paar Kerle mit langen Haaren und Bärten alberten nackt in einer aus Holzbrettern erbauten Dusche herum, indem sie sich nass spritzten und dabei vor Vergnügen gackerten wie junge Hühner.

Auf einmal war das laute Brummen von Lkw-Transportern, die Vielton-Hupen eingebaut hatten und fröhlich davon Gebrauch machten, zu hören. Götz drehte sich um. Zwei riesenhafte Lastkraftwagen hielten wenige Meter vor den Ordnern direkt nebeneinander. Drei muskulöse Kerle stiegen aus und marschierten auf die Ordner zu. Es wirkte absolut bedrohlich, Götz lief zurück, um eventuell helfen zu können.

»Drei Eintrittskarten, bitte«, sagte der kleinste der Muskelpakete mit leicht schwäbischem Akzent.

»Wir bezahlen in bar«, sagte der neben ihm stehende Kurzhaarige und warf Bilal ein Zehnpfennigstück an die Stirn.

Und schon ging es los mit einem kurzen brutalen Handgemenge, zu dem Götz aufgrund der ihm entgegenflüchtenden Festivalbesucher zu spät kam. Denn schon nach kurzer Zeit war der Spuk wieder vorbei, die Lkw-Fahrer waren nicht mehr zu sehen, und Götz hielt Ausschau nach Bilal. Als er ihn entdeckte, zeigte ihm dieser mittels seines erhobenen Daumens, dass es ihm gut ging. Götz war erleichtert – er hätte es schwer ertragen können, wenn der nette persische Student nach seinem traumatischen Erlebnis auf der Demonstration drei Jahre später erneut Zeuge von willkürlicher Gewalt geworden wäre.

Götz drehte sich um, Karen sah ihn ratlos an. Er wusste, dass auch sie jegliche Form von Gewalt verabscheute, und so war er letztlich froh, nicht in die Schlägerei hineingeraten zu sein. Ein paar junge Frauen verteilten Flugblätter mit Werbung für ein christliches Musikfestival. Darauf stand »Tun, was recht und gut ist«.

Ein Ansager betrat die Bühne.

»Das ist die Soullegende Eric Appell«, erklärte Takis. »Der hat schon mit Neil Young und Eric Burdon musiziert.«

»Leute, wir freuen uns, dass heute schon so viele Gäste gekommen sind. Morgen geht es los, habt eine schöne Zeit!«

Die Besucher klatschten freundlich. Götz schloss die Augen und schickte ein kurzes Stoßgebet zum Himmel, dass das Wochenende ohne weitere unangenehme Vorfälle vorübergehen möge.

»Dann wollen wir mal unsere Unterkunft klarmachen«, sagte Ulrich. »Ich klär, wo wir pennen.«

Gemeinsam mit ihm, seinem Bruder Frieder und Takis betrat Götz zehn Minuten später das Festivalbüro. Dort war keiner zu sehen. Sie gingen hinaus und sprachen einen jungen Mann mit »Ordner«-Armbinde an.

»Wer seid ihr denn?«, fragte der Ordner.

»Wir sind die engagierte Theatergruppe und Band Die Brigadisten.«

»O ja, sehr schön, das freut mich. Hat man euch schon die Bühne gezeigt?«

»Nee, wir müssen erst mal die Schlafsituation klären«, meinte Ulrich.

Der Ordner blickte ihn ausdruckslos an und antwortete nichts. Er schien nicht verstanden zu haben, was Ulrich gesagt hatte. Oder war er auf Drogen? Vorsichtshalber wiederholte Ulrich sein Anliegen.

»Hallo! Wo gibt's hier was für uns zu pennen?«

»Oh ... ja ... äh, da drüben«, stammelte der Sicherheitsmann. »Da sind irgendwo Biwak-Zelte, die müsstet ihr noch aufbauen ... äh, müsst ihr mal sehn, da, äh ... hinter den Paletten, so grüne verpackte Biwaks ...«

»Wie? Zelte? Wir pennen doch nich in Zelten! Wir kriegen hier ja nich mal Geld, man hat uns gesagt, wir würden eine ordentliche Unterkunft bekommen.«

»Äh, also, da kann ich euch leider nicht helfen.«

»Leute, das geht so nich. Unter aller Sau, das ist eine gnadenlos schlechte Organisation hier!«

»Wir konnten ja nicht ahnen, dass uns das Wetter so einen Strich durch die Rechnung machen würde.«

»Wetter hin, Wetter her«, keifte Ulrich. »Wir hätten auch bei strahlendem Sonnenschein eine vernünftige Schlafgelegenheit erwartet. Wir brauchen Unterstellmöglichkeiten für das Equipment, vernünftige Betten und eine angemessene Waschgelegenheit.«

Eine Festivalbesucherin unterbrach sie in ihrem Gespräch.

»Die meisten Buden haben zu. Wo bekommen wir

was zu beißen?«, kläffte sie den nun allmählich nervös werdenden Ordner an.

»Es sind schon Ersatzlastwagen bestellt, ihr müsst bitte noch etwas Geduld haben«, lispelte er.

»Hoffentlich kommen die bald, wir haben Hunger, verdammt noch mal!«

Die aufgebrachte Frau verschwand, und Ulrich griff das Übernachtungsthema wieder auf.

»Also, Meister, wir wollen keine Zelte. Wo ist unser Hotel?«

»Hier gibt's kein Hotel«, sagte der Ordner mit brüchiger, leicht gequetscht klingender Stimme.

»Und wo wohnt Jimi Hendrix? Etwa auch im Biwak-Zelt?«

»Wie viele seid ihr denn insgesamt?«

»Siebzehn«, sagte Ulrichs Bruder Frieder.

»Seid ihr denn wahnsinnig?«

Drei Stunden später waren Ulrich, Takis, Götz, Karen und die restlichen dreizehn Mitreisenden in insgesamt fünf Zimmern eines nahe gelegenen Hotels untergebracht. Ulrich legte sich kurz aufs Ohr, Takis, Karen und Götz setzten sich an die Hotelbar.

»Wird das heutige Spiel Frankreich gegen Tschechoslowakei eigentlich im Fernsehen gezeigt?«, fragte Götz etwas unbedarft.

»Das wäre das erste Freundschaftsspiel, das ein Sender überträgt«, lachte Takis.

Die Band und ihre Begleiter hatten beschlossen, das Festivalgelände heute nicht mehr zu betreten und sich lieber gemütlich auszuschlafen, um den morgigen Tag gestärkt beginnen zu können, auch in der Hoffnung, dass sich das Wetter bis dahin etwas gebessert haben würde.

»Willst du auch ’n Bier?«, fragte Götz.

»Nein, lieber eine Cola«, antwortete Karen.

Götz war im Grunde sehr zufrieden. Die neue Zeit, auf die er daheim den Cognac getrunken hatte, gefiel ihm. Die Fahrt, Takis, die Band. Die Offenheit, mit der man ihn und Karen überall mit einbezog. Das konsequente Beharren auf dem Hotelzimmer. Ja, das alles gefiel ihm sehr. Er freute sich auf den nächsten Tag, dachte an die vielen Bands, die Stimmung, Hendrix. Beseelt lächelnd sah er zu Karen. Die blickte gedankenverloren und etwas ausdruckslos auf ihre Cola. Sie waren schon sehr verschieden, das fiel ihm in diesem Moment wieder mal gewaltig auf.

FREITAG, 4. SEPTEMBER 1970

Köln, Mittag

Dagmar lag in der Badewanne und malte sich voller Vorfreude das bevorstehende Festival aus. Sie war innerlich sehr vergnügt. Sie sah an sich herab, betrachtete ihren Körper im schaumigen Badewasser, ihre glatten Beine, ihre Brüste, ihren Bauch. Wie lange mochte ihr Körper jung und begehrenswert bleiben?

Manche Frauen waren mit siebzig noch sehr attraktiv, Greta Garbo und Marlene Dietrich beispielsweise. Ihr Vater, der Wortspiele liebte, sagte gern: »Man ist immer so alt, wie man sich anfühlt« oder »Man ist immer so altklug, wie man sich fühlt«. Dagmar musste lachen, tauchte den Kopf unter Wasser, um ihre Haare für die folgende Haarwäsche nass zu machen.

FREITAG, 4. SEPTEMBER 1970

Fehmarn, Mittag

Götz und Karen waren nach einem sehr übersichtlichen Frühstück mit Brötchen und Marmelade vom Hotel auf das Festival marschiert, während ihre Mitreisenden sich noch etwas ausruhten. Das Wetter war kühl und der Himmel ziemlich bewölkt, aber die beiden waren sehr aufgeregt und wollten alles von Anfang an mitbekommen.

Den Auftakt sollte die Band Cravinkel bilden, die Folkrockband des Gitarristen Kralle Krawinkel.

»Kennst du den?«, fragte Karen.

»Nein«, sagte Götz, worauf sich ein junges Pärchen zu ihnen umdrehte.

»Kralle ist mein Kommilitone«, sagte der langhaarige, doch sonst bartlose Mann. »Er macht astreine Mucke, er spielt mit Stefan, einem anderen Studienfreund von mir, auch noch in einer Kapelle namens

JUST US. Wir nennen sie scherzhaft *Die Stones von der Wesermarsch.*«

Keiner konnte zu diesem Zeitpunkt ahnen, dass Kralle Krawinkel und Stefan Remmler elf Jahre später mit dem Drummer Peter Behrens als TRIO die internationalen Charts erobern würden.

In Fehmarn hatte Cravinkel Pech, weil die Anlage aufgrund der schlechten Witterungsverhältnisse streikte, feuchte Luft war in die Boxen eingedrungen, der Ton war verzerrt und fiel nach einer knappen halben Stunde aus. Sehr zur Unzufriedenheit der Zuschauer, die sich auf gute Musik gefreut hatten und jetzt frierend verzerrte Geräusche vorgesetzt bekamen. Ein paar Leute hatten Schnaps dabei, der wurde jetzt herumgereicht. Die Tontechniker hatten alle Hände voll zu tun, den Sound wiederherzustellen, und die folgenden Bands spielten unter erschwerten Bedingungen.

Der Moderator Eric Appell gab sich große Mühe, die Stimmung halbwegs aufrechtzuerhalten, und fühlte sich mehr oder weniger als Buhmann, den man vorgeschickt hatte. Hinzu kam, dass einige Bands im Stau steckten oder gar nicht erst angereist waren.

»I'm so sorry«, erklärte er beflissen. »Es ist nicht die Schuld der Techniker, das schlechte Wetter hat einige Probleme verursacht. Bitte, habt Geduld mit uns, wir wollen alle, dass es ein gelungenes Festival wird. Please give us some time, we try to get the technical problems with the sound under control. Thank you very much.«

Inzwischen hatte sich herumgesprochen, dass das

große Konzert von Ten Years After, Canned Heat und Jimi Hendrix in Berlin wegen eines Sturms von der Waldbühne in die Deutschlandhalle verlegt worden war. Diese Ausweichmöglichkeit gab es in Fehmarn leider nicht, im Gegenteil, keiner hatte damit gerechnet, dass das Wetter schlecht sein könnte, daher gab es auch nur unzureichend Rückzugsmöglichkeiten oder Schlupfwinkel. Als aus den dicken Wolkenbänken die ersten Tropfen fielen, entschieden sich manche Zuschauer, für heute das Festival zu verlassen, sich auf den Campingplatz in ihr Zelt zu verziehen und dem nächsten Tag eine Chance zu geben. Im Zelt war es trocken, man hatte einen Schlafsack, und einige Leute spielten Joan-Baez- und Bob-Dylan-Songs mit eigener Gitarre. Es gab Camping-Gaskocher und Dosenravioli, Wein aus Kanistern und kleine *Underberg*-Flaschen. Die Stimmung war, zumindest heute am Freitag, im Campingplatzbereich noch deutlich besser und ausgelassener als beim eigentlichen Festival. Karen und Götz saßen mit ein paar netten Leuten aus Tübingen unter einer Plane und tranken Rotwein. Sie wollten sich die gute Laune auf keinen Fall verderben lassen.

SAMSTAG, 5. SEPTEMBER 1970

Köln, früher Morgen

Dagmar und Eberhard standen pünktlich vor der evangelischen St.-Johannes-Kirche in Köln Deutz. Sie hatten Isomatten, Schlafsäcke, Waschbeutel und Proviant dabei und freuten sich auf den bevorstehenden Ausflug. Kurz darauf kam auch schon der hellblaue Ford Transit angetuckelt, am Steuer saß Hinnerk, hinten die anderen Bandmitglieder und einige Freunde der Gruppe Kunststoffmangel neben Plastikkanistern, Gitarren, Congas, Bierkästen und Konservenbüchsen. Dagmar hatte sich ein neues rosafarbenes Trägerkleid genäht und einige leuchtende Stoffmargeriten daraufgebügelt. Eberhard trug ein aprikosenfarbenes Hemd, eine beigefarbene Weste und seine dunkelbraune Schlaghose mit braunen Halbschuhen aus Wildleder.

Während der Fahrt schallten Beatles-Lieder aus dem kleinen Grundig-Kassettenabspielgerät. Getränke und Zigaretten wurden herumgereicht, die Laune war famos.

»Mann, es ist so ein Jammer, dass die Beatles sich aufgelöst haben«, sagte Dagmar. »Diese dämliche Yoko hat das alles kaputt gemacht.«

»Da gehören aber in der Regel zwei dazu«, meinte Hinnerk.

»Klar, John Lennon hat sich von der beeinflussen lassen«, gab Dagmar zu. »John und Yoko nehmen, glaub ich, im Augenblick ein gemeinsames Album auf. Das wird sicher schrecklich. Seine Songs werden fantastisch sein, aber was sie fabriziert, möchte ich mir gar nicht vorstellen. Die ist in meinen Augen völlig unbegabt.«

»Musik ist eben Geschmackssache«, befand Eberhard und erntete dafür einen leicht abfälligen Blick von Dagmar, die Floskeln verabscheute.

»Und ihr fahrt in drei Wochen nach München zum Oktoberfest?«, erkundigte sich Hinnerk.

»Genau«, sagte Dagmar. »Ich möchte endlich einmal das größte deutsche Feierereignis neben dem Karneval am eigenen Leib erfahren.«

»Ist, schätz ich, das Gleiche«, vermutete Hinnerk. »Laute Musik und alle besoffen.«

»Schon möglich«, sagte Eberhard und lachte künstlich. »Ich bin jedenfalls schon enorm gespannt auf das Bier in Literkrügen. Aber ich hab gehört, es ist nur halb so stark wie unseres.«

»Stimmt nicht«, berichtigte Hinnerk altklug. »Ich war schon ein paarmal in München. Ist genauso stark wie unseres.«

»Wirklich? Aber man hat mir gesagt, dass …«

»Falsch. Genauso stark wie bei uns. Etwa fünf Prozent Alkohol, etwa zwölf Prozent Stammwürze.«

Auch in solchen Momenten gab Eberhard klein bei. Selbst, wenn er von seinem Standpunkt komplett überzeugt war – er schwieg lieber, als sich einem Konflikt auszusetzen. Dagmar blies die Backen auf und atmete langsam aus, was sie manchmal machte, wenn sie keine Lust hatte, eine rügende Äußerung von sich zu geben.

SAMSTAG, 5. SEPTEMBER 1970

Fehmarn, Spätvormittag

Götz weckte Karen mit einem liebevollen Kuss auf die Wange. Sie lag in einen Parka gehüllt auf einer Isomatte auf dem Boden. Die nächtliche Stimmung war so lustig gewesen, dass sie sich entschieden hatten, nicht ins Hotel zu gehen, sondern gleich auf dem Campingplatzbereich des Festivalgeländes zu bleiben. Götz fröstelte etwas. Viele Besucher hatten sich in dieser Nacht arrangiert wie im Schützengraben, in manchen Zweimannzelten schliefen fünf Personen, halb übereinander, etliche Menschen hatten sich mit ihrer puren Körperwärme Geborgenheit gespendet, die Fußböden der Dusch- und Toilettenwagen waren übersät mit schlafenden Leuten, die einfach nur im Trockenen liegen wollten, denn der gestern einsetzende Regen hatte sich verstärkt und die Nacht durch angehalten.

Dementsprechend gedämpft war auch die Stimmung am Beginn des zweiten Konzerttages. Inzwischen tröpfelte es zwar nur noch etwas, dennoch war es ziemlich kühl und ungemütlich. Das Festival hatte mit dem Woodstock-Vorbild rein gar nichts gemein. Während sich dort Horden von Hippies vergnügt und nackt im Schlamm gewälzt hatten, war es hier auf Fehmarn ein Kampf gegen Kälte und Wind. Das stärkte zwar gewissermaßen das Zusammengehörigkeitsgefühl, war aber jeglicher Form von Ausgelassenheit oder Stimmung wenig zuträglich.

1970

Die Frankfurter Band Grenzbereich, bestehend aus einem E-Bass, einem Schlagzeug und einer Sängerin, hatte die Bühne betreten. Ein paar zottelige Jungs saßen in Wolldecken gehüllt vor der Bühne. Sie schienen die einzigen Zuhörer zu sein. Der Bassist spielte ein sattes Riff, der Trommler setzte mit einem sehr beckenlastigen Beat ein. Die Sängerin nahm das Mikro aus dem Ständer und trällerte los:

Ich hab kein Bock auf Bummeln
ich will lieber fummeln
ich hab kein Bock auf Raufen
ich will Bowle saufen
Ich hab kein Bock auf Sitzen
ich möchte tanzend schwitzen
Ich hab kein Bock auf Sparen
ich will nach Holland fahren
Komm mit
ich zeig dir die Träume
Komm mit
in die Zwischenräume
Komm mit
direkt zu den Sternen
Komm mit
zu den hellen Laternen

Einer der Jungs mit den Wolldecken holte eine ziemlich zerbröselte Packung Schokoladenkekse aus der Tasche und bot sie seinen Freunden an.

SAMSTAG, 5. SEPTEMBER 1970

Fehmarn, Mittag

Der hellblaue Ford Transit passierte die Fehmarnsundbrücke und das Dorf Flügge. Auf einem schlammigen Weg ging es ein paar Hundert Meter weiter, bevor der Wagen auf den Parkplatz des Festivalgeländes zurollte.

Dagmar freute sich schon wahnsinnig auf die Konzerte, vor allem auf Jimi Hendrix und die Brigadisten.

»Die Brigadisten spielen erst morgen, oder?«, fragte sie in die Runde.

»Ja, wir auch. Hendrix tritt wohl heute auf, nach Procol Harum und Ten Years After«, klärte Hinnerk sie auf.

»Ich bin tierisch aufgeregt«, gab Dagmar zu.

»Der Sänger von den Brigadisten hat's dir angetan, oder?«, fragte Eberhard ungewohnt provokativ. Dagmar fühlte sich von diesem Eifersuchtsanfall geehrt, ging aber nicht näher darauf ein. Sie wollte sich die Vorfreude nicht versauen lassen. Ein orientalisch aussehender Ordner fragte nach den Eintrittskarten. Er hatte am rechten Auge ein Veilchen.

»Wir sind die Band Kunststoffmangel, müsste eigentlich auf deiner Liste stehen«, erklärte Hinnerk.

»Augenblick mal, ich guck nach.«

Der Mann humpelte zu einem kleinen weißen Zelt, in dem eine Frau mit diversen Listen saß. Es dauerte gut zehn Minuten, bis er zurückkam, weil auch andere Ordner irgendetwas nachschauen oder fragen wollten.

»Sieben Leute, alles klar, könnt reinfahren.«

»Danke«, sagte Hinnerk und gab Gas. »Schaut mal, wie viele Leute hier das Konzert verlassen«, meinte er schmunzelnd, als sie den Eingangsbereich hinter sich gelassen hatten. »Denen war die Mucke wahrscheinlich nicht hart genug.« Tatsächlich kamen ihnen Menschen vom Festivalgelände aus entgegen. Das schöne spätsommerliche Wetter war schon am Vortag in eiskalten Wind und Dauerregen umgeschlagen, und ein paar Leute waren offenbar auf dem Weg in ein nahe gelegenes Wirtshaus. Es musste sich herumgesprochen haben, dass es dort günstig Bier und Wurst gab und man sich ordentlich aufwärmen konnte.

Als Dagmar mit ihren Freunden kurze Zeit später über den Campingplatz schlenderte, sah sie das Ausmaß des trostlosen Zustandes des Festivals: Wasserpfützen, schlammiger Boden, feuchtes Gras, überall Müll und Essensreste, klatschnasse Decken und Kleidungsstücke, die wie Putzlumpen herumlagen. Dieser Anblick war so deprimierend, dass sich die Freunde nicht lange aufhielten und nach wenigen Minuten zurück zu den Bühnen gingen.

Aufgrund der Wetterlage waren die Konzerte auch heute nicht besonders gut besucht. Auf der Hauptbühne stand gerade die Band Frumpy mit der Frontsängerin Inga Rumpf und spielte das Lied *Life without pain*. Dagmar hatte sich von ihren Freunden abgesetzt und spazierte allein über das Festival. Eberhard war mit der Band bei den Veranstaltern, um über die Details ihres Auftrittes und die Technik zu sprechen, also nutzte sie die Gelegenheit, sich etwas umzusehen. Sie hatte die Absicht, ihre Beobachtungen später ins Tagebuch zu übertragen.

Das gesamte Gelände machte auf sie einen trostlosen Eindruck. Die erschöpft wirkenden Festivalbesucher saßen im feuchten Gras, gegen die Kälte in Planen gehüllt. Die silbernen Haushaltsmülltonnen quollen über vor Pappbechern, Essensresten und leeren Flaschen. Dagmar wanderte an den Duschen vorbei zur Hauptbühne, auf der gerade ein Umbau stattfand. Sie genoss die frische, kühle Luft und schien als einzige Person weit und breit eine Art Euphorie zu verspüren. Sie blieb einige Meter vom Bühnenrand entfernt stehen und beobachtete das Geschehen.

Der verheißungsvolle Name *Festival der Liebe* hätte vermuten lassen können, dass sich überall Liebespärchen tummelten, aber die Temperatur ließ keine allzu sinnliche Stimmung aufkommen. Man wärmte sich mit Wein und Schnaps aus mitgebrachten Glasflaschen, die Zuschauer standen im Schlamm, es pfiff aus den Lautsprechern. Ein paar durch den Sturm arg mitgenommene Biwaks wehten im Wind, der zwischen den überwiegend leeren Bretterbuden hindurchpfiff. Die Betreiber der Essensstände hatten wohl wegen der Kälte die Segel gestrichen, wodurch die Verpflegung der Besucher allmählich knapp wurde.

Der bemitleidenswerte Moderator Eric Appell kam auf die Bühne. Man sah ihm an, dass er gerade überall lieber sein wollte als hier. Trotzdem gab er sich große Mühe, die Stimmung zumindest halbwegs aufrechtzuerhalten.

»Hey, Leute«, machte Eric gute Miene zum bösen Spiel. »Alles gut bei euch? Everything okay?«

Gütig gaben die Menschen leise, aber freundlich beipflichtende Geräusche von sich.

»Also, es gibt da ein kleines Problem. Leider.«

Erics Stimme klang beunruhigt. Was war denn jetzt wieder schiefgegangen? Lauernd warteten die Besucher auf das, was der Moderator nun sagen würde.

»Leider mussten Procol Harum und Ten Years After spontan absagen. Sie haben sich erkältet und können nicht auftreten.«

Das sofort einsetzende aufgebrachte Gemurmel der Fans verwandelte sich bald in eine Art Grollen, wie das Geräusch des Himmels kurz vor Ausbruch eines Gewitters. Dagmar empfand großes Mitleid mit dem armen Kerl.

»Wollt ihr uns verarschen?«, brüllte ein etwas in die Jahre gekommener Hippie mit grauem Pferdeschwanz, schwarzer Lederhose und lilafarbener Holzperlenweste.

»Wann kommt Hendrix?«, rief eine Zuschauerin.

»Jimi Hendrix ist erst vor einer halben Stunde angereist. Er ist sehr erschöpft und wollte sich etwas ausruhen. Es tut mir sehr leid, liebe Leute, Jimi Hendrix wird erst morgen auftreten.«

Laute Buhrufe prasselten auf den unglücklichen Eric ein. Er schien den Tränen nahe. Wenn er gewusst hätte, auf was er sich mit diesem Job einlassen würde, wäre er wahrscheinlich daheim geblieben und hätte stattdessen ein schönes Schaumbad genommen. Es war klar, dass das Volk sich einfach Luft machen wollte, doch leider ließ es den unschuldigen Moderator dadurch als Buhmann dastehen. Er wagte einen weiteren, wenn auch hoffnungslosen Versuch, das Publikum zu besänftigen.

»Dafür spielen nachher Sly and the Family Stone und Canned Heat«, kündigte er gewollt enthusiastisch an. »Doch allen voran geht's jetzt los mit Mungo Jerry!«

Dagmar spürte, wie ihr Herz schnell zu pochen begann. Mungo Jerry! Sie hoffte, dass die anderen Zuschauer nun auch etwas in Hochstimmung geraten würden. Die Band setzte ein und spielte gleich zum Auftakt ihren im Augenblick überall angesagten Welthit *In the Summertime,* was das Publikum einigermaßen auf Trab brachte. Dagmar tanzte voller Freude. Doch die Grundfrustration über das immer weniger zufriedenstellende Festival blieb bei den meisten Besuchern hängen und ließ sich auch von der fantastischen Musik nicht vertreiben. In diesem Moment fing es schlagartig wieder an zu regnen. Dagmar tanzte einfach weiter, die Band verbreitete eine sagenhafte Stimmung.

»Da bist du ja«, hörte sie plötzlich eine weinerliche Stimme hinter sich. Es war Eberhard. Sein Gesicht war voller Vorwürfe. »Ich hab dich überall gesucht.«

»Ich bin ein bisschen rumgelaufen. Hör dir mal die Band an, die ist der Hammer.«

Aber Eberhard war offensichtlich nicht in der Lage, aus seiner negativen Grundstimmung herauszufinden. Wenn er sich einmal in eine solche Gemütslage hineingesteigert hatte, konnte er sie nicht so einfach wieder loswerden.

»Ich würde jetzt gern unser Zelt aufbauen«, nörgelte er.

»Lass uns doch die Band noch zu Ende anhören, vielleicht beruhigt sich das Wetter bis dahin, dann ist der Zeltaufbau nicht so mühsam«, schlug Dagmar vor und fand ihre Idee ziemlich schlüssig.

»Tu mir doch bitte den Gefallen«, bat Eberhard. Er wirkte fast etwas verzweifelt.

Dagmar hatte schon seit einiger Zeit das Gefühl, dass er das Festival eigentlich gar nicht wirklich besuchen wollte. Nun waren sie hier, ihm passte irgendwas nicht, und er behinderte mit seinem Verhalten und seiner seltsamen Energie all ihre positiven Emotionen. Doch wie so oft hatte sie keine Lust, mit ihm Grundsatzdebatten zu führen. Sie blies einen großen Schwall Luft durch ihre geblähten Backen und ging mit ihm zum Zeltaufbau.

SONNTAG, 6. SEPTEMBER 1970

Fehmarn, früher Nachmittag

Noch immer hatte sich wenig an der unguten Festivalsituation geändert. Es waren zwar am Vorabend ein paar Wasser- und Essenslieferungen angekommen, doch die reichten längst nicht für alle Zuschauer. Beate Uhse war mittlerweile ziemlich entrüstet abgereist und hatte, so hieß es, den Veranstaltern Unfähigkeit und Betrug unterstellt. Zudem war noch immer nicht klar, wann Hendrix auftreten würde, und es gab sogar vereinzelte Gerüchte, er habe das Gelände ebenfalls verlassen. Das Wetter hatte sich deutlich gebessert, die Sonne schien, trotzdem war es noch sehr kalt und windig. Die Türen der Latrinen waren in der Nacht von den Besuchern demontiert worden, um als Wind- und Regenschutz zu dienen, sodass der Rasen im Arenabereich dem auf einer unfertigen Baustelle glich.

Götz hatte sich bereit erklärt, zusammen mit Bilal, dem netten persischen Studenten, kostenlos Kaffee an die Besucher auszuschenken.

»Sind die komischen Lastwagenfahrer eigentlich noch mal aufgetaucht?«, fragte Götz.

»Zum Glück nicht. Es hat sich rausgestellt, dass die Typen regelmäßig mit ihren Lastwägen hier auf dem Feld zusammenkommen, um am Lagerfeuer Bier zu trinken und sich mit Prostituierten zu treffen. Deswegen waren sie wohl so wütend, weil sie das jetzt während des Festivals nicht machen können.«

»Oje«, seufzte Götz kopfschüttelnd.

»Mein Bruder Ramin hat eine schlimme Verletzung am Arm abbekommen. Es ging alles so schnell, er hat ziemlich geblutet. Möglicherweise ein Messerstich, aber man kann es nicht so genau sagen.«

»Echt zum Kotzen, was für Idioten es gibt.«

»Es gibt überall schlimme und gute Menschen. Ich bin froh, dass niemand ernsthaft verletzt wurde. In meiner Heimat sagt man: *Nur wer unrecht handelnden Menschen vergeben kann, ist wirklich weise.* Ich hoffe, diese zornigen Leute kommen eines Tages zur Ruhe und sehen ein, dass man mit Gewalt nichts erreicht.«

»Das sind sehr schöne Worte, ich danke dir dafür«, sagte Götz anerkennend und schenkte einer fülligen Dame in bunter Latzhose einen Becher Kaffee ein.

SONNTAG, 6. SEPTEMBER 1970

Fehmarn, Mittag

Dagmar war am Morgen voller Vorfreude erwacht, denn die Brigadisten sollten heute den letzten Festivaltag eröffnen. Sie fieberte den ganzen Vormittag dem Auftritt entgegen, den die Band schließlich mit dem Lied *Reform* begann. Ulrich stand am Piano. Seine Stimme erklang klar und deutlich durchs Mikro:

Wandlung bedeutet Mut zur Handlung
Neugestaltung heißt Ende der Verwaltung
Herzen glimmen durch leise Stimmen
Wer Reform will, muss durch Meere schwimmen

Das Publikum lauschte aufmerksam, was Dagmar als sehr angenehm empfand. Die dem Äußeren nach linkspolitisch eingestellten Besucher schienen durch dieses andächtige Schweigen der Botschaft der Brigadisten zuzustimmen. Der Applaus war zwar verhalten, doch Dagmar war sich sicher, dass die Gruppe mit ihren Texten die Herzen des Publikums berührt hatte. Es war ein schöner Erfolg.

Im Anschluss spielte ohne Umbau die kurzfristig eingesprungene Gruppe Witthüser & Westrupp, die zufällig anwesend war und mit von anderen Bands geliehenen Instrumenten auftrat. Um kurz vor dreizehn Uhr waren sie fertig und gingen unter mäßigem Applaus von der Bühne. Eric Appell stand neben der Hauptbühne und diskutierte mit zwei jungen Männern mit Pagenschnitt.

»Wollt ihr uns veräppeln? Uns mit großen Namen locken, und dann spielen irgendwelche Idioten. Das könnt ihr nicht bringen«, hörte Dagmar den einen der beiden sagen.

»Liebe Leute, ich moderier hier nur, da müsst ihr euch an die Festivalleitung wenden.«

»Nein, das ist deine Aufgabe.«

Die Menge begann zu buhen.

»Seid mir nicht böse, aber ich muss mich hier um andere Dinge kümmern. Schaut mal, dort hinten müsst ihr nur am Zaun vorbei bis ganz ans Ende, da steht ein blaues Zelt, dort sitzen die Veranstalter, bei denen könnt ihr euch beschweren.«

»Leck uns am Arsch.«

Die Menge buhte noch immer. Eric Appell bekam vom Mischpult her ein Zeichen und betrat die Bühne.

»Leute, die Leitung des Festivals entschuldigt sich bei euch für die unerwarteten Entwicklungen. In zwei Stunden wird eine große Menge Gulaschsuppe geliefert, die ist für euch gratis! Außerdem gibt es wieder Getränke im Bereich der Duschen. Aber jetzt eine wirklich gute Nachricht, auf die ihr alle gewartet habt: Als nächsten Künstler dürfen wir Jimi Hendrix begrüßen! Wir wünschen euch viel Spaß!«

Die Buhrufe gingen schlagartig in Jubel über, als Jimi Hendrix die Bühne betrat und sofort *Purple Haze* anstimmte. In diesem Moment riss die Wolkendecke am Himmel komplett auf, und die Sonne strahlte, als hätte sie niemals etwas anderes getan. Alles war auf einen Schlag in goldenes Licht getaucht.

Gemeinsam mit seiner Begleitband um Billy Cox und Mitch Mitchell spielte Jimi all seine Hits wie *Hey Joe* und *Voodoo Child.* Keiner ahnte, dass dies der letzte Festivalauftritt in seinem Leben sein sollte.

Dagmar und Eberhard standen nur zehn Meter von der Bühne entfernt und genossen jeden Ton. Die eindringlichen und genialen Gitarrenklänge, gepaart mit

Jimis markanter und berauschender Stimme, versetzten die beiden in eine Art ekstatische Verzückung. Sie waren ganz im Bann der Musik und vergaßen dabei alle Unstimmigkeiten in ihrer Beziehung.

Ganz in ihrer Nähe stand ein junges Paar und war ebenso berauscht vom Zauber der Darbietung. Beim Solo von *Hey Joe* drehte sich Dagmar tanzend im Kreis, hob ihren Kopf, und für den Bruchteil einer Sekunde traf sich ihr Blick mit dem des jungen Mannes. Ein seltsam angenehmes Gefühl durchfuhr sie, sie spürte eine beruhigende Vertrautheit, ein anmutiges Kitzeln, eine wohltuende Wärme, einen Hauch von Magie. Es war wie die kurze Erfüllung einer lange gehegten Sehnsucht, das Wahrwerden einer Vorahnung, wie die Heimkunft nach jahrelanger Wanderschaft, verbunden mit der Erinnerung an wohlbekannte Düfte und Farben. Weder Götz noch Dagmar bemerkten, dass dieser surreale Moment eigentlich nur ihnen allein gehörte, sie deuteten diese Emotion als Reaktion auf den geheimnisvollen Zauber von Jimi Hendrix' Gitarrenspiel, lächelten einander kurz an und gaben sich gleich danach wieder der Musik hin, drehten ihre Köpfe nicht noch einmal nach dem anderen um, nahmen dieses kleine Aufflackern von Verheißung nicht bewusst wahr. Es ging in der allgemeinen Hochstimmung und Entrückung unter, denn das gesamte Publikum stand wie unter Hypnose.

Nachdem die letzten Klänge verhallt waren und der Applaus allmählich abebbte, packten Jimi Hendrix und seine Musiker sofort ihre Instrumente zusammen und fuhren zum nächsten Flughafen, um nach London zu fliegen. Viele Besucher taten es ihnen gleich und verließen das ungastliche Gelände, was für die nachfolgende Band Floh de Cologne aus Köln verständlicherweise nicht gerade optimal war. Dennoch bekamen sie jubelnden Applaus von den Dagebliebenen.

Dagmar und Eberhard waren inzwischen zu einer Nebenbühne weitergezogen, um sich das Konzert ihrer Freunde von Kunststoffmangel anzuhören. Beim Lied *Herz aus Samt,* das sie beide sehr mochten und auswendig kannten, sangen sie lautstark mit. Danach wanderten sie zu einem der neu errichteten Behelfs-Getränkestände und kauften sich für je eine Mark fünfzig eine Halbliterdose *Holsten.* Neben ihnen stand Ulrich und trank ebenfalls ein *Holsten.* Eberhard fuhr vor Schreck zusammen.

»Hey, Ulrich!«, sagte Dagmar und lächelte ihn fröhlich an.

»Hey, grüß dich«, antwortete Ulrich.

»Kannst du dich erinnern?«

»Klar, aus Köln!«

»Genau!«

»Übrigens nennen mich meine Freunde Ulibert.«

»Freut uns. Wir sind Dagmar und Eberhard«, stellte Dagmar sich und ihren Freund vor.

»Ich erinnere mich. Prost, Dagmar! Prost, Eberhard!«

Die drei stießen an. Eberhard schien etwas angespannt, vermutlich quälte ihn mal wieder die Eifersucht. Dagmar war aber tatsächlich auch mehr als fasziniert von Ulrich, diesem melancholisch wirkenden Typen mit der einprägsamen Stimme. Sie konnte nicht anders, als zu strahlen, während sie sich mit ihm unterhielt. Eberhard kämpfte offensichtlich darum, nicht die Beherrschung zu verlieren, doch statt etwas zu sagen, litt er lieber stumm vor sich hin.

»Könnte kälter sein, das Zeug, oder?«, nörgelte Ulrich an dem Bier herum. Zu Recht, es hatte nahezu Körpertemperatur, die Dosen hatten vermutlich noch nie einen Kühlschrank von innen gesehen. Aber es schmeckte würzig und erfüllte seinen Zweck, sodass Ulrich im Anschluss noch eine Runde ausgab, während auf der Bühne die Krautrockband Embryo sphärische Klänge erzeugte.

SONNTAG, 6. SEPTEMBER 1970

Fehmarn, früher Abend

Das Konzert von Hendrix war ursprünglich für zwanzig Uhr angesetzt gewesen, das Highlight kommt ja bekanntlich zum Schluss. Nun war dieser Programmplatz frei, und man musste den Ablauf neu konzipieren. Man entschloss sich, den Auftritt der Band Rote Steine, die sich mittlerweile Ton Steine Scherben nannte und eigentlich für vierzehn Uhr eingeplant gewesen war, auf den Zwanziguhrtermin zu verlegen. Das war organisatorisch am einfachsten und bedeutete für die Gruppe, dass sie zu dem Zeitpunkt spielen würde, der gewöhnlich den Höhepunkt des Festivals markierte.

Allerdings war inzwischen ein neues Problem aufgetaucht – die fünfhundert Festivalmitarbeiter, meist Studenten oder Auszubildende, die sich etwas dazuverdienen wollten, hatten ihr Geld noch nicht bekommen. Dadurch war die Stimmung nun auch bei den bisher sehr kooperativen Helfern mehr als gereizt. An einigen Eingängen hatten wohl schon seit Samstagmittag Motorradrocker die Einlasskontrolle gewaltsam übernommen, um die Besucher abzukassieren, aber die waren mittlerweile wieder verschwunden. Seit achtzehn Uhr war nun auch das Veranstaltungszelt geschlossen, man erhielt keinerlei Informationen mehr, und unter den Mitarbeitern, Zuschauern und Musikern verbreitete sich das Gerücht, dass die Festivalleitung sich mit der Tageskasse aus dem Staub gemacht hätte.

Auch für Ulrich und seine Kollegen stand fest, dass das versprochene Geld für ihre Fahrtkosten mit den Veranstaltern auf Nimmerwiedersehen verschwunden war. Sie wollten sich aber die Stimmung und die Vorfreude auf das Konzert von Ton Steine Scherben nicht verderben lassen.

Götz drehte sich eine Zigarette. Auf der Bühne beendete gerade die Band Kunststoffmangel aus Köln, die politisch ähnlich orientiert war wie die Brigadisten, ihren Auftritt. Die Künstler hatten wirklich eine gute

Show geliefert, mit klugen Texten und wunderbarer Musik. Götz war sehr angetan. Den kurzen, intensiven Blick, den er mit der geheimnisvollen Unbekannten gewechselt hatte, hatte er schon wieder vergessen.

»Super, die Bands hier! Ich freu mich auch schon total auf die Roten Steine!«

Doch Karen hatte sich anscheinend etwas anderes vorgestellt.

»Also, wir haben doch Hendrix schon gesehen«, gab sie zu bedenken. »Wollen wir nicht bald versuchen, hier wegzukommen?«

»Nee, ich möchte schon bis zum Schluss bleiben«, meinte Götz.

»Ihr könnt wieder mit einem von uns mitfahren, und wir lassen euch in Lübeck bei der Raststätte raus«, schlug Frieder vor. »Dann trampt ihr ganz in Ruhe weiter. Von Lübeck fährt sowieso jeder Zweite nach Hamburg.«

An Karens Gesichtsausdruck war abzulesen, dass ihr dieser Vorschlag durchaus nicht behagte. Dennoch willigte sie ein.

Die Scherben hatten bereits ihre Instrumente eingestöpselt und sie einem ersten Soundcheck unterzogen, der Klang war fabelhaft. Als die Band noch mal kurz von der Bühne ging, beobachtete Götz, wie Eric Appell ziemlich nervös angehetzt kam. Er trat zu einem der Männer, der wohl zur Entourage der Gruppe gehörte. Offenbar waren auch sie mit zahlreichen Freunden angereist.

»Es ist eine Katastrophe, die Verantwortlichen sind getürmt«, stammelte er völlig außer Atem. »Ich sehe zu, dass ich auch so schnell wie möglich hier wegkomme, weil man mich ja immer für einen der Veranstalter hält und ich, ehrlich gesagt, keinen Bock darauf habe, geteert und gefedert wie eine Sau aus dem Dorf getrieben zu werden.«

»Das heißt, sie sollen einfach anfangen?«, fragte der Mann.

»Ja bitte. Die Technik steht.«

»Gut, dann sag doch bitte Bescheid, dass das Bühnenlicht angemacht wird.«

Appell sorgte für gute Beleuchtung auf der Bühne, und die Band stieg die Treppe hinauf. Die Musiker gingen an ihre Instrumente und begannen, sie noch einmal zu stimmen. Dann griff Rio Reiser, der Sänger der Band, zum Mikrofon und rief: »Ton Steine Scherben, das ist unser Name!«

Die Menge fing an zu klatschen. Lanrue, der Gitarrist, spielte die ersten Riffs von *Macht kaputt, was euch kaputt macht.* Götz spürte eine positive Energie in sich aufsteigen, gepaart mit der Wut auf die betrügerische Festivalleitung.

Rio Reiser holte tief Luft und brüllte ins Mikro: »Hauen wir die Veranstalter ungespitzt in den Boden!«, bevor er zu singen begann.

Die Zuhörer waren sofort entflammt. Das Lied passte perfekt zur gegenwärtigen Stimmung, verkörperte Aufbruch, Rebellion, Kampf gegen Obrigkeiten, Zusammengehörigkeitsgefühl und Euphorie. Auch Karens anfängliche Bedenken schienen komplett verflogen, sie tanzte und lachte ausgelassen, küsste Götz und ließ sich völlig von der Musik mitreißen.

Rio sang: »Radios laufen, Platten laufen, Filme laufen, TVs laufen, Reisen kaufen, Autos kaufen, Häuser kaufen, Möbel kaufen. Wofür? Macht kaputt, was euch kaputt macht! Macht kaputt, was euch kaputt macht!«

Die Menge jubelte ekstatisch. Die nachmittägliche Kraft von Jimi Hendrix war wieder zurück, revolutionäre Energie und der Geist der Freiheit hatten die Zuhörer erfasst.

Nach der zweiten Strophe des Liedes kannte die Menge kein Halten mehr, die Leute machten sich Luft, johlten, rissen Bretterbuden ein, schlugen alles kurz und klein, ließen ihren Emotionen freien Lauf. Es war der Sturm auf die Bastille, untermalt mit unverfälschter, purer Musik und der packenden Stimme von Rio Reiser. Es wirkte beinahe so, als wäre der Text speziell für diese Situation geschrieben worden.

Die von der Sonne der letzten Stunden halbwegs getrockneten Bretter der Getränkebuden wurden angezündet, auch Planen und Mülleimer fingen Feuer. Das Festival brannte. Zuletzt auch die Bühne. Die Band Ton Steine Scherben war gleich durch ihren ersten Auftritt zur Legende geworden.

1970

SONNTAG, 6. SEPTEMBER 1970

Fehmarn, Spätabend

Nach dem Brand der Bühne machten sich die Musiker in rasantem Tempo daran, ihre Instrumente abzubauen. Überhaupt brach eine allgemeine Betriebsamkeit aus, da niemand für den entstandenen Schaden verantwortlich gemacht werden wollte und jeder zusah, so schnell wie möglich vom Festivalgelände zu verschwinden, bevor Polizei und Feuerwehr auftauchten.

Dagmar saß mit geschlossenen Augen neben Eberhard in Hinnerks Wagen und war kurz davor, einzuschlafen, während Eberhard die Kennzeichen der entgegenkommenden Autos kommentierte.

»Wenn zwei Buchstaben auf einem Nummernschild stehen und der erste ist ein H, bedeutet das *Hansestadt*«, erklärte er.

Hinnerk schien diese Information nicht besonders zu beeindrucken. »Ich weiß«, antwortete er. »Bist du nicht auch müde und möchtest etwas schlafen?«

Dagmar merkte, dass er sich aufs Fahren konzentrieren wollte und wenig Interesse an diesem Kennzeichenspiel hatte. Sie dachte über ihre Beziehung zu Eberhard nach. War er wirklich so ein Spießer? War er tatsächlich, wie sie manchmal halb im Scherz behauptete, der verkrampfteste und angespannteste Mann weit und breit? Oder passte er nur einfach nicht so recht in sein Umfeld? Immerhin hatten sie das Festival ohne große Streitereien überstanden, und sie hoffte, dass sich auf dem Oktoberfest zeigen würde, dass er durchaus in der Lage war, entspannt und locker zu sein. Sie spürte, wie er seine Hand auf ihren Arm legte, doch sie reagierte nicht darauf und tat, als würde sie bereits schlafen.

MONTAG, 7. SEPTEMBER 1970

Lübeck, Nacht

Karen und Götz waren, wie vereinbart, bei Frieder mitgefahren und hatten in der Aufbruchshektik beim Timmendorfer Strand die restliche Truppe verloren. Wie versprochen, setzte er sie an einer Raststätte an der A1 ab, weil er noch Freunde in Berlin besuchen wollte. Es war 1:30 Uhr. Götz lief sofort zu einem vor ihnen parkenden Volvo mit Münchner Kennzeichen. Der Fahrer war gerade im Begriff einzusteigen.

»Hey, kannst du uns mit nach Hamburg nehmen?«, fragte er und setzte seinen besten Schwiegersohnblick auf.

»Steigt ein«, antwortete der etwa vierzigjährige Mann mit Schiebermütze und Cordsakko.

Drei Minuten später waren sie auf der Autobahn. Götz saß auf dem Beifahrersitz, Karen hatte sich im Fond quer hingelegt und döste.

»Wo kommt ihr denn her?«, erkundigte sich der Fahrer.

»Wir waren bei einem Musikfestival auf der Insel Fehmarn«, erzählte Götz.

»Oh, davon hab ich gehört. Hat Beate Uhse gesponsert, oder?«

»Genau.«

»Da waren ja dolle Bands am Start.«

»Na ja, viele haben abgesagt, aber wir haben Hendrix gesehen und ein paar andere fantastische Gruppen.«

»Immerhin.«

Auf der Ablage vor dem Beifahrersitz lag ein schreibmaschinengeschriebenes Manuskript mit der Überschrift *Morgen gibt es Hitzefrei.*

»Ist das ein Theaterstück?«, wollte Götz wissen.

»Nein, das ist das Drehbuch für einen Kinofilm«, berichtigte der Mann Götz' Vermutung.

»Bist du Drehbuchautor?«

»So was Ähnliches. Ich bin Filmkomponist.«

»Oh, das ist ja spannend.«

»Ja, ich habe einen sehr schönen Beruf. Arbeite zwar für die Filmbranche, bin aber nicht der Hektik ausgesetzt, sondern kann ganz gemütlich von zu Hause aus komponieren.«

»Und was ist das für ein Film?«

»Das ist die Fortsetzung einer Reihe von Filmkomödien. Der erste Film hieß *Alles außer Nachsitzen.*«

»Den kenn ich! Ich hab den Film mit meinen Eltern im Kino gesehen.«

»Dann hast du auch meine Kompositionen gehört«, meinte der Mann lächelnd.

»Stark! Das freut mich echt!«

»Gerade vor ein paar Wochen hatte der zweite Teil Premiere, *Keinen Bock auf Unterricht.*«

»Haha, zum Glück musst du dir nicht die Titel ausdenken.«

»Stimmt, die sind manchmal schon sehr banal. Was machst du denn beruflich?«

»Ich studiere in Hamburg, bin noch absolut unentschlossen und für alles offen.«

»Falls du Lust hast, kannst du dich ja mal melden. Beim Film kann man ganz gut Geld verdienen.«

»Ja. Aber du bist in München, oder?«

»Genau, hab aber auch immer wieder in Hamburg zu tun.«

»München muss klasse sein. Ich würde für mein Leben gern mal zum Oktoberfest fahren!«

Das väterliche Schmunzeln des Mannes mit der Mütze wirkte angenehm und vertrauenerweckend.

»Warst du noch nie dort?«

»Nein.«

»Möchtest du zu einer Filmparty aufs Oktoberfest mitkommen? Da kannst du gute Kontakte knüpfen.«

»Das wär die komplette Wucht!«, rief Götz mit sich leicht überschlagender Stimme. »Hey, Mann, was für ein Zufall, dass wir ausgerechnet bei dir eingestiegen sind.«

»Ich glaube nicht an Zufälle. Alles hat seinen Grund.«

»Ja, vermutlich. Wann ist denn diese Filmparty?«

»Die ist am 19. September, ein Samstag. Müsstest

halt selber nach München kommen und dich um eine Übernachtung kümmern. Bier und Essen bezahlt die Produktionsfirma.«

»Ach so? Ist das Oktoberfest nicht im Oktober?«

»Nein, das Oktoberfest leitet sozusagen den Oktober ein. Es beginnt immer im September, und am ersten Oktobersonntag ist es wieder vorbei.«

»Ich hab Zeit. Ich weiß nur nicht, ob meine Freundin da auch Lust drauf hat.«

»Frag sie doch.«

Götz drehte sich um. Karen schlummerte tief und fest. Sie sah sehr goldig aus.

»Mach ich morgen.«

»Dann vereinbaren wir das jetzt verbindlich, ja? Ich kündige dich als Assistenten an. Das kann keiner nachprüfen. Es geht um zwölf Uhr im Hacker-Festzelt los. Das findest du im Handumdrehen. Musst mir nur noch deinen Namen verraten, dann lass ich dich mit Begleitperson auf die Gästeliste setzen. Du kannst natürlich auch gern allein kommen, je nach Gusto.«

»Wahnsinn, danke schön! Ich heiße Götz Lutter, mit Doppel-T. Moment, ich schreib dir meinen Namen auf. Wie heißt du eigentlich?«

»Erich Streitberger.« Er nahm den Zettel entgegen, auf den Götz seinen Namen gekritzelt hatte, und besah ihn sich kurz. »Sehr schön! Dann freu ich mich, wenn wir uns in knapp zwei Wochen auf dem Oktoberfest treffen, Götz. Das wird dir gefallen, da kommen viele Filmleute von Rang und Namen. Die sehr großzügige

Produktionsfirma heißt übrigens *Walburga Film*. Nur, falls jemand fragt.«

»Danke dir, Erik!«

»Erich.«

»Oh, entschuldige. Danke dir, Erich.«

FREITAG, 18. SEPTEMBER 1970

Köln, Vormittag

Seit dem Konzert auf der Insel Fehmarn hatte sich einiges getan. Die Rückfahrt mit Kunststoffmangel und Konsorten war ohne Zwischenfälle verlaufen, Hinnerk hatte Dagmar auf der Fahrt gefragt, ob sie nicht einen kurzen Bericht über das Festival und die Rolle der Veranstalter schreiben wolle, sein Schulfreund Peter sei Redakteur beim *Kölner Stadt-Anzeiger* und betreue die Kulturseiten. Dagmar hatte diese Idee sehr reizvoll gefunden und einen viel beachteten Artikel über Musikindustrie, Kommerzialisierung und Kulturschaffende geschrieben. Gerade durch diesen Erfolg war sie in ihrem Wunsch, beruflich eine journalistische Laufbahn einzuschlagen, bestärkt worden. Eberhard fand das jedoch nicht so gut, hegte irgendwelche Befürchtungen, die er aber nicht begründen konnte.

Die Tage vergingen schneller als gedacht, und schon stand das Oktoberfest-Wochenende bevor. Gut vorbereitet warteten Eberhard und Dagmar mit ihrem

Gepäck am Kölner Hauptbahnhof auf einen Fernzug, der sie direkt nach München bringen sollte, und besprachen die Pläne für die nächsten Tage.

»Olli feiert bei sich daheim, oder?«, fragte Dagmar.

»Ja, er lebt mit ein paar Leuten in einer Wohngemeinschaft. Ich war selber noch nicht dort, aber ich glaub, das wird ziemlich abgefahren.«

»Toll. Vielleicht kennen die ja die Haifischkommune.«

»Was ist das?«, fragte Eberhard, wobei sein linkes Auge leicht zuckte – ein sicheres Zeichen für das Aufkommen seiner komplexbeladenen Eifersucht.

»Das ist sozusagen die Fortführung der Kommune I aus Berlin. Uschi Obermaier und Rainer Langhans haben die gegründet, und alle wichtigen Münchner Künstler gehen dort ein und aus. Fassbinder, Achternbusch, Hanna Schygulla, die ganze linke Szene.«

»Glaub ich weniger, dass er die kennt. Mein Bruder ist ein Spießer.«

»Du bist ja auch ein Spießer und trotzdem mit mir auf Kundgebungen.«

Dagmar lachte und küsste Eberhard, der wegen dieser Bemerkung aber offenbar eingeschnappt war und sich auch von Dagmars Zuneigungsbekundung nicht davon abbringen lassen wollte.

»Ich bin doch kein Spießer!«, empörte er sich.

»Nur bisschen«, lachte Dagmar. Sie fand seine Empfindlichkeit eigentlich süß, auch wenn sie sich manchmal einen männlicheren Freund gewünscht hätte, der einfach nur lässig war und nicht jedes Wort auf die Goldwaage legte. Auch beim nicht allzu häufigen Sex war er ihr zu zurückhaltend. Klar, sie erwartete einen einfühlsamen Mann, der sie im Bett gleichberechtigt behandelte und darauf achtete, dass beide ihren Spaß hatten, was Eberhard durchaus tat. Aber sie hätte nichts dagegen einzuwenden gehabt, wenn er auch mal einfach nur wie ein Neandertaler grunzend und schwitzend über sie hergefallen wäre. Doch im Grunde war sie zufrieden mit der Beziehung. Man konnte hin und wieder wirklich gut mit Eberhard diskutieren, auch wenn er sehr schnell klein beigab und im Gegensatz zu ihr keine Freude daran hatte, ein Thema bis zum Exzess zu vertiefen.

»Ich bin schon so gespannt auf das Oktoberfest!«, meinte sie jetzt fröhlich, um ihn von seinem Groll abzulenken.

»Mal sehen«, brummte er auf seine typisch pessimistische Art.

»Freu dich doch auch mal ein bisschen«, versuchte sie, ihn aufzumuntern. »Schau mal, unser Zug fährt ein!«

1970

FREITAG, 18. SEPTEMBER 1970

Hamburg, Vormittag

Wie zu erwarten, hatte Karen nicht das geringste Interesse daran gezeigt, mit Götz nach München auf das Oktoberfest zu fahren. Sie hatte erklärt, sie wolle lieber in Hamburg bleiben, lesen, spazieren gehen, den Herbst an der Elbe genießen. Der ganze Ausflug auf das Musikfestival sei schon anstrengend genug gewesen.

Götz hatte sich die Liebesbeziehung zu Karen ursprünglich völlig anders vorgestellt. Er wusste, in ihren Augen war er unstet, manchmal extrem. Aber er brauchte diesen ganzen Aktivismus, die studentischen Aktivitäten, die Hausbesetzungen, Demos, Kundgebungen. Das war seine Welt. Und nicht nur ab und zu, sondern von früh bis spät, tagein, tagaus. Karen dagegen war eigentlich gar nicht politisch, sie war erst durch Götz so richtig mit der linken Szene in Berührung gekommen. Klar hatte sie ihre Ansichten und Vorstellungen, wollte fortschrittlich sein und dazugehören, aber Götz vermutete, dass sie sich im Grunde ihres Herzens nach Sicherheit und einer geordneten, häuslichen Existenz sehnte. Seit dem Festival äußerte sie immer häufiger Kritik an seinem Streben nach Unangepasstheit und machte auch keinen Hehl daraus, was sie von seinem Vorhaben hielt, sich auf dem Oktoberfest mit irgendwelchen Menschen aus der Filmbranche zu treffen: Sie fand die ganze Sache zwar spannend, maß ihr und seiner Hoffnung, beim Film Fuß zu fassen, aber kaum Bedeutung bei. Sie hatten sich am Vorabend seiner Reise gesehen, und sie hatte sich mehrmals darüber beschwert, dass er so geistesabwesend wirke.

Es stimmte: Götz war in Gedanken schon auf dem Oktoberfest. Er war von seinem Plan überzeugt. Die Unterhaltung mit Erich hatte nachhaltige innere Auswirkungen auf ihn gehabt. Seitdem malte er sich geradezu manisch eine Fantasiekarriere beim Film aus und plante bereits, wie er sich vor seinen künftigen Produzenten und Regisseuren präsentieren würde. Aus diesem Grund hatte er sich von seinen Eltern tausend Deutsche Mark geliehen und sich einen fliederfarbenen Anzug mit Schlaghosen maßschneidern lassen, dazu hatte er weiße Slipper erstanden. In diesem Outfit wollte er die Filmgesellschaft auf dem Oktoberfest mächtig beeindrucken.

Zusätzlich war er täglich in die Uni-Bibliothek gegangen und hatte sich über Grundregeln des Films, Abläufe, Kameraperspektiven, Techniken und Gagen informiert, um sich in Gesprächen mit hohen Tieren der Branche keinesfalls zu blamieren. So hatte er sich innerhalb weniger Tage einen beachtlichen Fachjargon zugelegt und wartete nun am Hamburger Hauptbahnhof auf seinen Zug, der ihn nach Nürnberg bringen sollte, wo er nach einer halben Stunde Aufenthalt seine Fahrt nach München fortsetzen würde.

Gute sechs Stunden später stand Götz in Nürnberg am Gleis, wo der Zug nach München abfahren sollte. Dieser Zug kam aus Köln und hatte zehn Minuten Verspätung. Als er endlich eintraf, stieg Götz ein, ging durch die Gänge des Waggons und war gerade im Begriff, die Schiebetür zu einem Abteil zu öffnen, in dem eine junge Frau im Arm eines jungen Mannes schlummerte, als ihn plötzlich ein akuter Appetitanfall überkam und er sich entschied, stattdessen erst mal den Speisewagen aufzusuchen und sich mit einer Mahlzeit und ein, zwei Gläsern Bier zu stärken. So geschah es ein zweites Mal, dass sich Götz und Dagmar begegneten, ohne es bewusst wahrzunehmen.

FREITAG, 18. SEPTEMBER 1970

München, Abend

Dagmar und Eberhard waren auf der Party bei Eberhards Bruder Oliver, dessen Freundin eine Fruchtbowle gemacht hatte. Es lief Musik von Peter Maffay, ein paar ausdruckslose Pärchen knutschten oder tanzten eng umschlungen. Eberhard schien sich ziemlich wohlzufühlen, doch Dagmar fand es furchtbar langweilig, bis sie zufällig in Olivers Arbeitszimmer ein gerahmtes Bild von Franz Josef Strauß entdeckte. Sofort zog sie Eberhard beiseite und sprach ihn darauf an.

»Mein Bruder ist halt etwas konservativ«, versuchte er, sie zu beschwichtigen. »Der ist kein Rechtsradikaler oder so was.«

»Sei mir nicht böse, aber Strauß ist der Inbegriff eines Reaktionärs«, wisperte sie scharf.

Eberhard, der offenbar fürchtete, Dagmar könne die Party sprengen, rang nach Worten.

»Oliver hat ganz einfach etwas altmodische Ansichten.«

»Da reden wir noch mal drüber, wenn wir wieder in Köln sind. Ich möchte dir hier keine Probleme bereiten, aber das musst du mir daheim in aller Ruhe erklären.«

»Bitte, sprich ihn nicht darauf an.«

»Nein, wie gesagt, ich will hier keine Szene machen, so wichtig ist mir dein Bruder echt nicht. Komm, lass uns was trinken, wir wollen ja ein paar schöne Tage haben.«

»Ich danke dir sehr.«

»Wenn du jetzt aber wieder unterwürfig rumwinselst, schlag ich das Strauß-Bild kaputt.«

»Nein, versprochen. Ich winsle nicht.«

Sie gab ihm einen schnellen nassen Kuss und zog ihn wieder hinaus in die Harmlosigkeit der Geburtstagsfeier.

1970

FREITAG, 18. SEPTEMBER 1970

München, Abend

Götz hatte sich im *Hotel Peter* im westlichen Münchner Stadtteil Pasing einquartiert. Es war ein altmodisches Haus mit großem Garten. Das Wetter war mild, es wehte ein lauer Wind. Nach seiner Ankunft am Münchner Hauptbahnhof war Götz im dortigen *Amtlichen bayerischen Reisebüro* gewesen und hatte nach günstigen Unterkünften gefragt. Der Mitarbeiter hatte leicht ironisch gemeint, dies sei einen Tag vor dem »Wiesnanstich« ein sehr mutiger Wunsch, hatte dann aber zweimal kurz telefoniert und ihm die Adresse des Hotels genannt. Es lag nur vier Stationen mit der S-Bahn und dann etwa eine Viertelstunde zu Fuß vom Hauptbahnhof entfernt, das Einzelzimmer war günstig, sauber und hübsch eingerichtet – und schräg gegenüber befand sich ein großes Wirtshaus namens *Landsberger Hof*. Dort gab es bayerisches Essen und gutes bayerisches Bier zu annehmbaren Preisen, was Götz in vollen Zügen genoss. Nach Bezahlen der Zeche marschierte er zufrieden und bester Dinge zu einer nahe gelegenen Telefonzelle, um bei Karen anzurufen.

»Einn Aungblick«, sagte Karens Mutter in feinstem Hanseatisch. »Karen wartet schon sehnsüchtich auf dain Anruf, Götz.«

»Danke schön.«

»Hallo, Götz«, hauchte Karen mit leiser Stimme.

»Hey, Röslein! Wie schön, deine Stimme zu hören.«

»Wie war die Fahrt?«

»Hat absolut prima geklappt, ich hab auch ein günstiges Zimmer gefunden und werd früh schlafen gehen, damit ich morgen alles gut über die Bühne bringe.«

»Ich wünsch dir ganz viel Erfolg und außerdem großen Spaß auf dem Oktoberfest!«

»Danke dir! Ich bin, ehrlich gesagt, ziemlich aufgeregt. Ich weiß ja gar nicht, ob ich die alle verstehe hier. Bei dem Hotelbesitzer hatte ich schon meine Schwierigkeiten, als er mir irgendwas erklären wollte.«

»Mein süßer Schatz! Ich bin mir sicher, dass du das ganz toll hinbekommen wirst!«

»Mal kucken! Ich geb mir Mühe!«

»Dann meldest du dich am Sonntag, bevor du wieder abreist, und berichtest mir kurz?«

»Ja, wie abgemacht!«

»Ich hab dich lieb!«

»Ich dich auch!«

»Schüss, mein Liebling!«

»Schüss, Mäuschen!«

Götz legte auf. Die Telefonzelle roch intensiv nach Farbe oder Lack oder irgendetwas Ähnlichem. Der Zelle gegenüber war ein Fußballplatz, ein paar Jugendliche kickten trotz der inzwischen relativ späten Stunde. Götz spazierte zurück zum Hotel. In seinem Zimmer öffnete er das Fenster und hörte zwei Stimmen.

»Morgen geht's wieder los mim Oktoberfest. Gehn S' hin?«, fragte eine ältere, leicht brüchige Männerstimme.

»Naa, oiso i dad scho, aber mei Mo mag des gar ned. Der geht lieber in 'd Kirch«, antwortete eine Frauenstimme.

»Mir genga aa ned hi. I muass morgen eh no nach Kochel, an alten Schrank vo meiner Schwester abholen. Da muass i zeitig naus. Vielleicht geh i nächste Woch amoi mittags auf d' Wiesn.«

»Des is die beste Zeit.«

»Find i aa. Guad Nacht, Frau Matasic.«

»Guad Nacht, Professor Meissner.«

Götz hatte nur eine vage Vorstellung davon, über was sich die beiden älteren Herrschaften da gerade unterhalten hatten. Schmunzelnd schloss er das Fenster wieder und legte sich schlafen.

SAMSTAG, 19. SEPTEMBER 1970

München, Mittag

Ganz München stand kopf. Wie jedes Jahr am Tag des Oktoberfest-Anstichs. Der TÜV hatte die Achterbahnen, Autoscooter, Kinderkarussells, historischen Rutschen, Riesenräder und Bierzelte nach wochenlanger Prüfung freigegeben. Schausteller, Zuckerbäcker, Fischsemmelverkäufer, Souvenirhändler und Brezndamen waren fein herausgeputzt und warteten auf das »Startsignal« – den Moment, in dem alle Wirte mit den schön geschmückten Kutschen durch die Bierzeltgasse gefahren und unter dem Jubel der Menschen in die aus schweren Balken gezimmerten Bierzelte eingezogen waren, der amtierende Oberbürgermeister Hans-Jochen Vogel pünktlich um zwölf Uhr das erste Fass im Schottenhamel-Zelt angezapft und das obligatorische »O'zapft is« ausgerufen hatte. Damit begann die Wiesn offiziell, und es durften von nun an genussvoll Bier, Hendl, Radi, Käsewürfel und Brezn verzehrt werden.

Dagmar, Eberhard, dessen Bruder Oliver und einige seiner Freunde saßen in einer Box im Mittelschiff des Augustiner-Festzelts, direkt unter der Kapelle, die gerade den Hit *Ja, mir san mit'm Radl da* spielte. Die Menge trank, scherzte und schunkelte. Schon hatte irgendwer die nächste Runde Bier bestellt. Der Liter kostete zwei Mark vierzig, ein stolzer Preis. Die Leute trugen Jeans, manche Trachtenwesten und Lederhosen, eine Dame hatte ein historisches Dirndl an und erzählte stolz, dass sie es von ihrer Großmutter vermacht bekommen hatte. Dagmar hatte in der Menge Sigi Sommer, den berühmten Kolumnisten der *Münchner Abendzeitung*, entdeckt, der glücklich eine frische Maß genoss. Man konnte ihm ansehen, dass er bereits wieder zahlreiche geniale Ideen für seine Kolumne »Blasius, der Spaziergänger« hatte, die sich schon seit Jahren großer Beliebtheit erfreute. Eberhard führte mit einem Kumpel seines Bruders eine angeregte Unterhaltung über Gemeinsamkeiten und Unterschiede der zwei großen Traditionsereignisse in Köln und München, des Karnevals und des Oktoberfestes. Sie kamen überein, dass die Beliebtheit der beiden Veranstaltungen möglicherweise an der überwiegend katholischen Bevölkerung sowohl in Köln als auch in München liegen musste, da man ja mögliche beim Fest begangene Sünden tags darauf beichten konnte.

Dagmar fühlte sich nicht allzu wohl in der Gesellschaft von Olivers Freunden, zumal einige von ihnen farbige Bänder und Mützen trugen und sich damit als Mitglieder einer Studentenverbindung zu erkennen gaben – nach Dagmars Ansicht bekannten sie sich dadurch eindeutig als politisch rechts außen stehend. Obwohl Eberhard ihr versichert hatte, dass das in diesem Fall gar nicht stimme, da es sich lediglich um eine katholische Freundschaftsverbindung handele, die keinerlei politischen Ziele verfolge, empfand Dagmar den Umstand des Band- und Mützetragens als problematisch, vor allem, weil einzelne Verbindungsmitglieder, als die Kapelle eine kurze Pause einlegte, ein Studentenlied sangen, dessen Inhalt zwar absolut unverbindlich war, in seiner altmodischen Form Dagmars Vorurteile gegenüber Konservativen aber nur verstärkte.

»Student sein, wenn die Veilchen blühen, ein neues Lied die Lerche singt«, schallte es aus den gut geölten Kehlen. Dagmar starrte Eberhard mit aufgerissenen Augen an, als wolle sie ihn willenlos machen und zum sofortigen Aufbruch zwingen. Eberhard aber zuckte nur verlegen lächelnd die Schultern. Sie hatten am frühen Morgen vereinbart, den Oktoberfesttag wie auch schon die Feier am vergangenen Abend ohne Aufsehen und Diskussion verstreichen zu lassen. Doch Dagmars innere Angespanntheit ließ sie beinahe platzen, weshalb sie Eberhard kurz ins Ohr flüsterte, sie wolle auf die Toilette – was er mit einem Nicken zur Kenntnis nahm –, und dann den Tisch verließ.

Obwohl es erst 12:40 Uhr war und der ganze Trubel gerade mal vor einer guten halben Stunde begonnen hatte, befanden sich schon zahlreiche Menschen in äußerst gut gelaunter Trunkenheit. Fast alle Gesichter waren glücklich und strahlten, die Augen glänzten. Dagmar schien der einzige Mensch auf der Welt zu sein, der Zweifel oder Groll empfand.

Als sie im Freien stand und die Menschen dort ebenso fröhlich waren wie im Zeltinneren, entschied sie, ihren Ärger über Bord zu werfen und den Tag trotz allem zu genießen. Um auf andere Gedanken zu kommen, schlenderte sie an der frischen Luft umher, erfreute sich an der vom weißblauen Himmel herabstrahlenden Sonne, genoss den Duft von gebrannten Mandeln und Zuckerwatte und bog schließlich in eine große Gasse ein, in der es von Attraktionen nur so wimmelte. Ein junges Pärchen in Schlaghosen und Jeansjacken stand vor einem Autoscooter und philosophierte über das Leben. Der Mann sagte gerade: »Das Oktoberfest ist wie eine religiöse Lehre, man lebt nur im Moment, alles andere verschwindet wie Rauch aus einem Schornstein.«

»Sind wir dann der Schornstein?«, fragte seine Freundin.

»Nein, wir sind die Glut, die den Rauch produziert.

Wir leben im Augenblick, der Rauch ist nur das Resultat, der interessiert uns gar nicht. Den Rauch braucht niemand, der in der Gegenwart lebt.« Dagmars Herz klopfte freudig, als sie diese Worte vernahm. Es gab also auch hier auf dem größten Volksfest der Welt Philosophen und Denker.

Als sie um die Ecke bog, hörte sie noch, wie die Frau hinterherschob: »Wir haben eine Verabredung mit dem Leben. Und die ist genau hier, vor dem Autoscooter, und nirgendwo anders.«

Was für schöne Gedanken an solch einem unruhigen, aber andererseits auch komplexen, harmonischen und guten Ort, dachte Dagmar.

Vor einem fahnenbehängten Eingang warteten sehr viele Leute von Jung bis Alt. Über ihren Köpfen war ein buntes Rad angebracht, auf dem vier ausgelassene Damen aus Gips oder Plastilin saßen und jubelten. Darüber stand in geschwungenen Lettern *Teufelsrad.* An der Kasse hing ein Schild mit der Aufschrift *60 Jahre reines Vergnügen.* Dagmar zögerte nicht eine Sekunde, bezahlte fünfzig Pfennige und trat ein.

Im Inneren des großräumigen Zeltes waren links und rechts breite Treppenstufen angeordnet, auf denen man stehen oder sitzen konnte. In der Mitte befand sich eine runde Drehscheibe von etwa fünf Metern Durchmesser, die wie eine kleine Arena im Zirkus von einer Bande begrenzt war. An einer Art DJ-Pult am Rand stand ein Mann mit breiten Koteletten und einem Mikrofon.

»Wir machen weiter mit einer Runde Damen zwischen dreißig und fünfzig!«

Sofort rannten etwa zwölf Frauen wie von der Tarantel gestochen zur Scheibe und setzten sich kunterbunt zusammengewürfelt darauf.

»Dann spielen wir ein Lied, nur für euch.«

Als die ersten Klänge des Songs *Dein schönstes Geschenk* von Roy Black ertönten, begann sich die Scheibe zu drehen. Die Aufgabe der Frauen war es nun, der Fliehkraft möglichst lange zu widerstehen und sich auf dem drehenden Rad zu halten, was nicht allen leichtfiel. Eine von ihnen stemmte sich mit den Beinen so ungeschickt in den Boden, dass ihr Rock hochrutschte und ein hautfarbener Schlüpfer zum Vorschein kam.

»Hoppala«, rief der Mann mit dem Mikrofon. »Hast du heut in der Früh vergessen, dein Unterhoserl anzuziehen?«

Die Zuschauer lachten sich kaputt. Es folgten weitere kleine Gemeinheiten, Anzüglichkeiten und Scherze des Ansagers, die aber allesamt stimmig und sehr unterhaltsam waren. Nach und nach flogen einzelne Damen vom Rad und krachten gegen die Seitenwände.

Die Bayern sind in ihrer Derbheit schon angenehm konsequent, dachte Dagmar, als eine Frau beim Herunterrutschen einen Schuh verlor und sich den Kopf gut hörbar an der Bande anschlug. Zuletzt saß nur noch eine geschickte Mittvierzigerin auf dem Teufelsrad. Sie hielt die Balance bewundernswert gut und schien auf der Drehscheibe wie festgewurzelt zu sein. Doch die Betreiber hatten sich weitere Schikanen ausgedacht, um sie vom Rad zu befördern. Zunächst setzten Gehilfen des Mikrofonmannes einen an einem langen Seil befestigten Schaumstoffball ein, der der armen Frau teilweise mit vollem Karacho gegen den Kopf sauste und dabei ein dumpfes Aufprallgeräusch erzeugte. Doch auch diesem Hindernis hielt sie stand, sodass die Helfer nun dicke Seile benutzten, die sie wie ein Lasso um die Frau warfen und sie mit einem Rutsch von der Scheibe zogen. Die Freunde der mutigen Etappensiegerin klatschten ihr begeistert Beifall.

Als Nächstes mussten sich zwei Buben auf das Rad stellen. Man überreichte ihnen kleine Boxhandschuhe, und sie sollten zum Lied *Mama* von Heintje gegeneinander kämpfen, während sich das Rad fast bedrohlich langsam, wie in Zeitlupe, drehte. Der eine Junge, etwa zehn Jahre alt, war ein ziemlicher Draufgänger und grinste breit, sodass man seine Zahnlücke sah. Der andere, etwas jüngere, wirkte eingeschüchtert und ängstlich, doch seine Eltern riefen ihm von ihren Plätzen aus aufmunternde Worte zu.

»Los, box gegen den Burschen, Maximilian, brauchst dich nicht zu fürchten, das ist alles ein Riesenspaß«, versuchte der Vater, ihm Mut zu machen. Der Kleine schwang die Fäuste etwas ungelenk durch die Luft, bemühte sich, seinen Gegner zu erwischen, hatte aber keine Chance. Auf einmal holte der Zahnlückige weit aus, zog durch und schlug seinem kleinen Konkurrenten den Boxhandschuh mit voller Wucht ins Gesicht. Sofort fing dessen Nase heftig an zu bluten.

»Das war jetzt aber ein bisserl sehr brutal, schäm dich, du Hanswurscht!«, sagte der Sprecher lachend ins Mikrofon. Damit war die Runde beendet. Die Eltern des Grobians gratulierten dem Sohn zu seinem Sieg, die Eltern des geschockten Jungen mit der blutenden Nase brachten schimpfend ihren Dreikäsehoch ins Freie.

Dagmar war erneut beeindruckt von dem bayerischen Draufgängertum, als eine Runde für »alle Menschen über achtzehn« angekündigt wurde. Dagmars Zorn war so gut wie weggeblasen, sie amüsierte sich köstlich.

SAMSTAG, 19. SEPTEMBER 1970

München, Mittag

Götz war bereits seit elf Uhr auf dem Oktoberfest. Er hatte morgens im *Hotel Peter* sein Frühstück genossen und war schließlich mit der S-Bahn zur Hackerbrücke gefahren, von wo er mit dem Strom der Masse direkt in den Haupteingang der Wiesn gespült worden war.

Zunächst beobachtete er vom dicht bevölkerten Rand der Zeltstraße aus den farbenprächtigen Einzug der Brauereigespanne und der Musikkapellen, hörte um sich herum den Jubel der Menschen in vielerlei Sprachen, ließ sich, als die letzten Festzugsteilnehmer vorübergezogen waren, von der Menge in die Schaustellergassen des Oktoberfestes mittreiben, schlenderte über das Gelände und sah sich um. Und was es dort nicht alles zu sehen gab! Losbuden, einen Mann mit einem seltsamen Blättchen im Mund, der Vogelzwitschern von sich gab, einige Geisterbahnen und Schießstände mit Luftgewehren. Außerdem wurden natürlich an allen Ecken und Enden allerlei kulinarische Verführungen angeboten. Vor einem Bierzelt stand ein großer Grill, wo Fisch am offenen Feuer gebraten wurde. Im Inneren dieses Zeltes waren eine Menge Biergartentische und -bänke aufgestellt, aber niemand hatte ein Bierglas vor sich, was Götz einigermaßen verwunderte.

»Warum trinkt denn hier keiner Bier?«, fragte er einen vorüberlaufenden Mann im Jeansanzug.

»Weil erst um zwölf Uhr Anstich ist. Vorher gibt's noch nix. Musst noch a bisserl warten«, war die prompte Antwort.

»Aber es gibt doch auch schon was zu essen, und die Schausteller haben ihren Betrieb ebenfalls bereits begonnen.«

»Ja, die dürfen schon vorher ein Geschäft machen. Aber beim Bier sind die Regeln strenger«, sagte der Mann im Jeansanzug nachdenklich und ging seines Weges.

Auch Götz flanierte weiter. Vor einem kleinen runden Zelt stand ein Mann mit bayerischem Hut und Lederhose.

»San Sie der Fütterer?«, fragte er Götz.

»Wer?«

»Der Fütterer?«

»Nein, was ist denn das?«

»Ein Fütterer«, erklärte der Mann geduldig, »ist ein Mensch, der seinen Ärmel hochkrempelt und den Flöhen zu essen gibt.«

Da bemerkte Götz die Schrift über dem Zelteingang: FLOH-ZIRKUS.

»Sind da wirklich Flöhe?«, fragte er ungläubig. »Ich dachte, das sei nur so ein geflügelter Ausdruck.«

»Freile gibt's bei uns Flöhe. Und seit der Tierschutzverein uns verboten hat, Hunde mitzunehmen, von denen die Flöh trinken können, müssn wir halt in den sauren Apfel beißn und einen Fütterer bezahlen. Magst dir's amal anschaun? Kostet vierzig Pfennig.«

Götz hatte noch fast eine Stunde Zeit bis zu seiner Verabredung, also trat er ein. Nach etwa zehn Minuten waren genügend Zuschauer versammelt, und die Revue ging los.

»Servus, i bin der Bäda«, sagte der Mann mit dem Hut. »Jetzt schaut's amal gut hin. Es gibt nämlich Flöhe mit verschiedenen Talenten, die einen sind Springer und die anderen Läufer. Läufer können beispielsweise eine Kutsche befördern, und Springer sind in der Regel begabte Fußballspieler.«

Tatsächlich waren die Artisten kleine Flöhe, die Kutschen zogen, Miniaturbälle in Tore schossen oder Karussells bewegten. Götz war begeistert!

Im Anschluss an den Flohzirkus fragte er sich durch bis zum Hacker-Festzelt. Im Zeltinneren angekommen, war er komplett hin und weg von der um ihn herum herrschenden Euphorie. Die Menschen waren schon jetzt so gut gelaunt, obwohl es ja erst in einer guten halben Stunde das erste Bier geben sollte. Manche Pärchen küssten sich zärtlich, einige Leute hatten Spielkarten dabei, es wurden Witze erzählt, und Götz freute sich, dass die Vorstellung, die er sich von Bayern gemacht hatte, dermaßen der Realität entsprach.

»Entschuldigen Sie«, fragte er einen Sicherheitsmann mit riesigem Schnauzer, Arbeitsschuhen und beigefarbenem Oberhemd. »Ich müsste zu einem Empfang der *Wallburga Filmgesellschaft.*«

»Augenblick«, sagte der Mann, holte ein DIN-A4-Blatt aus seiner Hemdtasche und entfaltete es. »Ja, die hocken in der Liesl-Karlstadt-Box, des is glei dort drüm.«

»Danke schön!«

»Viel Spaß!«

Götz wanderte durch die Gänge, genoss die Atmosphäre und den Geruch nach frischem Holz. Er war voller Vorfreude, guter Ideen, Spannung, was ihn erwarten würde, und pionierhaftem Tatendrang. Da erspähte er das Schild Liesl-Karlstadt-Box. Die sogenannte Box war ein frei zugänglicher Bereich, in dem ebenso wie im Rest des Zelts Bierbänke und -tische standen und sich viele Leute tummelten. Götz mischte sich unter die Gäste. Auf einmal stand Kriminalhauptmeister Harry Klein aus seiner Lieblingssendung *Der Kommissar* vor ihm und plauderte mit einer Dame. Er traute seinen Augen kaum! Er kannte den Namen des Schauspielers nicht, hätte auch nicht gewusst, was er zu ihm sagen sollte. Also blieb er in sicherer Entfernung stehen und beobachtete den bewunderten Star, der eine moderne dunkle Strickweste und einen weißen Rollkragenpullover trug.

Die Frau, mit der er sich unterhielt, hatte eine schicke Hose, eine bunte Bluse und einen Pullover an. Ihre Haare waren frech und hübsch geschnitten, und sie lachte in einem fort. Sie sah ein bisschen aus wie … Götz blinzelte, denn das konnte er beim besten Willen nicht glauben! Es war … da bestand kein Zweifel … der Fernsehpolizist unterhielt sich mit keiner Geringeren als dem »Schätzchen«, deren echten Namen Götz natürlich kannte, weil sie die zurzeit vermutlich berühmteste deutsche Schauspielerin war: Uschi Glas! Was für ein Wahnsinn, wen man in München so alles bestaunen konnte!

Götz sah sich um, ob er irgendwo Erich entdecken würde, aber es fehlte jede Spur von ihm. Egal, er stand auf der Liste und konnte sich erst mal entspannen. Kurz darauf hörte er es von draußen knallen.

»Das sind die Böllerschützen«, sagte ein Herr neben Götz zu einem anderen. »Der Oberbürgermeister hat angezapft, und da schießen sie zwölfmal, damit alle wissen, dass es zwölf Uhr ist. Nicht, wie manche meinen, weil der Bürgermeister zwölf Schläge zum Anzapfen gebraucht hat. Hahaha.«

Wenige Minuten später kam eine strahlende Bedienung mit vielen Literkrügen voller Bier und sattem Schaum in die Box. Die Krüge wurden verteilt, und Götz bekam gleich im ersten Schwung einen ab. Wie angekündigt, musste er nichts bezahlen, die Bedienung lief sofort wieder davon, um Nachschub zu holen.

Götz schnupperte am Bier. Es roch fantastisch. Er hob den Krug an und nahm einen großen Schluck – zunächst nur Schaum, der wundervoll schmeckte. Kurz darauf folgte das eigentliche Bier. Götz hatte noch niemals etwas so Gutes getrunken. Mit jedem Schluck schien jahrhundertealtes Urwissen in ihn zu fließen. Dieses Bier hatte nicht nur ein perfektes Aroma, es machte auch noch selig und zufrieden. Er saß einige Zeit da, trank den Maßkrug leer, bestellte, bekam ein weiteres Bier, als plötzlich ein Mann mit schwarzem Anzug und Krawatte auf ihn zusteuerte.

»Entschuldigung«, sprach er Götz an. »Das ist eine geschlossene Gesellschaft. Haben Sie eine Einladung?«

»Äh, nein, aber ich müsste auf der Gästeliste stehen.«

»Es gibt keine Gästeliste. Nur persönliche Einladungsschreiben. Wenn Sie keines haben, muss ich Sie bitten zu gehen.«

»Ich bin aber als Begleitung eines Ihrer Gäste hier.«

»Aha. Und wie heißt der Gast?«

»Erich.«

»Erich. Und mit Nachnamen?«

Mist! Er hatte Erichs Nachnamen vergessen.

»Das weiß ich nicht.«

»Komm, schleich dich, Bürscherl, bevor ich dich rausschmeißen lass!«

Götz wusste nicht, was er machen sollte. Hatte Erich ihn vergessen? Sie hatten ja keine Telefonnummern ausgetauscht, also hätte Erich ihn auch nicht verständigen können, wenn etwas schiefgelaufen wäre. Was sollte er also tun? Sich mit dem Mann zu streiten erschien ihm sinnlos. Er war in einer fremden Stadt in einem ihm unbekannten Umfeld und hätte sich damit nur zum Affen gemacht. Das Bier wirkte allerdings so besänftigend auf ihn, dass er die Situation gar nicht als unangenehm empfand und sich nur dachte: »Na gut, dann geh ich halt woandershin.«

Er stand auf, schwankte ganz leicht und bewegte sich in Richtung Ausgang. An einem der Biertische im Mittelteil des Zeltes saßen eine Frau und zwei Männer in Hippieklamotten, vor ihnen drei fast leere Bierkrüge.

»Ist hier noch was frei?«, fragte Götz.

»Logisch, hock di her«, sagte einer der Männer, er hatte eine Art hellbraunen Afro und trug ein quietschbuntes, ziemlich weit offenes Hemd.

»Danke!«, freute sich Götz und nahm Platz.

»Ich war gerade dabei, zu erzählen, dass der amerikanische Schriftsteller Thomas Wolfe in den Zwanzigerjahren auf dem Oktoberfest war«, erzählte der Mann mit dem Afro. »Er hat darüber geschrieben, dass ihn dieser Besuch ganz schön gebeutelt hat, das Ganze kam ihm vor wie ein einziger gewaltiger Schlund, der einen alle Seelenqual vergessen lässt, und er hat behauptet, noch nie einen erhabeneren Himmel als dieses Paradies von Völlerei erlebt zu haben.«

»Haha«, lachte die Frau. »Die Wiesn wurde schon öfter von Touristen unterschätzt.«

In diesem Moment kam eine Bedienung mit frischen Bieren. Alle vier Tischnachbarn nahmen ihr je eine Maß ab.

»Auf Jimi Hendrix«, rief der Mann mit dem Afro. Sie stießen an.

»Auf Jimi Hendrix«, stimmte Götz mit ein und fragte gleich darauf: »Aber warum? Hat er Geburtstag?«

»Nein«, antwortete der Afromann. »Er ist gestern gestorben.«

»Was?«

Götz blieb die Spucke weg. Er hatte ihn doch erst vor knapp zwei Wochen live gesehen!

»Wie kann das denn sein?«, erkundigte er sich mit leicht brüchiger Stimme. Die Botschaft war ihm durch Mark und Bein gefahren.

Die am Tisch sitzende Frau – sie hatte hennarot gefärbtes Haar und trug ein gebatiktes Stirnband – ergriff das Wort. »Seine deutsche Freundin Monika hat ihn bewusstlos im Hotelzimmer aufgefunden. Am Abend zuvor war er noch auf einer Session mit Musikerkollegen, Eric Burdon und so.«

»Ich war vor vierzehn Tagen auf einem Konzert von ihm.«

»Echt? Du warst in Fehmarn?«, fragte der andere Mann mit rötlichem Wuschelkopf und Schnauzer.

»Ja. War ein unglaublich toller Auftritt von Jimi und seinen Jungs.«

»Es war offiziell sein letzter«, ergänzte die Frau. »Ich hab heut Morgen einen Radiobericht gehört, da wurde alles dargelegt. Jimi war wohl schon auf Fehmarn ziemlich erschöpft, ist direkt nach der Show nach London geflogen. Zu seiner Freundin in ein Appartment-Hotel. Dort hat sie ihn ein paar Tage lang gepflegt. Er hatte anscheinend schon länger keine Lust mehr, auf der Bühne immer den exzentrischen Ausnahmegitarristen zu spielen. Er wollte einfach nur gute Musik machen, herumexperimentieren. Deshalb auch die Session mit Eric Burdon, trotz seines schlechten Gesundheitszustandes.«

»Das war vor ein paar Tagen im Londoner *Ronnie Scott's Jazz Club*«, berichtete der Afrokopf. »Die Jazzfans dort waren anfangs wohl sehr skeptisch, weil Jimi Hendrix in ihren Augen nur ein mittelmäßiger Gitarrenspieler war.«

»Arrogante Jazz-Idioten«, befand der Wuschelkopf.

»Ja«, fuhr der andere fort. »Aber dann legte Jimi los, und die Jamsession wurde ein Riesenerfolg. Das muss ein Feuerwerk, ein Wirbelsturm gewesen sein. Selbst die eingefleischtesten Jazz-Experten waren hin und weg. Der Applaus am Ende der Session glich angeblich dem bei einem Beatles-Konzert, mit dem einzigen Unterschied, dass Jazzfans nicht kreischen.«

Alle am Tisch lachten und stießen mit ihren Krügen an. Trotz der schlechten Neuigkeit war Götz in sehr guter Stimmung. Das Bier, die netten Leute, die angenehmen Gerüche von Zigarillos und Gebratenem, all das ließ ihn die Pleite bei dem Filmempfang rasch vergessen.

»Nun ja«, führte die Frau die Geschichte um die letzten Stunden der großen Gitarrenlegende fort, »am Abend nach der Session trank Jimi jedenfalls Unmengen Wein und schmiss sich dazu lauter Beruhigungs- oder Schmerzmittel ein. Das weiß man noch nicht so genau. Seine Freundin hat nur gesagt, dass er in den letzten Wochen oft irgendwelche Pillen nahm. Ich glaub, wenn der mal in Fahrt war, konnte man ihn nur schwer bremsen.«

»Ja, er war ein echter Exzentriker. Und Pillen sind immer ein schwieriges Thema, die werden häufig unterschätzt«, meinte der Afrokopf. »Mein Onkel ist seit Jahren von Schmerztabletten abhängig.«

»War Jimi bestimmt auch«, vermutete die Frau. »Er hatte ja auch einige wilde Drogenexzesse hinter sich. Die Nacht vor seinem Tod hat seine Freundin dann auf der Couch im Wohnzimmer verbracht, damit Jimi nebenan im Doppelbett ungestört schlafen konnte. Als sie gestern früh nach ihm sah, wirkte er komplett weggetreten, atmete nur sehr stockend und hatte einen Schal um den Hals gebunden, den er aus einem unerfindlichen Grund in Rotwein getunkt hatte. Seine Freundin erschrak und rief den Notarzt. Jimi wurde sofort ins Krankenhaus gebracht, starb aber noch auf dem Weg dorthin. Er war erst siebenundzwanzig Jahre alt.«

»Auf Jimi«, wiederholte der Afrokopf.

»Auf Jimi«, stimmten die Übrigen ein und stießen mit den Krügen an. Götz' Bierkrug war fast leer. Er hatte Lust, etwas an der frischen Luft spazieren zu gehen, also trank er aus, verabschiedete sich von den drei netten Leuten und stand vom Tisch auf.

SAMSTAG, 19. SEPTEMBER 1970

München, früher Nachmittag

Die weibliche Symbolgestalt und Patronin Bayerns, die Bavaria, blickte wie seit ihrer Fertigstellung im Jahre 1850 stolz und schön über die Theresienwiese. Mit der linken Hand hielt sie den Eichenkranz in die Höhe, mit der rechten umfasste sie ihr Schwert. Auch im Haar trug sie einen Eichenkranz. Ihr hübsches, jugendliches Mädchengesicht erinnerte Dagmar an das der heiligen Jungfrau Maria auf historischen Gemälden, der Löwe zu Bavarias Rechter schien ihr wie ein typischer Bayer, den nichts aus der Ruhe bringen konnte. Dagmar hatte sich vor ihrem Besuch informiert und wusste, dass der Entwurf dieses Riesenmonuments von 15,77 Metern Höhe vom Bildhauer Ludwig Schwanthaler stammte und sie von Johann Baptist Stiglmaier und dessen Neffen Ferdinand von Miller gegossen worden war. Sie strahlte eine besondere Würde aus und hatte Dagmar geradezu magisch angezogen.

Nach ihrem Ausflug zum Teufelsrad hatte sie noch keine Lust gehabt, ins Bierzelt zurückzukehren, sie war so vergnügt und innerlich aufgekratzt, dass sie lieber noch etwas flanieren wollte. Erst war sie auf das Riesenrad zugesteuert, hatte dann einen großen, sich drehenden Bierkrug erblickt, war von einem überdimensionalen, Bier trinkenden Löwen erheitert worden und schließlich hingerissen auf die Stufen der Bavaria zugeschlendert, wo sie wie gebannt stehen geblieben war. Die Statue schien sie direkt zu fixieren.

Auch Götz war über diverse Umwege an dieselbe Stelle gelangt. Er schritt gerade auf die Stufen zu, als er knapp vor sich eine Person bemerkte, die stehen geblieben war und zu der Statue emporblickte. Plötzlich schien für ihn alles wie in Zeitlupe zu geschehen – Geräusche, Bewegungen, Eindrücke, das alles schien schlagartig in weite Ferne zu rücken. Es kam ihm vor, als gäbe es keine Realität, keine Zukunft, keine Vergangenheit, keine Gegenwart mehr. Der Augenblick löste die Realität, löste Zeit und Raum auf. Wie unter Hypnose setzte er einen Schritt vor den anderen.

Dagmar verspürte mit einem Mal einen unwiderstehlichen Drang, sich umzudrehen. Das tat sie wie unter Zwang, getrieben von einem tiefen Verlangen, einer unerklärlichen Sehnsucht, einer Art Heimweh. Sehr, sehr langsam wandte sie ihren Kopf und sah einen Mann auf sich zuschweben.

Sobald sich die junge Frau umgedreht hatte, sah Götz nur noch sie. Es war, als wäre sie von einem betörenden Schimmer, einem Strahlenglanz umgeben, gleichzeitig schien sie von innen heraus zu leuchten. Sie bannte seinen Blick wie die Sonne und alle Himmelskörper am Firmament zugleich. Ihre Augen waren grün wie das Moos auf der Mauer seines Elternhauses. Als sie etwa zwei Meter voneinander entfernt waren, blieb Götz stehen.

Dagmar konnte die Augen nicht von dem Mann losreißen. Er wirkte wie eine Märchengestalt, wie ein Prinz auf einem weißen Pferd, wie eine Seegottheit, wie ein Fabelwesen, ein leuchtender Stern – etwas unwirklich, nicht greifbar, faszinierend. Es gab nur noch ihn und diese unglaubliche Energie, die zwischen ihnen floss. Mit jedem Atemzug strömte Glück durch ihren Körper. Das Blut in ihren Adern war auf einmal pure Liebe, ohne Erwartung, Versuchung oder Begierde, nur eben das reine bewusste Glück. In ihrer Seele spürte sie eine tiefe Gemeinsamkeit, als würde sie den Mann seit jeher kennen. Sie hatte das unbestimmte Gefühl, diese Begegnung schon einmal erlebt zu haben.

Plötzlich stolperte eine Gruppe betrunkener Handwerker in Latzhosen daher. Sie merkten nichts von dem besonderen Augenblick, der sich gerade ereignete, sondern traten ahnungslos zwischen die beiden, forderten Dagmar ausgelassen dazu auf, noch etwas mit ihnen trinken zu gehen, und ließen die zarte Seifenblase zerplatzen.

Als Götz wieder zu sich kam, hielt er Ausschau nach der feenhaften weiblichen Erscheinung, konnte sie aber nirgendwo entdecken. Er lief hin und her, schaute in gefühlt alle Winkel des großen Festgeländes, klapperte die Souvenirstände ab, lief mehrmals die Stufen der Bavaria hinauf, hatte aber keinen Erfolg. Die Fee blieb verschwunden.

Dagmar ging es ähnlich. Als sie es endlich geschafft hatte, sich den aufdringlichen Handwerkern zu entziehen, versuchte sie, den Mann mit den himmelblauen Augen wiederzufinden – vergeblich. Sie hatte noch niemals eine solche Anziehungskraft erlebt, es war ein völlig neues Gefühl, in keiner Weise vergleichbar mit bisher Dagewesenem. Sie dachte an Eberhard, der ihr immer fremder wurde und vermutlich schon immer fremd gewesen war. In ihrer Jugend hatte sie ab und zu für jemanden geschwärmt, Jungs aus der Parallelklasse, kleine Flirts beim Karneval, durchaus intensive Begegnungen, aber nichts davon war so intim, so wahrhaftig und fast unwirklich gewesen wie der Moment gerade eben.

Völlig in ihrer Gefühlswelt versunken, fand sie sich in einem Gang zwischen zwei Bierzelten wieder und hörte wie aus weiter Ferne eine vertraute Stimme. Eberhard. Als sie zu ihm ging, klagte er, dass er sich Sorgen gemacht und sie auf dem gesamten Oktoberfestgelände fast eine Stunde lang gesucht hätte. Wie aus weiter Ferne hörte sie seine Vorwürfe, die aber nicht bis in ihr Inneres vordrangen. Sie spürte, dass die Zeit mit ihm vorbei war. Auch wenn sie ihren Prinzen, ihren Stern möglicherweise niemals wiedersehen würde.

MITTWOCH, 25. NOVEMBER 1970

Nordrhein-Westfalen, Nachmittag

Dagmar fuhr mit dem Zug von Köln nach Wuppertal. Sie sollte für die Zeitung, für die sie nun schon seit einiger Zeit arbeitete, eine kurze Besprechung über den neuen Hartmut-Hahn-Film *Ein Grollen* schreiben, der abends im *Rex*-Kino in Wuppertal-Elberfeld gezeigt wurde.

Es ging ihr nicht besonders gut. Sie fühlte sich ausgelaugt, müde und abgespannt. So viele Dinge waren in den letzten Wochen geschehen, sowohl privat als auch beruflich. Das Leben ist schon manchmal sonderbar, dachte sie, während sie aus dem Fenster blickte und sich fragte, ob sie den roten Apfel eigentlich wie geplant eingepackt hatte oder ob er noch auf dem Küchentisch im Obstkorb lag. Sie kramte in ihrer Handtasche und fand ihn. Er sah lecker aus. Sie polierte die Haut und biss hinein. Wie viele Äpfel verzehrt ein Mensch eigentlich im Lauf seines Lebens?, überlegte sie. Eberhard mochte keine Äpfel, er hatte sich angeblich als Kind daran überessen. Doch darüber musste sie sich seit der Trennung keine Gedanken mehr machen; die ewigen Diskussionen waren nun vorüber, sie hatten ihre Beziehung nach einer tränenreichen Aussprache beendet.

Es hatte sich eigentlich schon auf dem Festival abgezeichnet. Eberhard und sie waren einfach von Grund auf verschieden. Er wollte sich aus allem heraushalten und hatte fast panische Angst vor jeglicher Form von Veränderung, während sie immer bereit war, an sich zu arbeiten und sich zu ändern. Zumindest teilweise. Zugegeben, es war anstrengend, sich ständig mit den eigenen Emotionen auseinanderzusetzen und regelmäßig Missstände zu thematisieren, vielleicht hatte sie auch zu viel Druck auf ihn ausgeübt und ihn zu deutlich auf seine Schwächen angesprochen; aber immer noch besser, als eine Auseinandersetzung um jeden Preis zu vermeiden und in seinem Unglück zu verharren. Es konnte nicht gut sein, alles in sich hineinzufressen.

Klar hatte auch er sie spüren lassen, wenn ihn etwas störte, manchmal sogar ausgesprochen deutlich. Er war immerhin ziemlich empfindlich. Dazu waren seine ständige Eifersucht und diese Miesepetrigkeit gekommen, das war auf Dauer einfach nichts für sie. Und dann sein Bruder samt diesen fortschrittsfeindlichen Freunden! Dagmar hatte sich ohnehin schon schwergetan, mit diesen Leuten Zeit zu verbringen, aber einige Kommentare hatten ihr dann den Rest gegeben. Vor allem die latente Schwulenfeindlichkeit, das Schimpfen auf »Gammler« und »Proleten« hatte sie so angewidert, dass sie – möglicherweise auch aufgrund der Wirkung einiger Liter Oktoberfestbiers – irgendwann an jenem Abend die Schnauze voll gehabt hatte. Sie hatte die Vereinbarung, sich zurückzuhalten, gebrochen und diesen jungen Angebern gehörig die Meinung gegeigt. Die Folgen waren eine schweigsame Heimfahrt mit Eberhard und schließlich die Trennung gewesen.

Seither hatte sie sich hauptsächlich in die Arbeit geflüchtet. Die journalistischen Aufgaben gaben ihr Kraft, spornten sie an, vor allem, weil ihre Artikel gern gelesen wurden. Außerdem taten die Honorare ihrem Konto gut. Zumindest beruflich war sie also auf einem guten Weg. Privat allerdings sah es nicht so rosig aus. Sie dachte sehr viel über den Sinn des Lebens nach, schlief oft schlecht, grübelte, zweifelte.

Sie blickte aus dem Fenster, sah Landschaften, Häuser, Straßen, Strommasten und Industriegebiete vorüberziehen. Da fiel ihr wieder die Begegnung mit dem geheimnisvollen Unbekannten ein. Fast jeden Tag schoss dieses Erlebnis durch ihren Kopf. Was war da geschehen? Es war das faszinierendste Ereignis, das ihr je widerfahren war. Ein realistischer Traum, eine mystische Episode. Ein Fremder, der plötzlich wie eine Erscheinung vor ihr aufgetaucht war. Sie konnte sich kaum erinnern, wie er ausgesehen hatte. Sie wusste nur, dass er ihr fehlte. Verdammt fehlte. Oder war es nur das unbeschreibliche Gefühl, das sie empfunden hatte, als sie ihn gesehen hatte, das ihr fehlte? Sie wusste es nicht.

1970

MITTWOCH, 25. NOVEMBER 1970

Hamburg, Nachmittag

Götz ging es ebenfalls nicht besonders gut. Er saß im *Elbschlosskeller* am Tresen und trank alleine Bier. Um ihn herum hockten die üblichen Kaputten, die meisten kannte er vom Sehen. Er liebte dieses Trinklokal, diesen Treffpunkt für Alkoholiker, Nutten, Drogensüchtige, Ausreißer, Streuner, Kriegsgeschädigte, Kriminelle, Wahnsinnige. Hier konnte man sein, wie man wollte, hier war niemand modebewusst oder beurteilte einen nach Äußerlichkeiten. Neben ihm saß ein Bodybuilder im knallengen Polyesterhemd und mit Pagenschnitt. Wie Götz trank auch er *Astra,* das Lebenselixier der Gescheiterten, wie Götz gerne scherzte.

Götz' Gefühle waren völlig durcheinander. Er dachte ununterbrochen an seine München-Reise. Es war wie ein Film, der vor seinem inneren Auge immer und immer wieder ablief. Die Ankunft. Das Hotel. Das Telefonat mit Karen. Das belauschte Gespräch zwischen den Anwohnern neben seinem Hotelzimmer. Das Oktoberfest. Der Flohzirkus. Der missglückte Besuch der Filmfeier. Die Hippies. Die Nachricht von Hendrix' Tod. Und dann das erstaunlichste, spirituellste Ereignis des Universums. Der Moment seiner Erweckung. Ein Trugbild, eine Sinnestäuschung. Wie lange hatte es gedauert? Waren es Minuten gewesen? Sekunden? Eine Stunde? Zwei? Er nahm einen tiefen Schluck Bier, leerte damit die Flasche und bestellte sich gleich noch eine.

Nach der Feen-Halluzination hatte der Tag noch ziemlich eigenartig geendet. Er war wieder zurück in das Hacker-Festzelt gegangen, die Filmleute und die Hippies waren schon weg, also hatte er sich an einen Tisch zu Leuten aus Österreich gesetzt und mit ihnen Bier getrunken, als gäbe es kein Morgen. Als er von einem Toilettengang zurückgekommen war, waren auch die Österreicher plötzlich verschwunden, und er hatte sich an einen anderen Tisch zu jungen Leuten aus Hessen gesetzt und mit ihnen weitergetrunken. Nach einer halben Stunde hatte er bemerkt, dass er sich geirrt und die ganze Zeit am Tisch neben den Österreichern gesessen hatte. Sie freuten sich, ihn wiederzusehen – auch, weil an seinem Tisch so viele attraktive hessische Frauen saßen, was aber wiederum den hessischen männlichen Begleitern nicht gefiel. Kurzum, irgendwie war es zu einer Rauferei gekommen, und derselbe Ordner, der ihm mittags den Weg zur Liesl-Karlstadt-Box gewiesen hatte, hatte die an beiden Tischen sitzenden Leute nun rüde aufgefordert, unverzüglich das Zelt zu verlassen. An den restlichen Tag konnte sich Götz nur sehr verschwommen erinnern, irgendwann hatte er neben großen Bierfässern mit der Aufschrift *Edelstoff* gestanden. Mehr wusste er nicht.

Am nächsten Tag war er mit schwerem Kopf im *Hotel Peter* aufgewacht. Es war 6:40 Uhr, und er konnte nicht mehr einschlafen. Sein Zug fuhr erst mittags, also hatte er sich noch zwei Stunden hin und her gewälzt, dann bei Karen angerufen und versucht, nicht allzu heiser zu klingen. Er hatte ihr von seinem Misserfolg mit den Filmleuten berichtet, aufgelegt, war zurück ins Hotel gegangen und hatte sich eine Viertelstunde lang abwechselnd heiß und kalt geduscht. Das Frühstück ließ er ausfallen. Er war viel zu früh zum Hauptbahnhof gefahren und hatte die halbe Zugfahrt nach Hamburg durchgeschlafen.

Dann, am Tag nach seinem ersten Oktoberfestbesuch, war ihm plötzlich wieder jene rätselhafte Begegnung in den Sinn gekommen. War das wirklich passiert? Ja, da war er sich sicher. Auch wenn es ihm wie eine Reise ins Reich der Fantasie schien. Die Treppenstufen, die große Skulptur mit dem Kranz und dem Löwen, die elfenhafte Erscheinung, die sich wie in Zeitlupe zu ihm umgedreht hatte, dann der wortlose Blick voller Kraft und Bedeutung, den sie gewechselt hatten. Er konnte sich nicht an ihr Gesicht erinnern, nur an den hellen Glanz, von dem es umgeben war. Seither war dieser Moment fest in sein Gedächtnis eingebrannt und ließ ihm keine Ruhe. Er hatte keiner Menschenseele davon erzählt. Wem auch? Es war sein ganz privates Erlebnis, seine persönliche Marienerscheinung.

Und dann hatte ihn der Alltag wieder erfasst. Das langweilige Studium, immer derselbe Trott. Mit Karen lief es eigentlich ganz gut, bis auf die Tatsache, dass sie immer seltener bei Aktivitäten mit dabei war, Götz das Gefühl gab, sich nicht wirklich für seine Belange zu interessieren, und auch den Misserfolg in München als nebensächlich abtat. Die meisten Ideen, die er hatte, hielt sie wohl für Spinnereien. Zumindest kam es ihm so vor. Wenn sie sich sahen, war es immer schön, was aber auch daran lag, dass er sich dann ganz auf sie konzentrierte und seine eigentlichen Bedürfnisse zurückstellte. Sexuell lief es auch wunderbar, aber der Unterschied zwischen ihnen war, dass er ein unruhiger Geist war, den es stets in die Ferne zog, sie sich dagegen wohl eher ein biederes Familienleben wünschte.

MITTWOCH, 25. NOVEMBER 1970

Wuppertal, Abend

Dagmar saß in einem kleinen Café im Wuppertaler Stadtteil Elberfeld, ihr gegenüber der Regisseur Hartmut Hahn, den sie nach der Premiere seines Filmes zu einem Interview hatte überreden können. Man hatte ihr gar nicht gesagt, dass er persönlich anwesend sein würde, aber als sie es erfahren hatte, hatte sie die Gelegenheit beim Schopfe gepackt. Sie befanden sich gerade mitten im Gespräch.

»Ihre Filme passen ja nicht wirklich in irgendeine Schublade«, bemerkte sie.

»Nein, das ist richtig, und ich möchte mich auch nicht in Klischees zwängen lassen. Ich bin jemand, der aufrütteln möchte, etwas Neues etablieren. Es geht mir weniger um Inhalte, mehr um Entwicklungen.«

»Ihr Film wurde in Fachkreisen als *besonders wertvoll* eingestuft.«

»Das ist mir gleich. Solche Bewertungen bringen mich in meiner Arbeit nicht voran.«

»Es ist auffällig, dass Sie in Ihren Filmen oft bewusst auf eine konventionelle Erzählweise verzichten.«

»Nun, manchmal ist einfach der Moment am Filmset spannender als jedes Drehbuch, da sag ich dann dem Maurice, das ist mein Kameramann: ›Halt einfach drauf.‹ Es geht hier um etwas Größeres als um reine Erzählstruktur. Ich möchte ja nicht das Massenpublikum befriedigen, das soll sich einen James Bond anschauen oder einen Edgar-Wallace-Film.«

»Ich danke Ihnen für das Interview, Herr Hahn.«

»Sehr gern geschehen. Kann ich Sie noch irgendwohin mitnehmen? Ich fahre mit dem Auto nach Bonn.«

»Oh, das wäre toll. Ich muss nach Köln.«

»Dann fahre ich Sie gern heim.«

»Vielen Dank, das ist wunderbar, dann muss ich mich gar nicht beeilen.«

1971

MONTAG, 5. APRIL 1971

Hamburg, Vormittag

Götz stand an der U-Bahn-Station Jungfernstieg und wartete auf Karen. Sie wollte ihm die Unterlagen bringen, die er bei ihr vergessen hatte und die er für sein Vorstellungsgespräch bei einem Reisebüro für Gruppenreisen dringend benötigte. Karen hätte schon vor zwanzig Minuten ankommen sollen. In fünf Minuten musste er in der Fehlandtstraße sein und wollte nicht komplett abgehetzt dort erscheinen. Seine Nerven lagen blank, er spürte, wie sich ein Kloß in seinem Hals bildete. Er hörte die nächste U-Bahn einfahren. Die Türen gingen auf – und endlich stieg Karen aus.

»Tut mir leid«, sagte sie. »Ich hab's nicht früher geschafft.«

»Das ist wirklich richtig ärgerlich!«, machte er seiner Verstimmung mit übertriebener Unbeherrschtheit Luft. »Ich hab mich drauf verlassen, dass du gleich losfährst.«

Nun platzte ihr der Kragen.

»Du bewirbst dich alle zwei Wochen woanders, nie klappt irgendwas, und jetzt bin ich auch noch schuld, wenn du deine Scheiß-Unterlagen vergisst?«

»In dem Ton redest du nicht mit mir!«

»Ich red mit dir, wie ich will!«, keifte sie ungewohnt angriffslustig. Es hatte sich unverkennbar einiges an Ärger aufgestaut. »Ich hab dir schon oft Stellenangebote für seriöse Jobs gezeigt, die du aber alle nicht angeschrieben hast.«

»Weil ich keinen Bock hab, bei *Jungheinrich* anzufangen.«

»Und warum nicht?« Sie fletschte die Zähne wie ein Tier. Er hatte sie noch nie so erlebt.

»Weil ich in einer flexiblen Branche arbeiten möchte. Wo ich reisen kann.«

»Damit wir uns NOCH seltener sehen!«

»Mann, ich hab jetzt echt keinen Nerv für Grundsatzdiskussionen.«

»Gut, dann halt nicht.«

Mit diesen Worten drehte sie sich um und ging zurück Richtung U-Bahn.

»Warte bitte«, rief er ihr nach.

»Warum soll ich warten? Ich führ doch sowieso nur Grundsatzdiskussionen!« Und weg war sie.

Götz machte sich mit einer Mischung aus Selbstvorwürfen und Wut auf den Weg zum Vorstellungsgespräch. Die Firma *Lottsieper Reisen* befand sich in einem großen, schönen Gebäude aus Backstein. Er fuhr mit dem Fahrstuhl in den dritten Stock, wo ihn eine freundliche Empfangsdame begrüßte und gleich in ein Besprechungszimmer führte. Nach kurzer Wartezeit kam Herr Lottsieper persönlich herein.

»Moin. Sie kommen wegen der Stelle als Leiter für Bus- und Gruppenreisen?«, fragte er mit ausdrucksloser Stimme.

»Ja, ich glaube, ich wäre da genau der Richti…«

»Ihre Aufgaben sind Begleitung und Betreuung unserer Gäste im Bus und bei Ausflügen. Sie zeichnen sich natürlich auch verantwortlich für die pünktliche Abfahrt der Fahrzeuge, die Überprüfung, ob alle Gäste anwesend sind, und die Busmoderation während der Fahrt. Außerdem sind Sie Ansprechpartner und Begleiter bei Stadtführungen, auf die Sie sich gründlich nach unseren Richtlinien vorbereiten müssen. Könn' Sie sich das vorstellen?«

»Ja, im Grunde schon.«

»Dann machen wir doch einfach mal eine unbezahlte Probe-Gruppenreise, dann können Sie sehn, ob Sie da überhaupt das Zeuch zu haben, und wenn ja und unsere Gäste zufrieden sind, sprechen wir über Honorar und Vertrach.«

»Ich habe Ihnen doch noch gar nichts von mir erzählt. Wollen Sie nicht wissen, was ich …?«

»Nee«, meinte Herr Lottsieper, diesmal etwas ungeduldig. »Sie wirken nicht ungepflegt, haben ein freundliches Auftreten, da müssen Sie mir nich Ihre Lebensgeschichte erzählen. Kommen Sie morgen um 7:30 Uhr vormittags hier vorbei, und dann machen Sie Ihre erste

Probefahrt nach Travemünde. Hier Ihre Unterlagen zur Vorbereitung.«

Damit überreichte Lottsieper Götz drei zusammengeheftete Blätter mit Informationen über Travemünde und ein loses Extrablatt mit einer kleinen Umgebungskarte, auf der die gewünschte Route von der Bushaltestelle ins Zentrum von Travemünde und zurück eingezeichnet war. Götz fühlte sich zwar mit diesem knappen Vorstellungsgespräch etwas überrumpelt, traute sich die Tätigkeit aber absolut zu.

»Passen Sie auf, guder Mann, ich erzähl ihn noch 'n schön' Witz«, sagte Lottsieper zum Abschied wieder überraschend redselig. »Da kommt ein Mann frühmorgens nach Hause, möchte aufsberren, aber eine Frau im ersten Sdock sdeckt den Kopf sum Fenster raus und sacht: *Mei Jung, wo willsu denn hin?* Der Mann kuckt hoch und sacht: *Ja, ich will nach Hause.* Sacht die Frau: *Du wohns aber nich hier. ... Oh, 'schuligung,* sach der Mann und geht einmal um den kompletten Block. So. Isser fünf Minuten sbäter wieder vor der gleichen Tür und möchte aufsberren. Sach die Frau: *Bissu schon wieder da?* Er kuckt rauf, sacht: *Enschuldiung,* und schwankt in die entgegengesetzte Richtung, aus der er gekommen is. Nu geht er andersrum um den Block und landet zum dritten Mal vor der Tür. Die Frau wird allmählich ungehalten und brüllt: *Hallo! Du wohns nich hier!* Der Mann kuckt rauf und sacht erbost: *Aber du wohns überall, oder?*«

MONTAG, 5. APRIL 1971

Köln, Spätvormittag

Dagmar lag neben Hartmut Hahn in einem Hotelzimmer in Köln, das er übers Wochenende gemietet hatte. Nach dem Interview im vergangenen Jahr waren sie noch kurz etwas trinken gewesen und hatten sich ein paar Tage später erneut verabredet. Danach hatten sie sich regelmäßig getroffen und waren ein Paar geworden.

»Ich möchte einen Film am Genfer See drehen«, flüsterte Hartmut in Dagmars Ohr. »Die Geschichte eines im Jahr 563 nach Christus stattgefundenen Erdrutsches.«

»Was du immer für spannende Ideen hast, Hartmut«, flüsterte sie zurück und küsste ihn auf die Stirn, obwohl sie diese Idee eigentlich nicht sehr spannend fand. Der Genfer See schien ihr nicht sonderlich aufregend, aber sie wollte, dass Hartmut zufrieden war, und wusste, was sie sagen musste, damit er sich bestätigt fühlte. Sie hatte neulich eine Radiosendung über den Regisseur Werner Herzog gehört, der einen Film im peruanischen Urwald plante. Dies schien ihr ein wirklich gewagtes und spannendes Projekt zu sein, ganz im Gegensatz zu einem, das die Sicherheit und den Komfort der Schweiz ausstrahlen würde. Herzog hatte im Interview behauptet, sein aktuelles Drehbuch innerhalb weniger Stunden geschrieben zu haben, was Dagmar schwer beeindruckt hatte.

»Weißt du«, sinnierte Hartmut weiter, »ich habe das Bedürfnis, etwas Extremes zu machen, würde gern eine als bürgerlich verschriene Schauspielerin in einer sehr bizarren Rolle inszenieren. Am liebsten würde ich mit Romy Schneider arbeiten.«

»Romy Schneider in einer extremen Rolle? Das wäre ja wirklich fast eine cineastische Revolution.«

»Ja, das reizt mich. Ich möchte die Zuschauer herausfordern. Und mich und meine Schauspieler auch. Bei mir wird keiner geschont.«

»Ach, komm, du bist doch im Inneren ein kleiner lieber Junge, der gar nicht so radikal ist, oder?«, spottete sie, nicht, ohne sich bewusst zu sein, dass ein Quäntchen Wahrheit in ihren Worten lag.

»Ich kann der kleine Junge sein, aber auch ein Wirbelwind«, antwortete Hartmut leicht eingeschnappt.

»Und wann willst du das drehen?«

»Vielleicht in einem halben Jahr.«

»Hast du schon ein Drehbuch?«

»Nein, aber ich werde es bald skizzieren. Das Ereignis ist ja historisch belegt, die Geschichte arbeitet bereits in mir, da ist es nur eine Frage der Zeit, bis ich die Story entwickelt habe.«

Das Verhalten ihres Lebensgefährten und seine Art, über Projekte zu sprechen, waren ihr seit einigen Monaten ziemlich vertraut. Sie kannte ihn mittlerweile gut genug, um zu wissen, dass die künstlerische Arbeit Teil seiner Bewältigungsstrategie war, um die eigenen Komplexe zu bekämpfen. Er war oft unsicher und anlehnungsbedürftig, hatte bei manchen Menschen Schwierigkeiten, sich durchzusetzen, und grübelte viel über die Existenz an sich nach, was ja nicht verkehrt war. Lieber grübeln als gar nicht nachdenken oder verdrängen, wie es Eberhard getan hatte.

»Hast du bei Romy Schneider schon angefragt?«

»Ich habe bei ihrer Agentur angerufen, aber noch keine Antwort erhalten. Es könnte im Zweifel an der Gage scheitern, ich glaube, sie hat da ziemlich unrealistische Vorstellungen.«

Hahn sprach in Momenten, in denen er seinen Worten gesteigerte Bedeutung verleihen wollte, immer betont leise.

»Nächste Woche bin ich zu Besuch bei meinen Eltern im Elsass. Dort werde ich mich an den Entwurf des ersten Manuskripts wagen.«

»Hast du da genügend Ruhe zum Schreiben?«

»Ich werde mir die Ruhe schon nehmen.«

»Und wenn du dieses Projekt in ein paar Monaten umsetzt, kann ich dann mitfahren?«

»Ich kann jede helfende Hand gebrauchen, es ist ein Mammutprojekt. Schon jetzt ist mir bewusst, dass es einer gewissen Portion Mut bedarf, sich zu erlauben, darüber nachzudenken …«

Dagmar sparte sich eine süffisante Bemerkung über den Genfer See mit all seinen luxuriösen Annehmlichkeiten. Sie merkte, dass sie sich in letzter Zeit eine merkwürdige Marotte zugelegt hatte: Sie konnte Menschen, die ihr nahestanden, nicht einfach so nehmen, wie sie waren, sondern musste ihre eigenen Erwartungen ständig mit dem Verhalten ihres Gegenübers vergleichen. Es war fast eine Sucht, die sie zwang, ihre Partner zu analysieren wie ein Psychologe, stets verbunden mit einem Aha-Erlebnis, das bei sich wiederholenden Verhaltensweisen in zwanghafte Gedanken umschlug, wie »Warum drückt er sich so gestelzt aus?«, »Warum muss er sich immer wiederholen?«, »Warum schaut er so unnatürlich drein?«. Sie mochte diese Reaktion bei sich selbst nicht, schaffte es aber auch nicht, sie abzulegen.

Noch lange starrte Hahn an die Zimmerdecke, ehe er sich seufzend erhob und in das Badezimmer schlurfte. Dagmar sah ihm hinterher, stand ebenfalls auf und zog das Laken glatt.

DIENSTAG, 6. APRIL 1971

Hamburg, Vormittag

Der Bus hatte Hamburg bereits seit einer Weile hinter sich gelassen und näherte sich jetzt Lübeck. Es roch nach Synthetik, Aftershave und Benzin. Götz saß neben dem Fahrer und erinnerte sich an das gerade mal ein gutes halbes Jahr zurückliegende Festival auf Fehmarn. Damals war alles noch anders gewesen. Karen. Wie sie da vor dem besetzten Haus gestanden hatte und er auf sie zugegangen war. Das zaghafte Herantasten, der Versuch, beim Plaudern herauszufinden, was für ein Mensch das Gegenüber war. Ihr Lächeln. Der erste Kuss. Ihr Geburtstag. Ihre Reaktion auf seine Geschenke, die schönen Stunden voller Liebe, gutem Essen, Wein, wundervollen Gesprächen. Die tollen Liebesnächte. Die Fernsehsendung mit den Brigadisten. Das Telefonat mit Takis. Die Fahrt zur Raststätte. Die völlige Unbeschwertheit, die absolute Freiheit; die Welt hatte ihnen zu Füßen gelegen, sie hatten tun und lassen können, was sie wollten! Wie Karlsson vom Dach. Dann das Chaos auf dem Festival. Hendrix. Ton Steine Scherben. Die brennende Bühne. Die Rückfahrt. Erich. Das Oktoberfest. Uschi Glas. Der Schauspieler, der Harry Klein verkörperte und dessen Name ihm immer noch nicht einfiel.

Götz starrte gedankenverloren auf die Autobahn. Alte Autos, neue Autos, Lastwägen, Wohnwägen, Fahrzeuge von reichen und von armen Leuten, ab und zu ein Motorrad oder ein Polizeiauto. Die Menschen fahren immer irgendwohin, dachte er. Wie kommt man auf die Idee, mit einer Reisegruppe einen Tagesausflug zu machen?

Er drehte sich um. Da saßen etwa dreißig Personen, die meisten waren Paare über sechzig. Zwei junge Pärchen waren auch dabei. Na klar, solche Reisen waren billig, und man bekam etwas zu sehen. Aber Trampen war doch viel interessanter und aufregender. Doch vermutlich wollten die meisten Leute nichts Aufregendes erleben, waren zufrieden mit einfachen Dingen. Sie wollten nur irgendetwas machen. Am besten in Gemeinschaft. Die Fahrgäste wirkten weder gut noch schlecht gelaunt. Sie strahlten allesamt etwas Neutrales aus. Einige sprachen leise miteinander, waren mit sich im Reinen, man merkte, dass das Leben für sie in Ordnung war. Keiner hatte besondere Ansprüche. Diese Reisenden, das wurde Götz in dem Augenblick klar, ruhten in sich, strebten nicht mehr nach dem Unerreichbaren, nach Glück oder Vollkommenheit, sondern gaben sich mit dem zufrieden, was war, lebten im Augenblick. Im Grunde waren sie Buddhisten.

Götz strebte immer nach etwas. Er hätte es ohne Streben nicht ausgehalten. Er wusste, die Arbeit würde ihm guttun, deshalb wollte er nichts mehr, als diesen Job zu bekommen. Das war seine Chance, diese Tätigkeit würde ihm genügend Raum für seine Unabhängigkeit lassen, er könnte immer wieder in seine innere Welt abtauchen und seine Gedanken schweifen lassen und trotzdem seine Aufgaben nach den Wünschen seines Vorgesetzten meistern. Götz glaubte nicht, dass Lottsieper irgendwelche Testkunden für diese Fahrt engagiert hatte, doch vermutlich würde der Busfahrer ihm berichten, wie Götz sich angestellt hat. Also musste er sich Mühe geben. Was konnte er tun? Vielleicht wäre es gut, einen kleinen Spruch zu bringen.

»Kann ich das Mikro anmachen?«, fragte er den Fahrer.

»Wees nisch, ob de des kannst«, knurrte der mürrische Fahrer mit Berliner Akzent. Er war etwa dreißig

Jahre alt, unrasiert, hatte ein Bäuchlein und trug ein silbernes Hemd darüber, das etwas spannte. Götz nahm das Mikro und schaltete es an.

»Hallo, hier noch mal Götz. Das Wetter scheint zu halten, wir haben ungefähr die Hälfte der Strecke hinter uns. Ich hab zu Ihrer Aufheiterung einen kleinen Witz. Ein Ehepaar fährt auf einer Gruppenreise mit dem Bus nach Travemünde. Die Sitze sind in der Liegeposition eingestellt, die Frau möchte aber gerade sitzen. Sie sagt zu ihrem Mann: *Liebling, stell mir doch bitte mal den Sitz vor.* Der Mann sagt: *Gerne. Walburga, das ist der Sitz. Sitz, das ist Walburga.*« Erwartungsvoll blickte Götz nach hinten, und tatsächlich: Drei oder vier Passagiere lachten.

Er legte das Mikro wieder neben den Fahrer und dachte weiter an die Vergangenheit. Wie hieß noch mal der Harry-Klein-Schauspieler? Es musste ihm doch einfallen. Friedrich oder Friederich irgendwas. Wo könnte man denn da nachschauen? Standen die Namen der Schauspieler im Fernsehprogramm? Vermutlich musste er sich einfach eine Folge ansehen und konnte den Namen dann im Abspann lesen. Was war das nur für eine großartige Stimmung in diesem Oktoberfest-Bierzelt gewesen! Da fiel ihm der Sicherheitsbeamte ein, der ihn bestimmt und ziemlich unfreundlich aufgefordert hatte zu gehen. Dann die Hippies mit der Nachricht von Jimi Hendrix' Tod. Karen und er hatten sein letztes Konzert gesehen. Da war noch alles gut gewesen. Zumindest war es ihm so vorgekommen.

Seine Gedanken verschwammen, und plötzlich tauchte wieder das Bild seiner Fee auf. Das Leuchten in ihren lindgrünen Augen. Der Schimmer, der sie umgeben hatte. Er spürte einen starken Drang ins Ungewisse, eine beruhigende, aber surreale Sehnsucht, die nirgendwohin führte, nicht greifbar war. Ein Wunsch nach etwas Vernebeltem, ein Verlangen ohne Ziel. Vielleicht hatte das Erscheinen der geheimnisvollen Fee an diesem Tag sein Leben in andere Bahnen gelenkt. Wie in der Geschichte von Pinocchio, die er als Kind gerne gelesen hatte. Die gute Fee half Pinocchio immer aus jedem Schlamassel heraus. Und nun, da er selbst ihr begegnet war, sollte er vielleicht wie Pinocchio versuchen, sich wohlzuverhalten, damit er sie eines Tages wiedersehen durfte.

Der Bus fuhr bei Lübeck von der Autobahn. Im Reiseplan stand, dass er jetzt etwas sagen musste.

»So, was Sie auf der rechten Seite sehen, wenn Sie aus dem Fenster blicken, gehört schon zu Lübeck, der flächenmäßig größten Stadt Schleswig-Holsteins. Wir fahren jetzt weiter nach Travemünde und besichtigen heute den alten Leuchtturm, den Fährhafen und den neuen Leuchtturm. Wir kommen gegen elf Uhr an, dann führ ich Sie 'n büschn rum, und von zwölf bis vierzehn Uhr hat jeder Freizeit. Es gibt viele tolle Möglichkeiten für Mittagessen, wer hungrig ist, kann sich zum Beispiel bei den verschiedenen Händlern mit Fisch- und Krabbenbrötchen versorgen, die kann man direkt auf die Hand für ein kleines Geld bekommen.«

Der Job machte ihm wirklich Spaß. Es war eine einfache Tätigkeit, man konnte herumorganisieren, sich in Szene setzen und Witzchen reißen. Er hoffte schwer, diese »Aufnahmeprüfung« gut über die Bühne zu bringen. Er wollte seinen neuen Chef nicht enttäuschen. Und die Fee auch nicht.

MONTAG, 12. APRIL 1971

Köln, Abend

»Die Agentur von Romy Schneider hat abgesagt«, flüsterte Hartmut Hahn, nachdem Dagmar und er ihre Bestellung in einem taiwanesischen Restaurant aufgegeben hatten. »Sie dreht mit Visconti und hat leider keine Zeit.«

»Wie schade. Hast du eine andere Hauptdarstellerin im Auge?«

»Ja. Eine Schauspielerin aus Wien namens Henny Brock. Sie macht sehr exzentrische Performance-Shows und engagiert sich für die freie Theaterszene im deutschsprachigen Raum.«

»Oh, das hört sich doch gut an.«

»Dagmar?«

»Ja?«

»Ich würde vorschlagen, dass wir unsere gemeinsamen Empfindungen bündeln, indem wir uns körperlichen Dingen zuwenden. Ich möchte nun gern ausgiebig Liebe mit dir machen.«

»Du möchtest mit mir schlafen?«

»Ja.«

»Ich finde den Begriff *Liebe machen* so unerotisch. Können wir nicht eine sinnlichere Bezeichnung finden? Vielleicht so etwas Banales wie *verschmelzen?*«

»Der Begriff *verschmelzen* ist in der Tat banal, zu verkünstelt und spiegelt nicht mein eigentliches Wollen im Einklang mit deinem Empfinden wider.«

»Aha, und woher weißt du, was ich empfinde?«

»Ein Mann spürt so was.«

»Und was meinst du, wenn du von deinem eigentlichen Wollen sprichst?«

»Mein Wollen symbolisiert den Akt des Liebemachens!«

»Aber Liebe kann man doch eigentlich gar nicht machen. Man kann sich verlieben, den Zustand gegenseitiger Faszination erleben, tiefe Zuneigung und echte Liebe für einen Menschen empfinden und sich im günstigsten Fall miteinander vereinen. Es gibt Momente der Zärtlichkeit, Augenblicke des Verlangens, Situationen, in denen der Kopf und der Verstand komplett ausgeschaltet sind und man sich nur dem eigentlichen Sein und der Lust hingibt, wo es kein Oben und kein Unten mehr gibt und man nur aus Leidenschaft und Emotion zu existieren scheint. Das ist dann für mich gelebte und gleichberechtigte Sexualität, aber das kann man doch nicht *Liebe machen* nennen.«

»Na, fein! Nun hast du diesen erotischen Augenblick mit deiner Theorie zerstört. Mein Lustempfinden ist abhandengekommen, ich bin aufgewühlt und verletzt von deinem enttäuschenden Egoismus.«

»Darum ging es doch gar nicht. Ich wollte das nur einmal ansprechen, weil es mir schon ein paarmal aufgefallen ist, dass der Begriff in meinen Augen nicht das trifft, was es ist«, sagte Dagmar mit sehr sanfter Stimme. Sie hatte durchaus Lust auf Sex, und gerade der Rückzug ihres Partners reizte sie im Augenblick. Sie streichelte seine Brust und bedachte dabei auch den Übergang zu den Achseln, weil sie wusste, dass er das sehr mochte. »Kann ich dich nicht ein wenig umstimmen? Ich hätte ein paar gute Ideen, wie ...«

»Nein, Dagmar, heute bitte nicht mehr. Ich möchte, dass du meine Entscheidung akzeptierst. Mein Begehren ist für den heutigen Tag entschwunden, ich mache dir deswegen aber keinen Vorwurf.«

Manchmal regte der Kerl sie wirklich auf mit seinem Gequatsche und seiner emotionalen Erpressung. Doch sie wollte keine negativen Wallungen in sich aufsteigen lassen, also atmete sie tief durch und wechselte kurzerhand das Thema.

»Konntest du eigentlich beim Besuch deiner Eltern an dem Drehbuch weiterarbeiten?«

»Ja, ich habe mein Drehbuch komplett fertiggestellt.«

»Wie, innerhalb einer Woche?«

»Ja. Wenn ich an einem Thema dran bin, fließt es nur so aus mir heraus. Das geht schnell. Ich hab geschrieben, während meine Mutter in einer Tour auf mich eingequasselt hat. Je mehr sie geredet hat, desto bessere Ideen hatte ich.«

Dagmar musste wieder an die Radiosendung über Werner Herzog denken.

»Herzog hat sein aktuelles Drehbuch auch in kürzester Zeit geschrieben«, erzählte sie. »Und ebenfalls unter schwierigen Bedingungen.«

»Was denn für Bedingungen?«, fragte Hartmut, der nicht viel von Herzogs Filmen hielt. Wahrscheinlich, weil er in ihm einen begabten Konkurrenten sah, mutmaßte Dagmar.

»Er hat das gesamte Manuskript im Bus geschrieben, während der Heimfahrt von einem Fußballturnier«, antwortete sie. »Alle um ihn herum waren wohl betrunken und haben obszöne Lieder gesungen.«

»Er hat es während der Fahrt getippt?«

»Ja, er sagte, dass er es mit der einen Hand in eine Reiseschreibmaschine getippt hat, während er mit der anderen einen neben sich sitzenden Betrunkenen abwehren musste. Gerade, als er eine Schlüsselszene fertig hatte, hat sich der Mann über dem Großteil seines Manuskriptes erbrochen.«

»Ob das stimmt?«, zweifelte Hartmut.

Dagmar wusste, dass ihr Freund selbst manchmal Dinge dazuerfand. Wenn man seinen Geschichten Glauben schenkte, gab es eigentlich so gut wie kein Ereignis in seinem Leben, bei dem nicht etwas extrem Ungewöhnliches geschehen und er nicht als Sieger oder zumindest als der Besonnenere hervorgegangen wäre.

Was er erzählte, vermittelte immer den Eindruck, dass man es mit einem sehr empathischen, klugen und verantwortungsvollen Menschen zu tun hatte, der seine Grenzen kannte, anderen hilfreich zur Seite stand und in allen Lebenslagen den Überblick behielt. Das hatte zur Folge, dass Dagmar ihm eigentlich kaum etwas wirklich glaubte. Es machte ihr nichts aus, sie fand es meistens süß, wenn er Dinge erfand, schließlich war er Regisseur und Autor, da durfte man ihrer Meinung nach ruhig etwas kreativ mit der Wahrheit umgehen. Und deshalb vermutete Hartmut wahrscheinlich auch, dass Werner Herzog seine Erlebnisse erfunden hatte.

Während Dagmar diesen Gedanken nachhing, merkte sie, dass sie wieder einmal dabei war, ihren Lebensgefährten zu analysieren, und versuchte vergeblich, an etwas anderes zu denken.

»Ich werde morgen nach München fahren, wo ich einige Leute kenne und auch das Equipment für den Film in der Schweiz zusammenstellen möchte. Willst du mich begleiten?«, fragte Hartmut mit nervösem Blinzeln.

»O ja, gern! Ich muss nachher noch eine Reportage über eine Ausstellung fertig schreiben, das schaff ich noch heut Abend.«

»Gut, das freut mich. Wir fahren mit dem Auto.«

Der taiwanesische Ober kam und brachte die Getränke.

1971

MONTAG, 12. APRIL 1971

Hamburg, Abend

Karen hatte Götz für ein klärendes Gespräch zu sich bestellt.

»Ich hab mir das alles überlegt«, begann sie. »Ich glaube, es ist besser, wenn wir uns eine Zeit lang nicht sehen.«

»Warum glaubst du, dass das besser ist?«

»Es gibt zu viele Spannungen zwischen uns.«

»Und die werden aus der Welt geschafft, wenn wir uns eine Zeit lang nicht sehen?« Götz schüttelte den Kopf. Er spürte, dass es aus war. »Wenn du mich nicht mehr liebst, dann ist es besser …«

»Ich weiß nicht, ob ich dich noch liebe«, unterbrach sie ihn. »Ich kann es nicht sagen. Es ist einfach gerade schwierig.«

»Dann trennen wir uns lieber gleich.« Er sah ihr in die Augen und spürte, wie sich ein vorher nicht spürbarer Kloß in seinem Hals löste. »Besser ein Ende mit Schrecken als ein Schrecken ohne Ende.«

»Das möchte ich aber auch nicht. Wir haben doch so viel zusammen erlebt in den wenigen Monaten.« Ihre Lippen zitterten leicht.

»Ja. Und das möchte ich gern auch so in Erinnerung behalten. Ohne schlechten Beigeschmack«, sagte Götz mit Tränen in den Augen.

»Weißt du, ich habe so viele Nächte gegrübelt und gelitten, mich um unsere Beziehung und die Zukunft gesorgt. Ich habe eine Weile wirklich geglaubt, es sei interessant und wichtig, sich zu engagieren. Die Studentenbewegung, Freiheit, all diese Dinge. Aber seit Fehmarn ist mir klar geworden, dass ich viel zu sicherheitsorientiert sozialisiert worden bin, dass ich schon jetzt über die Rente nachdenke und möglichst bald Kinder will«, erklärte Karen.

Götz nickte nur. Er scherte sich nicht allzu sehr um Sicherheit. Er arbeitete jetzt für das Reiseunternehmen, verdiente etwas Geld und machte sich keinerlei Gedanken über die Zukunft. Er lebte nur im jeweiligen Augenblick, wollte nichts planen, sondern immer nur den Moment genießen. Karens Vorbehalte, dass seine Tätigkeit als Reiseleiter etwas für Hilfskräfte sei, aber nichts für einen intelligenten Mann wie ihn, hielt er für Schwachsinn. Ihre Vorstellungen vom Leben waren einfach zu verschieden. Erschwerend kam hinzu, dass er sich schon seit einigen Wochen nicht mehr wirklich zu Karen hingezogen fühlte. Wenn sie miteinander schliefen, war es zwar schön, aber den Umständen gemäß auch eine Pflichtveranstaltung. Jeder wusste vom anderen, was sie oder er gerne mochte, das war auf Dauer nicht besonders spannend.

Inzwischen waren auch Karen die Tränen gekommen, sie hielten einander ein paar Minuten lang weinend im Arm, dann sagte er: »Bis dann«, drehte sich um und ging zur Tür hinaus. Er fühlte Schmerz, aber auch Erleichterung. Als er an die Fee dachte, wurde ihm klar, dass er die richtige Entscheidung getroffen hatte.

1971

MITTWOCH, 14. APRIL 1971

München, Spätabend

Hartmut und Dagmar lagen nackt in ihrem Doppelbett in einem Zimmer der *Pension am Siegestor* und schliefen, als das Klingeln des Telefons sie weckte. Hartmut hatte einigen wichtigen Freunden und Kollegen die direkte Durchwahl gegeben, da er das Zimmer auch als Büro nutzte. Schlaftrunken machte er das Licht an und ging an den Apparat.

»Hahn?«

Aus dem Hörer bellte eine helle Frauenstimme. Es waren nur seltsame Laute zu vernehmen.

»Hallo? Wer ist denn da?«, fragte Hahn. Doch die Stimme fauchte nur weiter unartikuliert vor sich hin.

Dagmar strich sich das Haar aus dem Gesicht. »Wer ist denn dran?«

Hartmut hielt die Sprechmuschel mit der Hand zu.

»Ich glaube, es ist Henny Brock«, wisperte er.

Die folgende halbe Stunde hörte Dagmar ihn nur »Ja«, »Stimmt«, »Danke« und »Gut« sagen, sonst kam er nicht zu Wort. Kurz, bevor er das nächtliche Telefonat beendete, fragte Hartmut noch: »Wo treffen wir uns?«, und darauf: »Ja, Ihnen auch eine gute Nacht, Frau Brock.«

»Was hat sie gesagt?«

»Ich glaube, sie hat gerade zugesagt. Es berührt mich sehr.«

»Das ist wirklich schön, Hartmut«, meinte Dagmar

und streichelte ihm liebevoll den Nacken. »Nur mache ich mir nach diesem Telefonat ein bisschen Sorgen. Meinst du, dass es beim Dreh besser wird? Sie scheint ja einen fast unzähmbaren Rededrang zu haben.«

»Das ist ein guter Einwand. Aber ich denke, wir werden uns arrangieren. Auf jeden Fall werde ich in nächster Zeit viel hier in München sein, um alles zu organisieren. Auch wegen der Gelder.«

»Hat sie schon eine Gagenvorstellung genannt?«

»Ja. Sie möchte dreißigtausend Mark. Das ist viel weniger, als ich befürchtet hatte. Sie ist glücklicherweise in dieser Sache ausgesprochen kooperativ. Romy Schneider hätte bestimmt das Zehnfache gekostet.«

MONTAG, 7. JUNI 1971

Hamburg, Vormittag

Trauen Sie sich zu, im September mit einer Gruppe Japaner für ein Wochenende nach Bayern aufs Oktoberfest zu fahren?«, fragte Herr Lottsieper.

Götz war ganz perplex. Das wäre ja traumhaft!

»Ja, natürlich traue ich mir das zu!«

»Sie müssen dann aber englisch sprechen.«

»Das dürfte klappen. Wann ist es denn?«

»Gleich am ersten Oktoberfest-Wochenende. Mit einer Gruppe japanischer Fleischer, die in der Woche zuvor auf einer Tagung hier in Hamburg sind. Danach möchten sie gerne bayerische Tradition kennenlernen.«

»Ich war letztes Jahr dort, kenne mich ganz gut aus in der Weltstadt mit Herz«, flunkerte Götz, der sich ja nur noch schemenhaft an München erinnerte.

»Sie sind ein sehr guter Mann«, lobte Lottsieper und schenkte für jeden ein Gläschen *Kümmerling* ein, was er immer machte, wenn er einem Mitarbeiter etwas Gutes tun oder Lob kundtun wollte.

»Es läuft folgendermaßen ab: Der Bus fährt Freitagmorgen um Viertel nach sechs hier los. Bei den Gästen handelt es sich um eine kleine Gruppe von sieben Männern aus Tokio. Mit Ruhezeiten des Fahrers und Pausen braucht der Bus knapp zwölf Stunden, sofern es keinen Stau gibt. Dann gehen Sie mit den Gästen ins Hotel und regeln die Zimmeraufteilung. Anschließend wird im Hotelrestaurant zu Abend gegessen. Da müssen Sie etwas aufpassen, Japaner laden gern an die Bar ein und mögen Schnaps.«

»Oh, gut zu wissen.«

»Auch im Sinne der Reisegruppe – vielleicht können Sie die Herren etwas einbremsen.«

»Alles klar.«

»Am nächsten Morgen gibt es um neun Uhr Frühstück, anschließend gehen Sie mit der Gruppe aufs Oktoberfest.«

»Äh, ich kenne mich dort, wie gesagt, aus: Am ersten Tag gibt es erst ab zwölf Uhr Mittag Bewirtung im Zelt.«

»Das ist mir klar«, erklärte Lottsieper wichtigtuerisch. »Ich mache das hier schon ein paar Jährchen, wissen Sie.«

»War nur ein kurzer Denkanstoß.«

»Ja, danke, aber es geht darum, dass die Gruppe den Einzug der Festwirte zu sehen bekommt. Und um da einen guten Platz zu ergattern, muss man beizeiten vor Ort sein.«

»Prima. Ich werde alles nach Anweisung ausführen.«

»Auf Sie ist Verlass. Noch 'n lütten *Kümmerling?*«

SAMSTAG, 11. SEPTEMBER 1971

München, Mittag

Ich werde den Film *Killerwellen* nennen«, flüsterte Hartmut Hahn ehrfürchtig. »Denn die Katastrophe am Genfer See wurde durch eine riesenhafte Welle ausgelöst, die etliche Dörfer überflutet hat. Viele Menschen verloren dadurch ihr Leben.«

»Diese Wellen nennt man auch Monsterwellen, oder?«, fragte Dagmar.

»Ja.«

Hahn blätterte in dem zerfledderten Manuskript, das Henny Brock vor einigen Tagen zurückgeschickt hatte mit der handschriftlichen Notiz: *Habe ein paar Fotokopien angefertigt, hier das Original mit Anmerkungen zurück. Gruß, Henny.*

Auf nahezu jede Seite hatte sie mit Rotstift jeweils bis zu zwanzig Kommentare gekritzelt.

»Das ist ja entsetzlich«, wisperte Hahn. »Die hat doch wirklich den Arsch offen.«

»Ich hab dir gleich gesagt, dass du dir mit der keinen Gefallen tust. Vielleicht ist sie *zu* exzentrisch.«

»Für die Kunst kann man schon mal ein solches Opfer bringen.«

»Lerne ich sie mal kennen?«

»Sie ist schwer greifbar. Im Augenblick ist sie Teil des Ensembles eines Wiener Performancekünstlers namens Nitsch. Da wälzen sich die Darsteller in Schweineblut. Es ist bestimmt eine sehr verstörende Darbietung.«

»Kannst du nicht jemand anderes engagieren? Ich glaube, du wirst nur Ärger mit ihr haben.«

FREITAG, 17. SEPTEMBER 1971

Hamburg, Mittag

Der Bus bewegte sich behäbig auf der Autobahn Richtung München. Die Japaner schliefen allesamt, sie hatten Götz auch vorher gebeten, keine Durchsagen zu machen, da sie am Vorabend bis fünf Uhr früh auf der Reeperbahn gefeiert hatten.

Der Fahrer namens Branco stammte aus Jugoslawien und war sehr nett und humorvoll. Er erzählte Götz seit einer halben Stunde Witze.

»Der junge Milo aus Kroatien sitzt in seinem Dorf im Café. Da kommt Marcello Mastroianni vorbei. Milo springt auf. Das gibt's doch nicht! Der echte Marcello Mastroianni! Er geht zu ihm hin und sagt: *Sie sind doch Marcello Mastroianni?* Marcello blickt sich etwas gehemmt um und zischt: *Ja, ich bin hier bei Dreharbeiten. Aber ich möchte eigentlich nicht erkannt werden.* Milo sagt: *Bitte, tun Sie mir einen Gefallen. In fünf Minuten kommt meine Freundin. Könnten Sie dann einfach kurz zu mir rüberkommen und HALLO, MILO! sagen? So heiße ich nämlich!* Mastroianni überlegt und sagt dann: *Normalerweise mach ich so was nicht, aber in Ihrem Fall, gern.* Er geht weg. Fünf Minuten später kommt Milos Freundin. Marcello stolziert zum Tisch und sagt: *Hallo, Milo!* Milo schaut zu ihm auf und sagt: *Hau ab, du Idiot!*«

»Haha, sehr gut«, lachte Götz. »Ich geh auch kurz etwas schlafen, ja? Wir sehen uns später.«

»Gut. Bis später. Schlaf gut«, wünschte Branco freundlich.

Götz schlurfte zu einem der mittleren Sitze, nahm Platz und schloss die Augen. Er ließ den Ablauf des Ausflugs noch einmal Revue passieren. Doch ob er wollte oder nicht, immer wieder erschien vor seinem inneren Auge das Bild der Fee. Irgendetwas sagte ihm, dass er sie am morgigen Anstichtag wiedersehen würde. Diese Vorstellung machte ihn einerseits nervös, andererseits aber auch sehr glücklich. Behaglich schlummerte er ein.

1971

FREITAG, 17. SEPTEMBER 1971

München, Mittag

Hartmut lag im Bett des gemeinsamen Hotelzimmers, war kreidebleich und stöhnte, während Dagmar einige Manuskriptseiten sortierte.

»Ich hoff, ich werd nicht krank«, jammerte er.

»Soll ich dir eine warme Cola ausrühren? Das ist gut für den Magen. Meine Tante hat mir das als Kind immer gegeben«, erklärte sie.

»Ich möchte das aber nicht trinken«, ächzte Hartmut. »Was soll denn daran gesund sein?«

»Das beruhigt den Magen und ist gut für den Kreislauf. Ich kann dir auch Salzstangen holen.«

»Salzstangen lass ich mir gerade noch eingehen. Aber lauwarme Cola ohne Kohlensäure, ich glaub nicht, dass mir das guttut.«

»Wie du möchtest«, gab sie nach. Sie kannte weinerliches Gegreine von Männern ja schon aus ihrer Beziehung mit Eberhard und wusste, dass man manchmal besser einfach gar nichts sagte.

»Übrigens, ich fliege morgen früh nach Los Angeles«, klärte Hartmut sie auf. »Ich bin am Montag zurück. Ich treffe mich mit ein paar Produzenten und möglicherweise mit dem Kameramann für unseren Film. Ich habe das Geld noch immer nicht zusammen, mir fehlen noch hunderttausend Mark. Ich komme wohl nicht umhin, ihnen vorzuflunkern, dass alles in trockenen Tüchern ist.«

»Dir ist aber schon klar, dass ich Mitwisserin bin«, scherzte Dagmar.

»Wir sind alle so etwas wie Mitwisser im großen Spiel«, tat Hartmut kund. Er war meist relativ humorlos, was Dagmar aber nicht schlimm fand. »Ich entschuldige mich, muss kurz austreten«, ergänzte er, stand auf und ging ins Badezimmer.

Dagmar hatte in den letzten Tagen immer wieder daran gedacht, dass ja bald das Oktoberfest anfangen würde, und hatte hin und her überlegt, ob es irgendeine Möglichkeit für sie gäbe hinzugehen. Sie hatte die Idee aber jedes Mal rasch wieder verworfen, weil sie wusste, dass Hartmut diese Institution aus voller Überzeugung ablehnte und niemals einen Fuß auf den Festplatz gesetzt hätte. Außerdem war es in den letzten Tagen und Wochen ausschließlich um den Film *Killerwellen* gegangen, es hatte quasi kein anderes Thema mehr gegeben. Doch jetzt, da er in die Vereinigten Staaten reiste und nicht mal ansatzweise daran gedacht hatte, sie mitzunehmen, jetzt, da sie sowieso schon in München war, könnte sie ja mal überprüfen, ob ihre wundersame Begegnung vor einem Jahr ein einmaliges Erlebnis gewesen war oder sich eventuell wiederholen würde.

Es war natürlich mehr als unwahrscheinlich, aber es gab immerhin den winzigen Keim einer Hoffnung, dass ihr Prinz, ihr Stern noch mal erscheinen würde. Sie würde sich ein Leben lang Vorwürfe machen, würde sie diese Gelegenheit nicht ergreifen. Als Hartmut zurückkam und sich setzte, war er so damit beschäftigt, sich eine Notiz auf einen Zettel zu kritzeln, dass er ihr verzücktes Lächeln gar nicht bemerkte.

SAMSTAG, 18. SEPTEMBER 1971

München, Mittag

Der Abend war schrecklich gewesen. Die Japaner hatten sich an die Hotelbar gesetzt und angefangen zu trinken. Götz hatte viel Mühe gehabt, sie ins Bett zu schicken, und war selbst lang wach gelegen.

Eine heftige Unruhe hatte von ihm Besitz ergriffen; er machte sich ständig Sorgen, dass er es am nächsten Tag auf dem Oktoberfest nicht schaffen würde, sich von den Japanern loszueisen, oder dass ihm das zwar gelang, dann aber seine Fee nicht da sein würde. Nun saß er mit den sieben asiatischen Metzgern, die ihm gar keine Beachtung schenkten, für die er aber verantwortlich war, im Löwenbräu-Festzelt und wartete auf den Anstich. Der Einzug der Wirte war famos gewesen, prunkvoll, festlich, wunderschön. Schon am Eingang aufs Oktoberfest hatte er festgestellt, dass alles wieder genauso aufgebaut war wie im Vorjahr: Alle Zelte, alle Stände, alle Gassen, selbst die Karussells schienen am selben Platz zu stehen, es sah aus, als sei kein Tag seit seinem letzten Besuch verstrichen.

Auch die magische Statue mit dem Löwen hatte er

wiedergesehen und wusste daher, wo er später hinmusste. Sie war gar nicht weit vom Zelt entfernt, in dem er jetzt mit seiner Gruppe saß. Dann ging es relativ schnell. Die Böllerschüsse, die erste Bierlieferung, ein Prosit der Gemütlichkeit, diverse von den Japanern bestellte Speisen und rhythmische Blasmusik. Vor einem Jahr hatte er das Bierzelt nach etwa einer Stunde verlassen, die übersinnliche Begegnung muss also gegen dreizehn Uhr stattgefunden haben.

Gegen 12:45 Uhr erklärte er seinen Schutzbefohlenen, er habe etwas mit seinem Vorgesetzten zu besprechen und müsse sie daher für eine halbe Stunde allein lassen, um zur Telefonzelle zu gehen. Die Japaner zeigten Verständnis, weil sie sich ja sowieso nicht für ihn interessierten. Er drängte sich also aus dem Zelt und ging exakt zu der Stelle, wo er im letzten Jahr der Fee begegnet war, zum Treffpunkt des Schicksals. Doch vor den Treppenstufen stand niemand. Nur ein älteres Ehepaar spazierte oben bei der Statue herum und gönnte sich einen Blick hinunter aufs Oktoberfest. Er schaute auf seine Armbanduhr. Es war zehn vor eins. Auf seiner Stirn bildete sich ein kalter Schweißfilm.

Aus einer Gasse neben einer Losbude kam eine junge attraktive Frau und blickte sich etwas unbeholfen um. Er kniff die Augen zusammen, um sie besser sehen zu können. Da neigte sie ihren Kopf leicht zur Seite, und ihre Blicke trafen sich – es gab keinen Zweifel, es war seine Fee! Wie im letzten Jahr schienen die Gesetze von Zeit, Raum, Logik und Vernunft plötzlich außer Kraft gesetzt. Wieder nahm er das Leuchten wahr, das sie umgab. Sie blickten sich eine halbe Unendlichkeit lang einfach nur an, wie zwei Wesen von fremden Sternen. Die um sie herum quirlenden Menschen störten sie nicht. Geräusche und optische Reize drangen nicht bis zu ihnen durch. In Götz' Kopf war nur ein sanftes Rauschen zu hören.

Die junge Frau setzte sich sehr, sehr langsam in Bewegung und schritt auf ihn zu, leicht, behutsam, vorsichtig. Er sah nicht, wie sie ihre Füße bewegte, sie schien auf ihn zuzuschweben. Sein Körper war wie versteinert, seine Füße angewurzelt, er konnte sich nicht rühren. Es kam ihm vor, als habe er aufgehört zu atmen, er bestand nur noch aus Wahrnehmung und Gefühl. Irgendwann stand sie vor ihm und er vor ihr. Er roch ihre Haut, sie duftete nach Niveacreme und einem dezenten Parfüm.

Auch Dagmar erschnupperte den Duft des Mannes, der ihr gegenüberstand, ein herbes Aftershave, das würzig und nach Erde roch. Sie sah ihm in die Augen, musterte ihn mit unendlicher Sorgfalt und Behutsamkeit, alles an ihm, an dieser Begegnung war wieder so vertraut und leicht wie im Jahr zuvor, und sie war nicht imstande, etwas zu sagen. Instinktiv beugte sie sich ihm entgegen, er tat es ihr gleich, ihre Lippen berührten und öffneten sich. Es war der intensivste Kuss, den Dagmar jemals erlebt hatte, voller Sinnlichkeit, Zärtlichkeit und Liebe. Die Welt stand still, erneut, ein Jahr nach ihrer ersten Begegnung, exakt um die gleiche Uhrzeit an exakt der gleichen Stelle.

Wie selbstverständlich drehten sie der Bavaria den Rücken zu und gingen beseelt und eng umschlungen davon. Dagmar spürte ihr Herz schneller schlagen. Sie war wie in einer bunten Seifenblase gefangen, es gab nur diesen Moment, sonst nichts. Doch mit einem Mal stellte sich eine innere Unruhe ein. Mit jedem ihrer Schritte kehrte die Realität zurück, erst die Geräusche, dann die Oktoberfestgerüche, dann die optische Wahrnehmung ihrer Umgebung. Und dann geschah etwas Merkwürdiges: Sie glaubte plötzlich, Pavel Wenzler, den Produzenten ihres Lebensgefährten, in der Menge zu erkennen, und erschrak fürchterlich. Wie hätte sie Hartmut erklären sollen, dass sie Arm in Arm mit einem fremden Mann über das Oktoberfest schlenderte? Ein Anflug von Panik ergriff sie. Wie im Vorjahr ließ eine Einwirkung von außen sie aus der Illusion erwachen.

Sie löste sich aus der Umarmung, was Götz ebenfalls ruckartig in die Realität zurückkehren ließ. Er bemerkte aus dem Augenwinkel seine japanischen Gäste, die gerade auf das Rollband eines Fahrgeschäfts stiegen, das sie zu einem Turm hinaufbefördern würde, von dem aus man mit kleinen Teppichen eine riesenhafte Rutschbahn herunterrutschen konnte. Das Rollband lief außergewöhnlich schnell, und einer der Japaner stürzte sehr unglücklich. Die Fee sah Götz an und sagte einen einzigen Satz, es war das erste Mal, dass er ihre Stimme hörte: »Nächstes Jahr um dieselbe Zeit!« Dann rannte sie davon. Götz wusste nicht, was er tun sollte. Er hatte vermutlich gerade zum zweiten Mal die Frau seines Lebens getroffen, das Schicksal hatte sie erneut zusammengeführt, er kannte weder ihren Namen, noch wusste er sonst irgendwas von ihr – und jetzt sollte er wieder ein Jahr auf sie warten!

Ihm wurde klar, dass sie längst in der Menge verschwunden war und es keine Chance gab, sie wiederzufinden. Also ging er stattdessen auf das Fahrgeschäft zu und las den Namen: *Toboggan*. Der japanische Mann, der sich anscheinend ernsthaft verletzt hatte, wurde bereits von seinen Geschäftsfreunden gestützt und aus dem Gefahrenbereich hinausbegleitet. Er hatte sich das Schultergelenk ausgekugelt, zwei Sanitäter eilten herbei.

»Schultergelenk. Seh ich schon«, sagte der eine. Er war sehr beleibt und hatte ein dickes Kindergesicht mit roten Backen. »Das ist die häufigste Verletzung auf dem Oktoberfest und geschieht zu neunzig Prozent beim Toboggan. Ich bin gespannt, wann sie dieses Rollband endlich verbieten.«

DONNERSTAG, 14. OKTOBER 1971

Genf, Mittag

Dagmar saß in Hartmuts Wohnwagen am Filmset von *Killerwellen.* Sie war vor einer Stunde am Genfer See angekommen und sollte im Auftrag der Produktionsfirma die Dreharbeiten journalistisch dokumentieren. Der Wohnwagen war sehr schlicht eingerichtet, es gab ein Bett, einen Tisch mit zwei Sitzbänken, einen Herd, einen Kühlschrank und ein paar Garderobenelemente. Neben dem Bett stand eine Flasche Mückenschutzmittel. Es gab zwar um diese Jahreszeit keine Stechmücken mehr, dafür aber fiese Grasmilben. Die Temperaturen waren für Oktober ungewöhnlich schwül, und Dagmar machte die Witterung ziemlich zu schaffen.

Hartmut befand sich irgendwo draußen beim Dreh, sie war von einem netten Schweizer Mitarbeiter am Flughafen abgeholt worden. Wie schon in den vergangenen Wochen schwirrte ihr der Oktoberfest-Prinz im Kopf herum. Was hatte das alles zu bedeuten gehabt? Sie machte sich Vorwürfe, weil sie davongerannt war. Der Mann, den sie als Pavel Wenzler zu erkennen geglaubt hatte, war mit Sicherheit ein Bayer gewesen, der nur den gleichen Bart wie Pavel gehabt hatte. Er hatte einen bayerischen Hut mit einer Feder oder etwas Ähnlichem getragen, das passte nicht zu Pavel, außerdem war der ihres Wissens nach zur fraglichen Zeit gar nicht in München gewesen. Vermutlich hatte ihr das Unterbewusstsein einen Streich gespielt. Wieder quälten sie Zweifel und die immer gleichen Fragen. Was hätte sie mit dem Mann machen sollen? Händchen haltend in die Welt hinausziehen? Hartmut verlassen und nach München gehen? War der Mann eigentlich Münchner? War er überhaupt aus Deutschland, vielleicht hatte er sie ja gar nicht verstanden, als sie impulsiv »Nächstes Jahr um dieselbe Zeit!« gerufen hatte. Was wusste sie denn, wo sie nächstes Jahr um diese Zeit sein würde? Aber vielleicht war es ja auch einfach im großen Plan des Schicksals vorgesehen, dass sie jedes Jahr bis an ihr Lebensende auf dem Oktoberfest ihren Prinzen treffen würde. Wer wusste das schon?

Jetzt war sie jedenfalls hier in der Schweiz, umgeben von weitgehend freundlichen Filmschaffenden. Das alles machte ihr Spaß, es war aufregend und neu.

Hartmut war in den letzten Tagen am Telefon immer sehr nervös gewesen. Er befürchtete, dass der Film nicht zustande kommen würde, die Voraussetzungen waren ungünstig. Es gab oft technische Schwierigkeiten mit der Kamera und dem Ton, die Arbeit mit Henny Brock hatte sich wie erwartet als sehr anstrengend herausgestellt, und viele geplante Szenen schienen aus diversen Gründen nicht zu funktionieren.

Noch vor seiner Abreise hatte Hartmut von einer Kameraeinstellung aus Perspektive einer sich in rasender Geschwindigkeit auf ein Dorf zubewegenden Welle gesprochen. Jeder hatte ihm davon abgeraten, da das einen riesigen technischen Aufwand bedeutete, nur mit Überblendungen und Tricks zu realisieren war und unfassbar teuer werden würde. Doch Hartmut bestand auf dieser Sequenz. Dieses sture Verhalten machte Dagmar Sorgen. Ihr Freund neigte nicht nur zum Erfinden von Geschichten, sondern war für seine Filme auch schier zu jedem Mittel bereit. Er log oft ohne Grund, dass sich die Balken bogen, keiner wusste, warum er es tat, es war wie eine Art Sucht, andauernd etwas Erfundenes zu erzählen. Das machte Dagmar regelmäßig misstrauisch, denn sie wusste häufig auch nicht, ob er ihr gegenüber die Wahrheit sagte oder irgendwelche Hintergedanken hatte. Sie beruhigte sich mit dem Wissen, dass sie dank ihm immerhin bei einer großen Kinofilmproduktion mitwirken durfte.

Plötzlich hörte sie von draußen lautes Gebrüll. Eine helle Frauenstimme schrie etwas, worauf eine fistelige Männerstimme verhalten antwortete. Kein Zweifel, das waren Henny und Hartmut. Dagmar lauschte, konnte aber kaum etwas verstehen. Also öffnete sie die Tür des Wohnwagens einen Spalt weit. Die beiden standen ganz in der Nähe und fochten eine Meinungsverschiedenheit aus. Maurice, der sehr geduldige und meist zu Scherzen aufgelegte Kameramann, der Hartmut bei allen Produktionen begleitete, stand daneben und grinste Dagmar zu, die er hinter dem Türspalt entdeckt hatte.

»Leck mich doch am Arsch mit deiner Kamerafahrt«, brüllte Henny. »Ob die Kamera nun fährt oder nicht, ist für die Einstellung doch Nebensache. Es geht um mein Gesicht und ob ich die Emotion richtig rüberbringe!«

»Bitte überlassen Sie das der Regie. Wie wir das lösen, geht Sie nichts an.«

Maurice kam zu Dagmar rüber.

»Das geht hier jeden Tag so zu«, sagte er leise und feixte.

»Der arme Hartmut«, bedauerte sie ihren Freund.

»Na ja, er hat sich die Brock eingebildet, jetzt muss er auch mit ihr klarkommen.«

»Stimmt«, sagte Dagmar, verspürte aber einen starken Impuls, sich einzumischen. Doch Maurice' vielsagender Blick hielt sie davon ab.

FREITAG, 3. DEZEMBER 1971

Hamburg, Abend

Götz saß in seinem neuen Apartment in Hamburg Altona. Von draußen hörte man Schiffssirenen. Er hatte wieder mal einige seltsame Reisegäste herumgeführt und entspannte sich nun etwas vor dem Fernseher. Es lief eine WDR-Live-Talkshow mit dem Titel *Ende offen*. Das Thema der Sendung lautete *Pop & Co. – die andere Musik zwischen Protest und Kommerz*. Ein paar Leute saßen um einen Tisch und diskutierten relativ belangloses Zeug.

Götz war von Herrn Lottsieper in letzter Zeit mehrmals sowohl gelobt als auch getadelt worden. Die Sache mit dem Japaner hatte ihm Ärger eingebracht. Die Reisegruppe hatte schriftlich Beschwerde eingereicht und darin berichtet, dass Götz wegen eines angeblichen Telefonats längere Zeit verschwunden und nicht wiedergekommen war, sodass die Teilnehmer beschlossen hätten, auf eigene Faust herumzulaufen, und in ein ihnen interessant erscheinendes Fahrgeschäft gestiegen seien. Lottsieper meinte, er habe damit klar seine Aufsichtspflicht verletzt.

Götz' Reaktions- und Improvisationstalent hatte ihm aber wieder einmal geholfen, prompt eine passende Antwort zurechtzuzimmern: Er sei wirklich zur Telefonzelle gegangen, um im Reisebüro anzurufen und zu fragen, ob denn die diversen außerplanmäßigen Taxifahrten im Service enthalten seien oder den Gästen extra berechnet werden sollten. Das musste er wissen, weil er im Hotel die Endabrechnung tippen und den Japanern mitgeben sollte – sie waren ja am Sonntag nach dem Oktoberfest direkt von München-Riem zurück nach Tokio geflogen, und Götz war mit Branco allein im Bus nach Hamburg zurückgefahren. Die Telefonzelle auf dem Oktoberfest wäre aber ewig besetzt gewesen, und als er zurückgekommen sei, hätten die Japaner nicht mehr auf ihrem Platz gesessen, sodass er sich sofort auf die Suche nach ihnen gemacht habe. Sein Plan ging auf, und er wurde für sein vorbildliches Verhalten im Umgang mit den Sanitätern und später in der Notaufnahme des Krankenhauses von Lottsieper gelobt, ebenfalls für seine erfolgreich geführten Reisegruppenfahrten an die Ostsee und in die Eifel.

1971

Im Fernsehen redete gerade ein Mann mit langen Haaren und Vollbart, während andere rauchend und mehr oder weniger interessiert lauschten. Er beschwerte sich über das Fernsehen und bezeichnete es als »scheißliberales Unterdrückungsinstrument«, das die Befreiung der Massen verhindere. Um seinen Worten Nachdruck zu verleihen, klopfte er mit der Hand auf den Tisch. Als das keine Reaktion bei seinen Diskussionspartnern und dem Moderator hervorrief, holte er eine kleine Axt unter seinem Jackett hervor und schlug wie besessen auf den massiven Holztisch mit Stahlbeinen ein. Allerdings war der Tisch stärker als Beil und Hiebe, es fielen nur ein paar leere Flaschen herunter. Die anderen Talkgäste standen auf und brachten sich in Sicherheit. Der Mann mit der Axt ließ vom Tisch ab und begann stattdessen, die auf dem Tisch liegenden Mikrofone abzustöpseln. Während er sie einsteckte, erklärte er halb provokant, halb entschuldigend, dass er sie für Leute in Jugendstrafanstalten brauche.

Götz war peinlich berührt. Die seltsame Aktion war in seinen Augen gründlich misslungen, hatte ihren Zweck in keiner Weise erkennen lassen und sorgte für Ratlosigkeit. Das Verhalten des Bärtigen hatte nichts mit dem Klassen- und Freiheitskampf der Studentenbewegung zu tun und erschloss sich Götz in keiner Weise.

Er nahm einen Schluck Bier und wechselte den Sender.

SAMSTAG, 25. DEZEMBER 1971

Genf, Mittag

Dagmar und Hartmut warteten mit einigen Mitarbeitern des Films am Flughafen von Genf auf den Abflug ihrer Maschine nach Köln. Vor den Feiertagen waren alle Flüge ausgebucht oder dreimal so teuer wie sonst gewesen, deshalb hatten sie diesen späteren Flug gewählt. Die exzentrische Henny Brock war schon Mitte Dezember zu einer anderen Produktion nach Paris abgereist.

Dagmar saß zwischen Hartmut und Pavel Wenzler, der neben seiner eigentlichen Tätigkeit als Produzent in den ersten Wochen am Set die Funktion eines Schlichters zwischen Hartmut und Henny übernommen hatte. Der Konflikt war inzwischen weitgehend beigelegt, sie hatten einen halbwegs erträglichen Weg gefunden, miteinander umzugehen. Nun sah Dagmar die Gelegenheit gekommen, Pavel die Frage zu stellen, die sie seit Wochen plagte. Hartmut durfte ruhig zuhören, es war nichts Verwerfliches daran.

»Warst du eigentlich schon mal auf dem Oktoberfest, Pavel?«

»Nein, noch nie«, antwortete er freundlich und fügte die Frage hinzu: »Würdest du mir empfehlen, einmal hinzugehen?«

»Ach, brauchst du eigentlich nicht. Hätte mich nur interessiert.«

Hartmut las in der Schweizer Tageszeitung, die im Wartebereich für die Fluggäste auslag.

»Hoppla«, merkte er auf, als er die Schlagzeile *Flugzeugabsturz in Peru* sah. »Da ist eine Maschine in Südamerika bei einem Unwetter in der Luft förmlich zerbrochen. Es gab nur eine einzige Überlebende. Beinahe hätte das Team von Werner Herzog in diesem Flugzeug gesessen.«

»Ach, du Schreck«, entfuhr es Dagmar. »Danke, dass du das vor dem Abflug erzählt hast. Ist ein sehr beruhigendes Gefühl.«

»Entschuldige«, murmelte Hartmut und vertiefte sich wieder in die Zeitungslektüre.

1972

SAMSTAG, 16. SEPTEMBER 1972

Hamburg, Mittag

Götz führte eine Gruppe pfälzischer Winzer durch Blankenese.

»Hier wohnen viele berühmte Menschen, dort drüben vor zehn Jahren auch der Beatle George Harrison. Und das da ist das Haus von Freddy Quinn«, erläuterte er, während er auf eine Villa deutete. »Da können wir leider nicht aufs Grundstück. Er ist zwar ganz nett und relativ zugänglich, aber das würde ihm dann doch zu weit gehen. Aber wenn wir sehr leise sind, hören wir ihn möglicherweise *La Paloma* singen.«

Mittlerweile wusste Götz, welche Kalauer ankamen und welche nicht. Am besten war es, wenn man dem Gesagten eine kleine heitere Note verlieh, ohne den Informationsgehalt zu schmälern oder abzudriften.

Er war ziemlich verkatert, weil er am Abend zuvor auf einer wilden Fete in einer riesigen Wohngemeinschaft gewesen war, der *Villa Kunterbunt* in Hamburg-Winterhude. Dort lebten überwiegend Künstler, es ging immer heftig zu, man trank und feierte bis in die Puppen, Leute spielten Gitarre, erzählten lustige Anekdoten. Es war grundsätzlich sehr unterhaltsam, besonders bei offiziellen Feiern. Immer waren auch schöne Mädchen da, häufig zogen sich Partygäste kurz zurück, um miteinander Spaß zu haben.

Einer der lustigsten Bewohner war der Ostfriese Otto, der grandios Stimmen imitieren und amüsante Geschichten zum Besten geben konnte. Auch berühmte Menschen wohnten in der *Villa Kunterbunt,* zum Beispiel der Sänger Udo Lindenberg, der mit *Daumen im Wind* vor Kurzem eine sehr erfolgreiche Platte veröffentlicht hatte. Ein anderer, unbekannter Sänger namens Marius war häufig zu Gast in der Wohngemeinschaft. Er hatte vor einigen Monaten für eine Fernsehsendung einen provokativen, relativ unlustigen Song mit dem Titel *Gebt Bayern zurück an die Bayern* aufgenommen. Er hatte immer ein paar Exemplare dieser Single dabei, die er für zwei Mark feilbot. Götz hatte noch nie erlebt, dass einer sie kaufte. Verständlicherweise. Zum einen fand Götz das Lied ziemlich einfallslos, zum anderen mochte er Bayern ja sehr gerne und fand das Wortspiel und die ganze Single misslungen.

Ach, Bayern! Er seufzte kurz und sah auf die Uhr. Es war kurz vor dreizehn Uhr. Da fiel es ihm schlagartig ein – heute war Oktoberfestbeginn!!! Und er hatte es tatsächlich vergessen! Wie hatte das passieren können? Sein Herz wurde schwer, die ganze Kraft schien aus seinem Körper zu weichen, ihm schwanden beinahe die Sinne.

»Geht es Ihnen nicht gut?«, fragte eine der rotbäckigen Winzerinnen. »Sie sehen so blass aus.«

»Es geht schon«, fing sich Götz schnell wieder und überspielte seinen kurzen Schockmoment. »Mir ist nur gerade etwas Privates eingefallen. Kommen Sie mit, ich zeige Ihnen gleich die beiden Leuchttürme Oberfeuer und Unterfeuer, die zusammen die Richtfeuerlinie bilden und dafür sorgen, dass die Schiffe sicher über die Elbe schippern.«

SAMSTAG, 16. SEPTEMBER 1972

New York, Morgen

Dagmar lag wie so oft allein im Bett des Apartments, das sie mit Hartmut in Brooklyn gemietet hatte. Die Dreharbeiten waren längst beendet, nun standen Nachbearbeitung und Schnitt an, die ein amerikanischer Sponsor finanzierte; in drei Monaten würde die Premiere von *Killerwellen* stattfinden. Hartmut saß von früh bis spät im Schneideraum, arbeitete an der Endfassung des Filmes, kam immer völlig erschöpft nach Hause und brauchte dann ihren Beistand, den sie ihm gerne gab. Ihr war aufgefallen, dass sie sich meistens Männer suchte, die ihre Mutterinstinkte weckten.

Heute war der Tag des Oktoberfest-Anstichs. Dagmar

schlief seit Tagen sehr unruhig. Sie war gerade erst aufgewacht und sah nun auf ihren Wecker, es war kurz vor sieben Uhr morgens. Sie blinzelte und versuchte, sich wie jeden Morgen an den letzten Traum zu erinnern. Ein paar Fetzen fielen ihr ein.

Es war wie meist ein Zug darin vorgekommen, der von irgendeiner abgelegenen S-Bahn-Station zu spät oder zu früh oder gar nicht abgefahren war. Dagmar hatte auf dem Bahnsteig gestanden und umsonst nach einem Fahrplan gesucht. Die Umgebung hatte wie ländliches Bayern ausgesehen, auf dem Haltestellenschild hatte jedoch ein ausländisch klingender Name gestanden, der ihr jetzt aber nicht mehr einfiel. Etwas mit »O«. Ohio oder Ottawa oder Obama. Da der Zug nicht gekommen war, war sie zu Fuß eine Landstraße entlang zu einer Autobahnraststätte gegangen und hatte sich dort auf eine Leitplanke gesetzt. Laufend waren Passanten mit dem Auto oder zu Fuß vorbeigekommen und hatten ihr Kaffee, Schnaps und Pralinen angeboten. Dann war sie in einen Reisebus gestiegen, der sie wieder zu dem Bahnhof mit »O« gebracht hatte. Dort hatte es plötzlich eine Bahnhofsgaststätte gegeben, in der eine Gruppe von Menschen Schach gespielt hatte. Die Schachfiguren waren von innen beleuchtet gewesen. Das Schachbrett hatte ausgesehen wie ein Schallplattenspieler. Da hatte Dagmar bemerkt, dass sich das Schachbrett drehte und eine Melodie spielte. Sie hatte aus dem Fenster geblickt und einen Zug einfahren sehen. Am Fenster standen zwei ältere Menschen, ein

Mann und eine Frau. Sie lächelten. Hatte sie das nicht schon einmal geträumt? Der Schaffner hatte gepfiffen, die Türen hatten sich geschlossen. Der Zug war wieder abgefahren. Eine nette Frau an der Garderobe der Bahnhofsgaststätte hatte Dagmar erklärt, sie müsse ihre Kleider ausziehen, das sei hier so üblich. Sie hatte getan wie geheißen und schließlich komplett nackt bis auf ihre Militärstiefel dagestanden. Die anderen Gäste trugen alle nach wie vor ihre Kleidung. Sie hatte sich gedacht, dass man sie möglicherweise belogen haben könnte, und war zurück zur Garderobe gegangen, um sich wieder anzukleiden.

Das war alles, an das sie sich erinnerte. Sie befand sich in einem für sie nicht unüblichen Zustand zwischen Halbschlaf und Traum.

Beim nächsten Erwachen blickte sie abermals auf ihren Wecker. Es war Punkt acht Uhr. Durch die Zeitverschiebung musste es demnach in München dreizehn Uhr sein. Die Uhrzeit, zu der sie ihren Prinzen, ihren Stern treffen sollte. Ob er gekommen war? Würde sie ihn jemals wiedersehen? Was war ihre Bestimmung, was sah das Schicksal für sie vor? Gedankenversunken schlummerte sie erneut ein.

1973

DONNERSTAG, 11. JANUAR 1973

Hamburg, Vormittag

Götz las an seinem Küchentisch die aktuelle Ausgabe des *Spiegel,* währenddessen aß er Cornflakes. Bundeskanzler Willy Brandt, den Götz sehr bewunderte, hatte kurz zuvor dem US-Präsidenten Richard Nixon seine Besorgnis über den Bombenkrieg gegen Nordvietnam mitgeteilt, nachdem der Schriftsteller Heinrich Böll zusammen mit einhundertfünfzig anderen Persönlichkeiten in einem Appell an den Kanzler gefordert hatte, sich am Versagen der Amerikaner in Vietnam nicht mitschuldig zu machen. Es waren unruhige Zeiten, die Götz zwischendurch immer wieder große Sorgen bereiteten. Der Zweite Weltkrieg war noch keine dreißig Jahre vorüber, und schon wieder braute sich irgendein Unheil zusammen. Hoffentlich würde Brandt ein Friedenskanzler sein und die richtigen Entscheidungen treffen, dachte Götz.

1973

DONNERSTAG, 11. JANUAR 1973

Berlin, Abend

Dagmar wartete in der Gaststätte *Tattersall* auf ihr Abendessen. Sie hatte am folgenden Tag einen Termin mit einem Musikproduzenten, den sie für das *Hamburger Abendblatt* interviewen sollte, und machte sich gerade Notizen zu den Fragen, die sie stellen wollte. Es ging im Großen und Ganzen um den Unterschied zwischen der amerikanischen und der europäischen Musikindustrie. Am Nebentisch saßen zwei Frauen, die eine offenbar sehr lustige Unterhaltung führten. Beide lachten jedenfalls herzlich.

»Paul Breitner ist ja bekennender Maoist, und deshalb wollte er sich wohl mit den Scherben treffen!«

Dagmar tat so, als wäre sie mit ihren Aufzeichnungen beschäftigt, lauschte aber in Wirklichkeit konzentriert dem Gespräch. Es ging mit ziemlicher Sicherheit um eine Zusammenkunft des Fußballnationalspielers Paul Breitner mit der Band Ton Steine Scherben.

»Er hatte sich anscheinend einen ausführlichen Fragenkatalog zusammengestellt und wollte mit den Scherben über möglichst viele Themen *auf Augenhöhe* diskutieren«, prustete eine der Frauen.

Die andere Frau lauschte amüsiert, während die Erzählerin fortfuhr: »Breitner stand also im Trainingsanzug des FC Bayern vor den Jungs, rauchte einen Zigarillo, ließ sich eine Tasse Kaffee spendieren und versuchte, mit ihnen über Revolution und politische

Themen zu sprechen. Aber leider …« Sie schnappte glucksend nach Luft. »Leider waren die Scherben eher an Stories über Sepp Maier interessiert als an Gesprächen über den Klassenkampf!«

Den beiden jungen Frauen liefen vor Lachen die Tränen über die Wangen, auch Dagmar kicherte etwas vor sich hin. Da kamen die von ihr bestellten Senfeier mit Pellkartoffeln.

DIENSTAG, 13. MÄRZ 1973

Hamburg, Abend

Götz war mal wieder ziemlich erschöpft, denn er hatte eine dreitägige Busreise hinter sich. Vom Depot aus war er mit seinem Auto nach Hause gefahren und hatte auf dem Heimweg das erste Mal selbst an einer Tankstelle getankt. Diese Möglichkeit gab es erst seit Kurzem, und es hatte ihn sehr interessiert, da er wie die meisten anderen Menschen bis dahin noch nie einen Zapfhahn in der Hand gehalten hatte. Eine junge, gut aussehende Frau in einem weißen kurzen Kleid und schwarzer Buddy-Holly-Brille hatte ihn fachgerecht in der korrekten Bedienung der Tanksäule unterwiesen.

Daheim kochte er sich Nudeln mit Tomatensoße. In seinem Mundwinkel hing währenddessen wie so oft eine selbst gedrehte Zigarette. Er mochte eigentlich lieber Filterzigaretten, die waren aber dreimal so teuer wie Tabak und Papierchen. Er hatte eine Flasche Wein geöffnet, und während die Soße vor sich hin köchelte, las er noch kurz einen Artikel im *Hamburger Abendblatt* zu Ende, den er am Morgen begonnen hatte. Es ging darin um einen Musikproduzenten und die Unterschiede zwischen der amerikanischen und der europäischen Szene. Götz hatte vor, bald schlafen zu gehen, weil er morgen früh schon wieder auf eine Tourismusmesse nach Hannover fahren musste. Er schaltete kurz seinen kleinen Schwarz-Weiß-Fernseher ein, um sich die Tagesschau anzusehen. Der Sprecher berichtete gerade, dass die vor wenigen Tagen erfolgte Ausrufung der Republik in Griechenland ein Referendum zur Folge haben würde. Es sollte Ende Juli stattfinden, und die Chancen stünden gut, dass das Land dann von der Militärdiktatur befreit werden würde. Götz fand diese Entwicklung hoch spannend. Er hatte ja schon mehrmals in seinem Leben sehr nette, schlaue und lustige Griechen kennengelernt und wollte unheimlich gern einmal in dieses Land reisen, um die Kultur kennenzulernen. Auch aus professioneller Sicht – da kannte er sich ja inzwischen ziemlich gut aus – reizten ihn die Möglichkeiten des Tourismus dort. Er drückte den Griechen die Daumen und goss das Wasser seiner Spaghetti ab.

MITTWOCH, 14. MÄRZ 1973

Berlin, Vormittag

Die Beziehung zwischen Dagmar und Hartmut steckte in einer Krise, die sich langsam immer mehr ausweitete. Hartmut hatte sie zwar gebeten, die Dreharbeiten seines neuen Films – einer Hildegard-von-Bingen-Dokumentation mit dem Titel *Heiligen Sinn fühl ich voller Demut,* für die er die Schauspielerin Heidrun Karst als Hauptdarstellerin verpflichtet hatte – wieder als Journalistin und »Mädchen für alles« zu begleiten, aber meist hatte sie das Gefühl, bei den Dreharbeiten zu stören oder sie gar zu behindern. Anders konnte sie die genervten Blicke ihres Partners nicht deuten. Hinzu kam, dass sie bereits seit Monaten auf diverse Zahlungen von seiner Produktionsfirma wartete. Sie plante den langsamen, aber sicheren Rückzug aus Hartmuts Universum, ein Entschluss, der ihr nicht allzu schwerfiel.

Derzeit fanden die Innenaufnahmen zu einer Szene in einer Neuköllner Fabrik statt, deren Räumlichkeiten dem Kamerateam gratis zur Verfügung standen. Dagmar war gerade dabei, in einem der Büros das wie so oft frühmorgens noch hektisch geänderte Drehbuch abzutippen, als sie vom wenige Meter entfernten Filmset lautes Geschrei vernahm. Sie stand auf und öffnete die Türe, um zu lauschen, was da wohl vor sich ging. Heidrun Karst hatte offenbar wieder einen ihrer Tobsuchtsanfälle.

»Geben Sie mir keine Regieanweisungen«, schrie sie.

»Das kann ich nicht ertragen, ich weiß alleine, was ich machen soll.«

Helmut reagierte wieder mal überfordert.

»Ja, weiß ich, aber wir müssen …«, stammelte er.

»Technisch können Sie was sagen, ja, aber nicht inhaltlich! Das kann ich alleine. Oder Sie stellen sich hin für mich und machen es.«

Dagmar fiel mal wieder auf, dass die beiden sich siezten. Man warf sich zwar von früh bis spät die wüstesten Beschimpfungen an den Kopf, verzichtete aber höflich auf das »du«. Heidrun Karst fuhr mit ihrer Strafpredigt fort.

»Sie wollen immer halbe Sachen. Sie haben einfach Schiss vor Konsequenzen. ALSO!«, brüllte die exzentrische Mimin.

Hartmut nuschelte irgendetwas Unverständliches. Dagmar fühlte Mitleid, aber auch ein gewisses Maß an nicht zu verhindernder Abscheu vor der Feigheit ihres Freundes. Sie atmete geräuschvoll aus. Sie hatte große Probleme, diese negative Energie auszuhalten.

»Also, drehn wir's jetzt?«, kreischte Heidrun.

»Nein, wir können …«

»Los, machen Sie die Kamera an, und drehen Sie den Scheißdreck runter!«

»Das entscheide immer noch ich«, bestimmte Hartmut in einem Anflug von übertriebenem Selbstbewusstsein. Das überraschte seine Kontrahentin. Kurz. Dann ging es gewohnt heißblütig weiter.

»Wenn Sie endlich aufhören würden, hier Hausfrauen-Anweisungen zu geben… Sorgen Sie dafür, dass eine Szene…«

»Frau Karst, wer ist hier Regisseur?«

»Sie ganz bestimmt nicht! Sie können froh sein, wenn Sie bei mir etwas lernen, Sie Dilettant!«

»Es hat keinen Sinn, wenn Sie mich hier beleidigen…«, bat Hartmut hilflos.

»Beleidigen? Beleidigen? Sie können mich gar nicht mehr beleidigen, als dass Sie mir hier Regieanweisungen geben!«

Dagmar war entsetzt. Warum sagte er dieser Verrückten nicht die Meinung? Warum ließ er sich alles von ihr gefallen? War der Regisseur nicht in der Lage, seine Schauspielerin in Zaum zu halten?

Die Stimme von Frau Karst entfernte sich. Sie war wohl in ein anderes Zimmer gelaufen und brüllte weiter. Dann kam sie zurück.

»Sie machen das Falscheste, was Sie machen können. Sie benehmen sich so plump und so blöd wie noch nie einer in meinem Leben bei der Arbeit und müssten eigentlich schon wissen, dass man mich ganz leicht behandeln kann, indem man nur vorsichtig mit mir umgeht. Jeder hat mich einfach spielen lassen und nicht die ganze Zeit nur herumgequatscht! Selbst ganz große Regisseure, zu denen Sie nie zählen werden! Auch Fellini hat das gemacht. Und Käutner! Und Sie werden es auch tun, mein Lieber!«

»Fellini und Käutner sind mir gleichgültig«, maulte er nach.

»Dann lecken Sie mich am Arsch!«, lärmte die rasende Akteurin weiter. »Ich lasse mir nicht von einem dilettantischen Amateur erklären, wie man einen Film macht!«

Jetzt hielt es Dagmar nicht mehr aus. Sie lief hinüber und schrie die tobende Furie an.

»HÖREN SIE AUF!«, keifte sie.

»Halten Sie die Klappe«, sprach Heidrun Karst, plötzlich fast ruhig und gefasst. Sie konnte offenbar ihr Tempo von einhundertachtzig auf fünfzig in Lichtgeschwindigkeit herunterschalten. »Sie haben hier keine Funktion im Augenblick.«

»Das ist meine Lebensgefährtin«, flüsterte Hartmut kaum hörbar, was Dagmar erneut enttäuschte.

»Ich weiß!«, rief die Hauptdarstellerin seines Filmes. »Die Zimtzicke rennt hier ja seit Tagen sinnlos zwischen den Kameras herum. Sagen Sie ihr, dass Sie hier keine Funktion hat!«

»Äh, ja, also, Dagmar, da hat Frau Karst wirklich recht, also, du …«

Das war der Tropfen, der das Fass zum Überlaufen brachte. Jetzt fiel er ihr auch noch in den Rücken, ihr, die ihm in seiner Notlage zur Hilfe geeilt war und ihn unterstützen wollte, indem sie ihm zeigte, dass sie voll und ganz hinter ihm stand. Dagmar drehte sich einfach um und ging hinaus. Es gab nichts mehr, das sie hielt. Sie wusste, dass die Beziehung zu Hartmut mit diesem letzten feigen Satz seinerseits unwiderruflich beendet war. Sie rannte zu ihrem VW Käfer, setzte sich hinein, ließ den Motor an und fuhr los. Ohne nachzudenken, einfach geradeaus. Sie empfand nicht einmal Zorn, sondern eher ein Gefühl der Befreiung, und dass ihre Seele eine wichtige Erfahrung gemacht hatte.

Sie hatte Hunger und Durst, also fuhr sie zu einem Supermarkt und kaufte Käse, Wein und Brot. Vorsichtshalber ließ sie an der Tankstelle direkt neben dem Geschäft noch für zwanzig Mark Benzin in ihren Tank füllen. Als sie gerade den Tankwart zur Kasse begleitete, rollten einige schwere Motorräder an. Auf ihnen saßen Männer mit nietenbesetzten Lederjacken, Kutten, Stirnbändern, Sonnenbrillen, Bärten, Stahlhelmen und Cowboyhüten. Einige hatten junge Frauen auf dem Rücksitz. Keiner von ihnen sagte ein Wort oder stellte den Motor ab.

»Oh, die machen sicher Probleme«, flüsterte der Tankwart mit beunruhigtem Gesichtsausdruck. »Würden Sie vielleicht noch kurz hierbleiben, um mir eventuell als Zeugin zur Seite zu stehen.«

»Denken Sie, dass die Leute die Tankstelle überfallen wollen?«, fragte Dagmar, auch aus journalistischem Interesse.

»Na ja, sie wirken nicht gerade wie die üblichen Kunden. Normalerweise habe ich keine Vorurteile, aber sicher ist sicher.«

Der Tankwart wirkte wirklich sehr ängstlich. Dagmar sah nach draußen. Die Ankunft der Motorradgang war in der Tat ein unheimlicher Zwischenfall. Schweigende, gefährlich wirkende Männer auf sonor brummenden Harleys und BMWs. Als etwa zehn Bikes versammelt waren, stellten fünf der Männer die Motoren ab, stiegen von den Maschinen und kamen in die Tankstelle. Dagmar stellte sich in die Ecke neben den Tankwart und verhielt sich ruhig.

»Einen wunderschönen guten Tag«, sagte der eine. Er hatte kurz geschorenes Haar und trug schwarze Kleidung.

»Guten Tag«, antwortete der Tankwart gefasst.

»Einmal volltanken, bitte«, sagte ein weiterer, etwas kleinerer Mann mit Backenbart und Jeansweste.

»Äh, ja, also ...«

»Damit meine ich: alle Maschinen volltanken. Ich hoffe, wir verstehen uns, Meister?«, legte der kleine Mann nach. Seine Stimme war hoch und heiser, er hatte einen hanseatischen Dialekt. »Ich hab gehört, die Tankfüllungen für Ehrengäste gehen heute auf Kosten des Hauses?«

»Äh ... also ... ich weiß nicht, ... das ... äh ...«

»Stammel hier nich rum«, sagte der mit dem Kurzhaarschnitt. »Wir haben nicht den ganzen Tag Zeit.«

Dem Tankwart blieb im Grunde nichts anderes übrig, als dem Wunsch der Rocker nachzukommen und sämtliche Motorräder vollzutanken. Ein in die Tankstelle einbiegendes Fahrzeug, in dem eine Familie mit zwei Kindern saß, wurde von den Motorradfahrern weitergewunken. Dagmar fragte sich, wie der Tankwart das seinem Chef beibringen wollte. Artig füllte er die Tanks auf, und die Maschinen fuhren nach und nach wieder ab. Der letzte Fahrer zwinkerte dem Tankwart zu und steckte ihm einen Zehnmarkschein in die Hemdtasche. Erschöpft und gepeinigt trottete er in das Tankstellenbüro, wo das Telefon stand. Mit zittriger Hand nahm er den Hörer ab. Bevor er anfing zu wählen, bedankte er sich noch bei Dagmar.

»Das hab ich gern getan, Sie hatten es ja schon im Gefühl. Sagen Sie einfach Bescheid, falls ich eine Zeugenaussage machen soll! Ich habe Ihnen meine Kontaktdaten aufgeschrieben«, erklärte Dagmar mit ruhiger, mütterlicher Stimme.

FREITAG, 21. SEPTEMBER 1973

Hamburg, Abend

Götz saß mit seinem Kumpel Ulf am Boxring. Sie waren gekommen, um sich den Kampf des Newcomers Stefan Hentschel gegen Erwin »Big Ali« Josefa anzusehen. Die Stimmung in der Arena war spannungsgeladen. Götz liebte Boxkämpfe, hatte aber bislang nur zwei davon live gesehen, die anderen im Fernsehen. Es ging los. Hentschel, der Neue, stellte sich gut an, wich geschickt aus, täuschte an, machte einen verheißungsvollen Eindruck.

Während Götz den Kampf genoss, ließ er seine Gedanken schweifen. Privat gab es für ihn im Augenblick nur ein Thema – Griechenland. Er verfolgte täglich Berichte über die Entwicklung in diesem Land, in das es ihn so sehnlichst zog. Er betrachtete seine Eintrittskarte. 21. September. Müsste da nicht morgen ... ja, richtig, das Oktoberfest! Das alles war so weit weg. Ob seine Fee wieder auf ihn wartete? Er kam nicht dazu, weiter darüber nachzudenken, weil Hentschel in der sechsten Minute k. o. ging und der Boxkampf damit beendet war.

FREITAG, 21. SEPTEMBER 1973

Köln, Abend

Dagmar war wieder voll in ihrem Element. Sie hatte sich vor vierzehn Tagen offiziell von Hartmut Hahn getrennt und war wieder in ihre alte Wohnung nach Köln gezogen, die sie zwischenzeitlich untervermietet hatte. Sie arbeitete gerade an einem Bericht über einen von der Bundesregierung eingeräumten Dreihundertmillionenkredit an Jugoslawien, über den der Haushaltsausschuss nicht unterrichtet worden war. Der Sprecher der Unionsfraktion im Bundestag, Jürgen Todenhöfer, hatte erklärt, dies sei eine verschleierte Wiedergutmachung, und damit der Regierung unter Willy Brandt Korruption unterstellt. Es war ein höchst brisantes Thema.

Und wie jedes Jahr um diese Zeit dachte Dagmar auch an den Oktoberfest-Anstich in München und an ihren Stern. Durch die ganzen Ereignisse der vergangenen zwei Jahre im beruflichen wie privaten Bereich war die Erinnerung an die Begegnung so diffus und vernebelt wie Erlebnisse aus ihrer Schulzeit.

1974

DONNERSTAG, 31. JANUAR 1974

Hamburg, Nachmittag

Götz hatte es sich vor seinem kleinen Schwarz-Weiß-Fernseher gemütlich gemacht. Das *Zweite Deutsche Fernsehen* zeigte heute die erste Folge einer japanischen Zeichentrickserie, deren Buchvorlage er als Jugendlicher geradezu verschlungen hatte: *Wickie und die starken Männer.* Die Serie interessierte ihn aus verschiedenen Gründen brennend. Zum einen, weil er wissen wollte, wie man dieses Abenteuerbuch als Trickfilm technisch umgesetzt hatte, zum anderen, weil das Titellied von der Kölner Karnevalsband Bläck Fööss stammte, was er sich so gar nicht vorstellen konnte. Außerdem war er gespannt auf die Dialoge, die der seit einigen Monaten sehr berühmte Texter Eberhard Storeck geschrieben hatte, der auch bei den *Paulchen-Panther*-Trickfilmen die Dialogregie führte und nun zusätzlich noch die Stimme von »Snorre«, einem der Wikinger, übernahm.

Götz wurde in jeder Hinsicht positiv überrascht. Der

Titelsong war schmissig, rockig und schwungvoll, die Handlung großartig und sehr humorvoll realisiert, und sowohl die Synchronstimmen als auch die Dialoge waren ausgefeilt und lebendig. Götz überlegte ernsthaft, sich für den besseren Genuss der Serie ein Farbfernsehgerät zu kaufen, das allerdings ziemlich teuer war.

DONNERSTAG, 16. MAI 1974

Bonn, Vormittag

Dagmar war für den *Kölner Stadt-Anzeiger* nach Bonn gereist, wo Helmut Schmidt heute als Bundeskanzler vereidigt werden sollte. Sie mochte diesen Politiker, der ununterbrochen rauchte und äußerst kluge Dinge von sich gab. Dagmar war sehr zufrieden mit ihrer Karriere. Trotz mehrmonatiger Abwesenheit war sie von der Zeitung mit offenen Armen empfangen worden und durfte inzwischen meist über die wirklich interessanten Ereignisse berichten. Der Bundestag applaudierte. Helmut Schmidt kam herein wie der Eroberer der Welt.

MITTWOCH, 18. DEZEMBER 1974

Athen, Spätnachmittag

Götz stand vor dem Athener Flughafen und wartete auf den Bus in die Innenstadt, wo er für vier Tage eine günstige Pension gebucht hatte. Es war zwar Dezember, aber trotzdem angenehm mild. Götz hatte eine warme Jacke an und trug seine Lieblingsmütze. Der bisherige griechische Staatspräsident Gizikis war am selben Tag zurückgetreten und hatte das Amt an seinen Nachfolger Michail Stasinopoulos übergeben. Götz hatte viel Freude an dem Namen, da er ihn an das Ministerium für Staatssicherheit in der DDR erinnerte. Die Monarchie war abgeschafft, Griechenland war nun eine Republik und frei! Herr Lottsieper hatte Götz nach einigem Hin und Her erlaubt, in das Land seiner Träume zu reisen, um Erkundigungen über die dortige Tourismussituation einzuholen. Endlich fuhr der Bus vor, und Götz stieg ein. Aus den Lautsprechern tönte das griechische Freiheitslied *Kalimera Ilie* von Mikis Theodorakis.

1976

MONTAG, 7. JUNI 1976

Köln, Nachmittag

Dagmar unterhielt sich in einem Besprechungsraum im fünften Stock des Verlagsgebäudes mit drei Redakteuren des *Kölner Stadt-Anzeigers* über die Rolle des deutschen Filmes. Es roch nach Linoleum und Deodorant.

»Das einzig Interessante sind doch heutzutage Programmkinos«, sagte Kurt, der für das Ressort Kino zuständig war. »Künstlerisch wertvolle Streifen werden in den großen Filmtheatern ja kaum noch gezeigt.«

»Aber«, schob sein Kollege Heinz vom Feuilleton nach, »ist das Thema nicht längst durch? Ich meine, kräht da noch ein Hahn danach? Gibt es da ein Publikum?«

»Natürlich!«, versicherte Dagmar überzeugt. »Die Anzahl an Cineasten wächst tagtäglich! Schauen Sie, allein hier in Köln gibt es zahlreiche Independent-Filmer, deren Premieren meist restlos ausverkauft sind.

Und Achternbusch plant im September einen anarchischen Film ohne Manuskript und Drehgenehmigung. Das sind doch die interessanten Sachen!«

»Das hört sich wirklich gut an«, bemerkte Fränky, der Marketingchef des Blattes. »Können wir da nicht drüber berichten?«

»Das wäre super, nur, wie kommen wir da rein? Ich glaube nicht, dass Achternbusch Lust drauf hat, Kölner Journalisten in sein Filmteam aufzunehmen«, gab Kurt zu bedenken.

»Was meinst du, Dagmar, wäre das nicht was für dich? Du bist doch sozusagen unsere Geheimwaffe«, meinte Fränky. »Bei deinem Charme öffnen sich doch alle Türen.«

»Das ist sehr gut möglich«, stimmte Kurt ihm zu.

SAMSTAG, 18. SEPTEMBER 1976

Kykladen, Mittag

Alles war mal wieder anders gekommen als gedacht. Nach mehreren geschäftlichen und privaten Aufenthalten in Griechenland und der Erkenntnis, dass das Land, was den Tourismus betraf, eher »durchwachsen« war – wie Herr Lottsieper so treffend zu sagen pflegte –, war Götz eines Tages der schwäbischen Goldschmiedin Sylvia und ihrem Lebensgefährten Alex begegnet, die gerade auf dem Weg zu einem Hippiefestival auf der

Kykladen-Insel Ios waren. Da er Urlaub hatte, hatte Götz sich ihnen kurzerhand angeschlossen. Es war paradiesisch. Er hatte noch nie solch einen schönen Ort gesehen. Alles war unbeschwert, heiter und gelassen, man schlief am Strand, badete nackt, trank, hörte Musik der Rolling Stones, der Doors und von Frank Zappa, es gab diverse amouröse Abenteuer und stets bestes mediterranes Essen. So wurde Götz Mitglied der ersten griechischen Kommune, bestehend aus Griechen, Deutschen, Österreichern, Schweden und Amerikanern.

Als er nach ein paar Tagen merkte, dass es ihn überhaupt nicht mehr nach Deutschland zurückzog, rief er bei Lottsieper an.

»Lottsieper?«, meldete sich die vertraute Stimme.

»Hallo, Chef, Götz hier.«

»Ja, Götz, brauchst mir gar nix zu erzählen, ich hab das schon befürchtet, dass du vorerst bei den Hellenen bleibst.«

»Wie? Ich hab doch noch gar nicht …«

»Wenn du mich an einem Samstag aus dem Urlaub anrufst, ist klar, dass du mir kein schönes Wochenende wünschen möchtest.«

»O Mann, Chef, Sie sind wirklich schlau!«

»Nee, bin ich nich. Aber mein siebter Sinn funktioniert relativ zuverlässig.«

Vergnügt lächelnd beendete Götz das Telefonat und kehrte zurück zu der freizügigen Lebensfreude am Strand. Es war das erste Mal seit dem Erlebnis auf dem

Oktoberfest, dass er am Jahrestag nicht an seine Fee dachte.

SAMSTAG, 18. SEPTEMBER 1976

München, Mittag

Anders als gehofft, hatte Dagmar den Regisseur und Schauspieler Herbert Achternbusch nicht überreden können, ihn und sein Team beim Dreh des Films *Bierkampf* auf dem Oktoberfest begleiten zu dürfen. Ihre Zusammenarbeit mit Hartmut Hahn war zwar ein überzeugendes Argument gewesen, doch Achternbusch wollte nur Menschen um sich haben, die ihm vertraut waren und die er schon länger kannte.

Das filmische Experiment sah vor, dass Achternbusch in einer gestohlenen Polizeiuniform das Oktoberfest besuchte, wobei er mit einer versteckten Kamera gefilmt wurde, um festzuhalten, was geschehen würde. Ein gutes Konzept, wie Dagmar fand. Sie hatte von einer Assistentin erfahren, dass sich das Filmteam am Tag des Anstichs um fünfzehn Uhr am Haupteingang treffen würde, und beschlossen, ihm heimlich zu folgen.

Doch vorher wollte sie die Gelegenheit nutzen, um sich nach ihrem Prinzen umzusehen. Es blieb genug Zeit. Dieses Mal war sie bei Weitem nicht so aufgeregt wie bei ihrem letzten Oktoberfestbesuch im Jahr 1971, nur ein bisschen. Wieder war sie erstaunt, dass sich auf der Wiesn tatsächlich rein gar nichts verändert hatte, obwohl das Fest Jahr für Jahr wie eine kleine Stadt komplett neu errichtet wurde. Sie erkannte alles wieder, selbst einzelne Verkäufer an Imbissständen kamen ihr bekannt vor. Dann stand sie vor der Treppe und der Statue mit dem Kranz. Sie atmete tief ein und schaute sich um.

Doch niemand kam. Nur ein paar Italiener, die ein Lied von Adriano Celentano sangen. Sie wurde etwas traurig und bereute, die vergangenen Jahre nicht mehr hier gewesen zu sein.

Während sie die ausgelassen feiernden Oktoberfestbesucher um sich herum beobachtete, dachte sie an all die Erlebnisse der vergangenen Jahre. So viel war geschehen, und hoffentlich lag noch ein langes, erfülltes Leben vor ihr. Gleichzeitig wurde ihr bewusst, dass sie oft Stunde um Stunde mit dem Grübeln über vergangene Entscheidungen oder ihre Pläne für die Zukunft verbracht hatte. Viel zu selten genoss sie einfach den Augenblick, ihre Umgebung und die Ereignisse der Gegenwart.

Da fiel ihr ein, was die junge Frau bei ihrem ersten Oktoberfestbesuch gesagt hatte. Sie brachte den Satz nicht mehr fehlerfrei zusammen, in etwa hatte er gelautet: »Wir haben eine Verabredung mit unserem Leben, und die ist hier vor dem Autoscooter im Hier und Jetzt.« Diese Frau hatte in wenigen Worten eine sehr schöne Lebensweisheit ausgedrückt. Dagmar nahm sich vor, in Zukunft viel mehr im Moment zu leben, aufmerksam und achtsam zu sein, ihrem Geist zwar freien Lauf zu lassen, aber ihre Aufmerksamkeit auch intensiv dem Augenblick zu widmen. Sie beschloss, im nächsten Jahr mal wieder vernünftig zum Karneval zu gehen, wo das Leben genau wie hier in Bayern so unbeschwert und glücklich war, wo jeder sich fallen lassen und nur das Jetzt wahrnehmen konnte. Das war wie eine Meditation, wie das Beten eines Rosenkranzes – eins sein mit sich, der Welt, Gott und dem Universum.

Gegen 13:15 Uhr wurde ihr klar, dass der Prinz nicht kommen würde. Also schlenderte sie herum, konsumierte nichts, nutzte kein Vergnügungsangebot, sondern machte einfach nur einen ausgiebigen Oktoberfest-Spaziergang.

Kurz vor fünfzehn Uhr war sie am Haupteingang, erkannte sofort das kleine Filmteam und schlich unauffällig hinter ihm her. Der Kameramann musste sich immer heimlich positionieren, weil es ja keinerlei Drehgenehmigung oder auch nur die inoffizielle Erlaubnis eines Zeltwirtes gab. Achternbusch bekam als falscher Polizist schnell heraus, dass die Bevölkerung großen Respekt vor seiner Uniform hatte, was er ausnutzte, um sein Auftreten vom anfänglich Normalen ins nicht mehr Akzeptable zu steigern. Er betrank sich und begann, wildfremde Leute zu belästigen, indem er ihnen ihr Essen wegnahm oder aus ihren Krügen trank.

Einmal führte das allerdings zu bösen Handgreiflichkeiten mit einem Gast, dem er seine Breze stahl. Ohne Vorwarnung schlug der Mann auf den falschen Beamten ein. Dagmar bewunderte wieder einmal die bayerische Direktheit und unverkrampfte Lebensart.

1979

DONNERSTAG, 7. JUNI 1979

Ios, Nachmittag

Götz arbeitete mittlerweile als DJ und Barmann in der von seinen Freunden Sylvia und Alex gegründeten Diskothek *Top Club* auf Ios. Er legte jede Form von Gitarrenmusik auf, bediente die Gäste an der Bar und war außerdem für die Kontrolle des Lagerbestands und die Abwicklung der Getränkebestellung zuständig, was nicht immer leicht war, da man sich auf der Insel nach den Bedingungen der Lieferanten und Schifffahrtsgesellschaften richten musste.

»Spiel doch mal was von The Who«, bat Sylvia ihn, als er gerade die Bar für den Abend vorbereitete. Momentan kamen an den Tagen vor dem Wochenende immer angenehm viele Gäste, und oft wurde bis spät in die Nacht gefeiert.

»Mach ich, hast du einen bestimmten Wunsch?«

»Ja, *Live at Leeds.*«

Götz legte die Platte auf.

»Hast du gelesen, dass der griechische Präsident

durchgesetzt hat, dass Griechisch in Europa die siebte offizielle Amtssprache wird?«, fragte Sylvia.

»Nein! Haha, sehr gut. Ein Schelmenstück!«

»Das bedeutet, dass sämtliche Verhandlungen, Entscheidungen und Verordnungen ins Griechische übersetzt werden müssen.«

»Da werden sie viel Spaß haben.«

»Ja, stell dir mal vor: Wenn der deutsche Kaninchenzüchterverein eine neue Regel aufstellt, sitzt da ein griechischer Dolmetscher und übersetzt es. Das griechische Wort für kleines Kaninchen ist übrigens *Kounelaki.*«

»Ich liebe die Griechen.«

»Ich auch«, sagte Sylvia und machte sich einen Schokoladen-Milchshake. »Ist dein tragbarer Kassettenrekorder eigentlich schon angekommen?«

»Nein, der kommt erst im Juli auf den Markt. Ich freu mich schon sehr darauf, dann kann ich herumlaufen und Musik hören, ohne jemanden damit zu stören. Das Teil heißt übrigens *Walkman.* Costas vom Elektronikladen hat ihn mir bestellt.«

Götz war sehr zufrieden auf dem schönen Kykladen-Eiland. Er hatte alles, was er brauchte, verdiente genug, um gemütlich leben zu können, war mit sich und der Welt im Reinen. So durfte es weitergehen. Er würde so schnell nicht wieder von hier weggehen.

DONNERSTAG, 7. JUNI 1979

Köln, Abend

Dagmar lag in der Badewanne und dachte über den Sinn des Lebens nach. Nächstes Jahr war ihr dreißigster Geburtstag. Wie schnell die Zeit doch verging, es kam ihr seltsam vor. Sie erinnerte sich an ihren ersten Schultag, an die Neugier, die mit großer Vorfreude auf das Leben, aber auch mit gesunder Furcht gepaart gewesen war. Sie wusste noch, wie ihre Schultüte gerochen hatte: nach Schokolade und Gummibärchen. Dieser erste Schultag war der Moment gewesen, an dem ihr ganz konkret bewusst geworden war, dass ein Teil der Verantwortung nun bei ihr selbst lag, dass ihre Eltern nicht da waren, um ihr zu helfen, dass das Klassenzimmer und die anderen Räume der Schule eine Art ungeschützter Bereich waren, in dem man selbst klarkommen musste. Das war sehr aufregend gewesen, spannend, und hatte so etwas wie einen Hoffnungskeim in ihr gesät, eine Vermutung, was das Leben bringen würde, eine ungeduldige Erwartungshaltung auf etwas Undefinierbares, das sich bis heute eigentlich nicht erfüllt hatte. Klar gab es bereits Höhepunkte in ihrem Leben, tolle Abende mit netten Menschen, interessante Orte, rauschende Feste, Momente der Sinnlichkeit beim Liebesspiel, Situationen der absoluten Unbeschwertheit und das Zusammentreffen mit ihrem Sternenprinzen auf dem Oktoberfest.

Als sie so im Wasser lag, kam ihr das alles sehr unwirklich vor. So musste vor sechzig Jahren der Surrealismus entstanden sein, überlegte sie weiter. Die Suche nach der Wirklichkeit im Unbewussten.

Dagmar sah an sich hinunter, betrachtete ihren Körper im schaumigen Badewasser, ihre immer noch glatten Beine, ihre hübschen kleinen Brüste, ihren Bauch. Wie seltsam, in den Kulturen der Erde bedecken die Menschen ihre Leiber mit Gewändern, man zeigt nur sehr vertrauten Menschen seine nackte Gestalt, meist in Augenblicken rund um die Vereinigung, die ja in ihrem Ursprung der Zeugung von Nachkommenschaft dient. Durch das Verhüllen bleibt der Körper des anderen interessant und anziehend; je seltener man sich entblößt, desto begehrenswerter kann man für das Gegenüber werden. Wie einfach das doch alles klingt, und trotzdem bekommt es kaum jemand wirklich zufriedenstellend hin. Letztlich ist die sogenannte Liebe oft nur ein Versuch, sich selbst näherzukommen. Doch durch Egoismus, Verspannung und schräge Erwartungen verhindern die meisten Menschen wahres Glück, sinnierte Dagmar. Ihre Hände waren vom langen Liegen unter Wasser bereits schrumpelig geworden. So schnell geht es also mit dem Verfall, schoss es ihr durch den Kopf, und sie musste fürchterlich lachen. Dann lachte sie darüber, dass sie allein in der Wanne lag und sich kaputtlachte. Es war der schönste Lachkrampf seit Langem. Sie tauchte den Kopf unter Wasser, kam patschnass wieder an die Oberfläche und suchte mit zusammengekniffenen Augen nach dem »Grüner Apfel«-Shampoo.

DONNERSTAG, 7. JUNI 1979

Ios, später Abend

Inzwischen war der *Top Club* voller Menschen. Larry und Ed, zwei Amerikaner, saßen betrunken und bester Laune vor Götz an der Bar und unterhielten sich zu selbst gedrehten Zigaretten und Bourbon on the Rocks über das Leben.

Im Hintergrund lief das neue Live-Doppelalbum von Wolfgang Ambros, den Götz über alles liebte, weil er es fabelhaft verstand, Melancholie, Philosophie und Lebensgier auf den Punkt zu bringen. Auf dieser vielseitigen und gut abgemischten Platte konnte man zwischen den oft sehr nachdenklichen Liedern, die teilweise freie Übersetzungen von Bob-Dylan-Klassikern waren, immer wieder die launigen und sympathischen Zwischenansagen des österreichischen Musikers hören. Gerade lief Götz' Lieblingslied, *Die Kinettn wo i schlaf.* Darin ging es um den Alltag eines Obdachlosen, dem Ambros einen gefühlvollen und sentimentalen Text gewidmet hatte. Allerdings konnte sich Götz in diesem Augenblick nicht so richtig auf die Musik konzentrieren, zu interessant schien ihm das Gespräch der beiden amerikanischen Gäste.

»Vor ein paar Jahren«, erinnerte sich Ed, »haben wir noch gegen Materialismus, Wehrpflicht und Bürgertum rebelliert. Das war für mich das Schlimmste, wenn jemand sich dem System angepasst hat. Und heute bin ich mit Freunden dabei, eine Fast-Food-Kette aufzubauen, und beliefere den ganzen Tag Soldaten und konservative Spießer. Also genau diejenigen, gegen die ich mich damals gestellt habe.«

»Ich bin, wie du weißt, Berufssoldat«, erwähnte Larry. »Ich habe das Militär schon immer als wichtige Institution angesehen. Es gibt ja nicht nur Idioten bei der Army.«

»Nein, das wollte ich auch gar nicht sagen. Es ist ja sogar sehr begrüßenswert, dass vernünftige Typen wie du bei diesem Verein sind. Das Gleiche gilt für Cops und Juristen. Aber es ist schon erstaunlich, dass man seine Grundsätze in so kurzer Zeit so komplett über den Haufen werfen kann.«

»Da unterscheiden wir uns aber deutlich. Mein Streben galt immer der Humanität und der Daseinsfreude gleichermaßen. Das werde ich auch um keinen Preis ändern.«

»Darauf trinken wir.«

»Yeah. Cheers.«

Götz überlegte, ob er jemals seine Philosophie infrage gestellt hatte, fand aber kein einziges Beispiel. Er fragte sich, was denn seine Grundprinzipien seien. Vielleicht war es die Lust auf Neues, folgerichtig verbunden mit dem Streben nach Unabhängigkeit. Aber auch Zufriedenheit, Übermut und Schaffensfreude waren ihm sehr wichtig. Er beschloss, den beiden sympathischen Amerikanern einen Schnaps zu spendieren, stellte drei kleine Gläser auf den Tisch und angelte nach der über ihm auf dem Regal stehenden Raki-Flasche.

1980

SAMSTAG, 20. SEPTEMBER 1980

Köln, früher Nachmittag

Dagmar versuchte seit Stunden, hinter das Geheimnis des sogenannten Zauberwürfels zu kommen. Sie drehte und drehte, veränderte die Positionen der kleinen Quadrate, schaffte es aber nicht, sie so anzuordnen, dass alle sechs Seiten eine je einheitliche Farbe zeigten. Egal, was sie tat, es blieben immer Steine mit anderen Farben übrig. Sie hatte sich den Würfel eigentlich als Geduldsspiel gekauft, war aber inzwischen überzeugt, dass er eher ein Ungeduldserzeuger war. Neben ihr auf dem Schreibtisch lagen haufenweise unbearbeitete Papiere, Rechnungen und Manuskripte. Aber der Würfel hatte sie in seinen Bann gezogen und ließ sie nicht mehr los. Immerhin hatte sie die gelbe Fläche bereits hinbekommen. Ehrgeizig und leicht missmutig wagte sie sich nun an die weißen Kästchen.

1980

SAMSTAG, 20. SEPTEMBER 1980

Ios, früher Nachmittag

Kerry und Judy, zwei sehr lustige Kanadierinnen, lagen neben Götz am Strand. Sie waren auf einer Rundreise durch Europa und hatten von anderen Rucksacktouristen den Tipp bekommen, Ios zu besuchen. Am Strand hatte es eine ausufernde Feier gegeben, bei der eine ausgehöhlte Wassermelone mit Wodka und Kirschsaft gefüllt und mit Strohhalmen von einer gut gelaunten Meute, zu der auch Götz und die beiden Kanadierinnen gehört hatten, ausgetrunken worden war. Dabei hatten sich jeweils fünf bis sieben Menschen – die Köpfe ganz dicht beieinander – über die Melone gebeugt und gleichzeitig wie besessen an den Halmen gezogen. Durch den Alkohol, die Euphorie und die Meeresluft war die Stimmung rasch ziemlich ausgelassen geworden, und irgendwann waren nur noch küssende Pärchen im Sand gelegen. Götz hatte Kerry geküsst und auch mit ihr die Nacht verbracht, während Judy allein unter einer Palme geschlafen hatte.

Das Meer rauschte gemütlich und eintönig vor sich hin, als Götz aufstand, um eine Runde kalten Kaffee mit Eiswürfeln zu holen, der auf Griechisch »Frappe«, oder verniedlicht »Frappedaki«, hieß. Als er zurückkam, hatte Kerry einen merkwürdigen bunten Gegenstand in der Hand.

»What is that?«, fragte Götz.

»A Rubik's Cube«, antwortete Kerry.

»Is it a game?«

»Yes, something like that«, murmelte Kerry und konzentrierte sich auf ihr Spielzeug, während Götz die Frappes in den Sand stellte.

»Tomorrow we leave for Oktoberfest in Bavaria«, erklärte Judy, die ihren Platz unter dem Baum verlassen hatte und sich einen Frappebecher herbeiangelte.

»I know that place«, schmunzelte Götz. »This celebration is incredible and wonderful.«

Er merkte, dass seine Augen vor Rührung leicht feucht wurden, und sah wehmütig aufs Meer hinaus. Die Welt war so riesig, aber manchmal lag auch alles so erstaunlich nah beisammen, dachte er und nahm einen Zug kühlen Kaffee aus dem Strohhalm.

1984

FREITAG, 27. JANUAR 1984

Köln, Spätnachmittag

»Unsere Karnevalssitzungen gleichen einem gelungenen Rockkonzert«, sagte Herbert Krohl, Vorsitzender des Kölner Karnevaslvereins *Zülpicher Püngel,* der gerade die diesjährige Proklamationssitzung eröffnet hatte. »Wir haben da im Lauf der Zeit eine Jeschischte auf die Beine jestellt, die keine närrischen Wünsche offenlässt.«

Herbert Krohl trug ein weißes Scheichkostüm und hatte einen schwarzen Spitzbart angeklebt.

»Ja, es macht einen guten Eindruck«, bestätigte Dagmar, die inzwischen als freie Journalistin zusammen mit einem Kamerateam für den deutschen Auslandsrundfunksender *Deutschland Global* Livereportagen produzierte. Dagmar war überwiegend für den Kölner Raum zuständig. Da ihre Beiträge aufgrund ihrer sympathischen Art bei den Zuschauern sehr beliebt waren, fragte der Sender sie häufig an und verschaffte ihr dadurch ein zufriedenstellendes Einkommen.

»Sie gestalten die Sitzungen aber auch sehr farbenfroh«, lobte sie mit einer Geste zu den als Superhelden, Früchte, Haremsdamen, Ärzte und Schafe verkleideten Vereinsmitgliedern.

»Datt is allet unter der Federführung unserer Alteinjessenen jestalltet worden. Datt diesjährige Motto lautet *Rübön, Runkölln und Walachön / feiern, bis die Ballken krachön.*«

Obwohl Dagmar von ihrer Mutter eine große Liebe zum Karneval geerbt hatte, waren ihr manche überzeugten Karnevalisten im Grunde etwas suspekt. Sie versuchte, sich ihre Vorbehalte nicht anmerken zu lassen.

Der wichtigste Programmpunkt des heutigen Abends stand noch bevor: die Kür des aktuellen Prinzenpaares, über deren Identität im Verein noch immer Rätselraten herrschte. Doch nun war es so weit, Herbert Krohl nickte Dagmar freundlich zu, stand auf und gab dem DJ ein Zeichen, die Musik auszuschalten. Dann ließ er die Bombe platzen.

»Und hier für eusch Jecken: datt Prinzenpaar! Es sind keine Geringeren als Prinz Ulrisch der Zweite und Prinzessin Sabine die Dritte. Jubelt ihnen zu!!!«

Die Menge kannte kein Halten mehr, unter feuriger Marschmusik zog das Prinzenpaar ein.

»Tolle Stimmung, lustige Bilder, wir freuen uns auf die nächsten Wochen voller Fröhlichkeit im Kölner Karneval«, sprach Dagmar die Schlussworte ihres Livebeitrags. Der Kameramann zeigte mit dem Daumen nach oben, auch Ton- und Lichtmitarbeiter waren zufrieden, und das Team konnte die Geräte abbauen und zurück ins Studio fahren.

Dort angekommen, lief ihnen schon der Programmchef Alexander entgegen. »Es gibt schlimme Neuigkeiten aus den USA«, keuchte er völlig außer Atem. »Michael Jackson wurde bei Dreharbeiten für einen *Pepsi*-Werbespot von einem Feuerwerkskörper getroffen und lebensgefährlich verletzt!«

»Ach, du Schreck«, sagte Dagmar, die seit zwei Jahren ständig das Album *Thriller* hörte. Das Musikmagazin *Musik-Blitz* hatte sie gebucht, um über den Auftakt der Jackson-Five-Victory-Tour in Kansas City Anfang Juli zu berichten. Es wäre in jeder Hinsicht schrecklich für sie gewesen, diese Chance zu verpassen. In den nächsten Tagen verfolgte sie deshalb besorgt die Berichte über den Unfall und Michaels Gesundheitszustand in den Medien.

MONTAG, 30. JANUAR 1984

Ios, Abend

Götz hatte den vergangenen Sommer über gutes Geld verdient und konnte sich diesen Winter entspannt ausruhen. Er lag in seinem kleinen Zimmer mit Blick auf den Mylopotas-Strand auf dem Bett und sah fern. Einmal pro Woche brachte der Sender ERT2 die zweistündige deutschsprachige Sendung *Deutschland Global,* die in erster Linie für im Ausland lebende Deutsche produziert wurde und das Ziel hatte, das Verständnis und den Austausch der Kulturen zu fördern. Im Grunde war es aber nichts anderes als eine Nachrichtensendung. Götz war froh über diese Möglichkeit, sich einen regelmäßigen Draht in die Heimat bewahren zu können.

Nach ein paar Routinemeldungen über Helmut Kohl und die bevorstehenden Olympischen Spiele in L. A. kam ein Bericht über einen Kölner Karnevalsverein namens *Zülpicher Püngel.* Eigentlich langweilten Götz solche Themen, aber er hatte im vergangenen Jahr eine Gruppe sehr lustiger Kölner kennengelernt, die ihn zum diesjährigen Karneval eingeladen hatten. Er wusste, dass eine solche Reise einige Schwierigkeiten mit sich bringen würde. Die Fähren fuhren im Winter nur sehr unregelmäßig und fielen immer wieder aus, also müsste er zur Sicherheit schon einen Tag vor seinem Abflug nach Athen fahren. Nach einigem Hin und Her hatte er beschlossen, sich diesen Spaß trotzdem zu gönnen. Er war noch nie bei einer richtigen Karnevalsveranstaltung gewesen und war sehr neugierig. Das Flugticket nach Köln hatte er sich daraufhin sehr umständlich über ein Reisebüro in Athen besorgt. Etwas Heimweh hatte er sowieso latent immer, obwohl das Leben in Griechenland in jeder Hinsicht besser, entspannter, lustiger, unbeschwerter und gesünder war, als er es jemals in Deutschland erlebt hatte.

Neben seinem Job im *Top Club* arbeitete er seit einigen Jahren auch in der Touristendisco *Slammer Bar* als DJ und »Xenagos«, was so viel wie »Reiseleiter« oder »Aufsicht« bedeutete. Er hatte dabei die Aufgabe, die auf den Kykladen üblichen »Anwerber« zu betreuen, die vor Restaurants, Clubs, Bars oder Bouzouki-Lokalen standen und vorbeilaufenden Menschen die Vorzüge der jeweiligen Lokalität anpriesen. Donnerstags bis samstags legte er inzwischen nur noch in der *Slammer Bar* auf – seit letztem Sommer am häufigsten die Hits *99 Luftballons* von Nena und *Flashdance* von Irene Cara, zwei von Frauen gesungene Welthits, was Götz sehr gut gefiel. Spezialität der *Slammer Bar* war der sogenannte Slammer: Tequila mit der Zitronenlimonade *Seven Up*. Man goss beides in ein Glas, das man mit der flachen Hand zuhielt und dreimal kräftig auf den Tisch haute. Bevor der dadurch entstehende Schaum zusammenfallen konnte, musste der Gast das Glas in einem Zug leeren. Götz hatte ebenso Freude am Hippiedasein wie an dieser neuen Art von Feierkultur, dank der er finanziell ziemlich gut über die Runden kam.

Er pflegte natürlich trotzdem den Kontakt zu seiner alten Heimat, telefonierte regelmäßig mit der Verwandtschaft und alten Freunden in Deutschland und fuhr fast jedes Jahr zur Weihnachtszeit nach Hause, um seine Eltern zu besuchen. Doch im vergangenen Jahr hatte sich das nicht ergeben, weshalb er nach seinem bevorstehenden Köln-Aufenthalt noch ein paar Tage nach Hamburg wollte.

Es war schön, so ungebunden zu sein, dachte er und

knackte ein paar geröstete Pistazien. Sie schmeckten vorzüglich. Seit Karen hatte er keine feste Beziehung mehr gehabt, was ihm auch sehr recht war, so war er frei für jeden kurzen oder längeren Flirt, was seinem luftigen Gemüt und dem Lebensgefühl seiner Generation absolut entsprach.

Er trank den letzten Schluck aus seiner Bierflasche und blickte wieder in das Fernsehgerät. Die hübsche Sprecherin interviewte gerade den Vorsitzenden des Vereins, der als Scheich verkleidet war.

Götz überlegte, ob er sich als antiker Grieche maskieren sollte, Homer oder Sokrates. Das wäre doch passend. Er hatte einen dünnen weißen, schön fallenden Bademantel, der dafür ziemlich gut geeignet sein könnte. Oder gleich als der griechische Liebesgott Eros, das Pendant zum römischen Amor, samt Flügeln, Pfeil und Bogen? Ja, das würde er machen! Allerdings müsste er irgendwo Flügel, Pfeil und Bogen auftreiben. Aber im karnevalbegeisterten Köln gab es ja sicher ein paar hochwertige Kostümgeschäfte, in denen er fündig werden würde. Geld hatte er genug, und die Saison für seine Tätigkeit als Discjockey und Xenagos startete frühestens nach den Ostertagen – also stand seinem Plan nichts im Weg.

Bei *Deutschland Global* lief jetzt ein Sketch mit Latex-Puppen, die Karikaturen berühmter Persönlichkeiten darstellten. Die in den USA produzierte Reihe wurde seit einigen Wochen regelmäßig ausgestrahlt und war für die jeweiligen Länder synchronisiert. In der heutigen Parodie besuchte Elizabeth Taylor den vor ein paar Tagen durch einen Feuerwerkskörper verletzten Michael Jackson am Krankenbett.

»Mein armes Mausezähnchen«, sagte die Latex-Puppe Elizabeth Taylor und hielt die Hand ihres langjährigen besten Freundes.

»Es ist gar nicht so schlimm, die Ärzte sagen, es sind nur Hautverbrennungen«, beruhigte sie der Latex-Michael und lächelte kindlich.

»Damit soll man aber nicht scherzen! Welchen Grades sind die Verbrennungen denn?«

»Dritten.«

»Oje, mein armer Schatz.« Elizabeth streichelte seine Wange. »Wird alles verheilen?«

»Möglicherweise bleiben ein, zwei kahle Stellen am Kopf. Aber da setz ich mir halt eine Perücke auf oder lass mir Haare implantieren.«

»Ich muss dir mal Doktor Klein vorstellen, das ist der beste Schönheitschirurg, den es gibt. Von dem lasse ich auch alles machen.«

»Doktor Klein?«, fragte Michael. »Macht der auch Nasen?«

»Aber sicher.«

»Ach, Schnurrmaus, wenn ich dich nicht hätte.« Michael lächelte.

»Wir sind schon zwei Erdbeerkuchen«, lächelte Elizabeth zurück.

Auch Götz lächelte, stand auf und holte sich eine zweite Flasche kaltes *Amstel*-Bier aus dem Kühlschrank.

1984

DONNERSTAG, 1. MÄRZ 1984

Köln, Frühmorgen

Götz war schon am Abend vor dem Altweibertag in Köln angekommen und hatte bei seinen neuen Freunden Aggel und Gabi erst zu Abend gegessen und dann noch die halbe Nacht Whisky und Kölsch getrunken. Das sehr nette Paar war enorm gastfreundlich und schlagfertig, sie erzählten sich Schwänke aus ihrem Leben und eine Menge Witze.

Gegen vier Uhr früh sagte Aggel: »Wir müssen in vier Stunden aufstehen, weil es um neun Uhr auf die Piste geht.«

»Oh, dann hauen wir uns besser man hin, nich«, rief Gabi und drückte ihre *Marlboro* im Aschenbecher aus.

»Einen Witz zum Abschluss habe ich noch«, verkündete Aggel, eine echte rheinische Frohnatur.

Götz goss sich einen Absacker-Whisky ein.

»Sagt der Arzt zum Patienten: *Lassen Sie mal für zwei Wochen den Alkohol weg, und beobachten Sie, ob die Beschwerden besser werden.* Sagt der Patient: *Oder ich trink einfach noch mehr und schau, ob's schlimmer wird.*«

DONNERSTAG, 1. MÄRZ 1984

Köln, Vormittag

Für Dagmar gab es nur einen einzigen wichtigen Tag im Karneval: den Altweiberdonnerstag! Man saß schon in aller Frühe mit fröhlichen Jecken in Kneipen herum, trank Schabau und Kölsch, aß kleine Leckereien und freute sich seines Lebens. Heute hatte sie sich mit ein paar alten Freunden im gemütlichen Ecklokal *Äätzbischoff* beim Barbarossaplatz verabredet. Die Stimmung war großartig, es wurde getanzt, geknutscht und getrunken, als gäbe es kein Morgen. Dagmar hatte sich als Storch verkleidet. Sie trug eine schwarze Pilzkopf-Perücke, ähnlich wie die damaligen Beatles-Frisuren, hatte einen schwarz-weißen Poncho an, der wie ein Federkleid aussah, dazu orangefarbene Hosen, eine schwarze venezianische Augenmaske und einen orangefarbenen langen Schnabel aus Pappe, den sie sich selbst gebastelt hatte. Zum Trinken konnte man den Schnabel etwas nach oben schieben. Das Kostüm war sehr gelungen, und Dagmar erntete großes Lob von ihren Freunden. Sie war in Hochstimmung, während des Karnevals verfiel sie jedes Mal wieder in außergewöhnliche Euphorie und einen Zustand anhaltenden Glücks.

1984

DONNERSTAG, 1. MÄRZ 1984

Köln, Mittag

Nach einem etwas verregneten Besuch am Heumarkt waren Aggel, Gabi und Götz mit der Straßenbahn zum Barbarossaplatz gefahren, wo es zwei Kneipen gab, in denen man gut feiern konnte. Zuerst gingen sie in den *Ääzbischoff* und fanden einen schönen Stehplatz am hinteren Ende des Tresens. Aggel bestellte drei Kölsch und drei Apfelkorn, man begann, den Rausch der vergangenen Nacht wieder aufzufrischen.

Götz trug wie geplant sein Eros-Kostüm mit goldenen Engelsflügeln, einem Lorbeerkranz, einem goldfarbenen Gürtel, den er um seinen weißen Bademantel gebunden hatte, und einer etwas hinderlichen Pfeil-und-Bogen-Kombination, die er notgedrungen mitschleppen musste. Er beschloss, sich bei einem eventuellen weiteren Karnevalsbesuch ein Kostüm auszusuchen, bei dem man nichts in der Hand halten musste.

Aus den Boxen tönte das Lied *Drink doch eine met* von der Band Bläck Fööss, die Götz vor allem aus der Serie *Wickie und die starken Männer* kannte. Vor über zehn Jahren war er von *Wickie* so begeistert gewesen, dass er sich dafür beinahe extra einen Farbfernseher gekauft hätte, doch die hohen Preise hatten ihn davon abgehalten. Das Lied kannte er bereits, aber diesmal hörte er sich den Text genauer an. Es wurde behauptet, dass alle Menschen auf der Welt sich nichts sehnlicher wünschten, als betrunken im Kreise anderer zu feiern, und letztlich alle glücklich wären, würden sie diesem Prinzip folgen. Betrunkenheit war zwar für ihn nicht zwingend notwendig, um mit anderen Menschen kommunizieren oder feiern zu können, aber er musste dennoch über diese Philosophie lachen und stieß mit der neben ihm sitzenden Gruppe an, zu der eine ausgesprochen hinreißend verkleidete Storchendame gehörte, die ein Glas Campari Orange in der Hand hielt. Gerade, als er ihr ein Kompliment machen wollte, zog ihn Aggel am Arm und sagte: »Wir müssen uns beeilen, weil wir sonst nicht mehr ins *Schavöttche* reinkommen. Die sind schon rappelvoll.«

Also verabschiedete er sich mit einem höflichen Nicken von der Gruppe.

Dagmar hätte sich gern noch mit dem als Liebesgott verkleideten Mann unterhalten. Er kam ihr auf eine sonderbare Art vertraut vor. Doch sie hatte keine Zeit zum Grübeln, weil ihre Freunde gerade eine weitere Runde Getränke bestellt hatten und sie mit ihnen anstoßen musste.

1984

FREITAG, 6. JULI 1984

Ios, Nacht

Die Hochsaison in Griechenland hatte längst begonnen, Götz hatte alle Hände voll zu tun und genoss das wilde Treiben auf der verrückten Insel. Allerdings hatte er durch seinen Köln-Besuch und die anschließenden »Ausnüchterungstage« in Hamburg auch gemerkt, wie wohl er sich in seiner Heimat fühlte. Er spielte mit dem Gedanken, wieder für längere Zeit nach Deutschland zurückzukehren. Allerdings wollte er nichts überstürzen, das Zeitgefühl in Griechenland war ohnehin völlig anders als das in Mitteleuropa, und Götz hatte diese Lebenseinstellung inzwischen schon so verinnerlicht, dass er für solche Planungen vermutlich viele Monate, wenn nicht gar Jahre benötigen würde.

Trotzdem – er würde die Kykladen-Insel vermissen. Die meisten Einheimischen auf Ios betrachteten die zahlreichen jungen Menschen, die jährlich den umständlichen Weg über Athen mit der Fähre auf ihre Insel auf sich nahmen, als paradoxes Phänomen. Natürlich freute man sich, die Fremden steigerten das Bruttosozialprodukt, sie brachten neue Musik und positive Energie mit, aber warum diese Leute kamen, war vielen Griechen schleierhaft.

Dabei war es gerade die Leichtigkeit und Gelassenheit der Einheimischen, die so viele Menschen anzog. Griechische Inselbewohner sind sehr gastfreundlich und lebensfroh, mögen gutes Essen und guten Wein und lassen sich in ihrer Heiterkeit durch nichts aus der Ruhe bringen. Selbst, wenn sie kein Geld in der Tasche haben, neigen sie nicht zum Hadern, denn sie wissen, es wird sich schon alles regeln. Jeder von ihnen ist ehrlich und zuverlässig, man kennt sich untereinander, mal zahlt der eine, mal der andere, und zur Not lässt man eben anschreiben. So bleibt keiner auf der Strecke. Man lebt in tatsächlicher Einigkeit, ganz nach dem Motto *Leben und leben lassen.*

Diese wunderschöne offenherzige, freigiebige und tolerante Lebensart hatte Götz schon immer geliebt. Und damit war er nicht allein. Wie er blieben manche auf der Insel »hängen« und verlegten ihren Lebensmittelpunkt dorthin, andere kamen nach ihrem ersten Besuch Jahr für Jahr zurück. Auch sie bildeten einen wichtigen Teil der Gemeinschaft.

Götz' amerikanischer Freund Ed zum Beispiel kam jeden Sommer und brachte die scharfe Würz-Soße *Tabasco* mit, die man ihm auf Ios förmlich aus der Hand riss. Er war ein sehr spaßiger Typ, und in seiner Gesellschaft verging keine Stunde ohne ausgezeichnete Witze am laufenden Band. Eds Freundin Pamela aus England, die meist wallende bunte Blumengewänder trug, begleitete ihn, wann immer sie konnte. Die beiden bildeten zusammen mit ein paar anderen, darunter auch Götz und die griechischen Brüder Panos und Kostas aus Volos, eine Gruppe von Leuten, die sich schon seit Jahren auf der Insel traf. Sie nannten sich die Ios Veterans, da sie sich alle dort kennengelernt hatten und keiner von ihnen nach dem ersten Aufenthalt künftig auf die gute Luft, das türkisfarbene Meer, die schöne Landschaft, die liebenswerten Einheimischen, die durchtanzten Nächte und die Freiheit verzichten wollte. Die Insel war einfach ein Magnet und ein Symbol für gute Lebensqualität.

An diesem Abend hatte Ed Frankie, den Betreiber der Rockmusik-Bar *Frankie's*, überredet, morgens um drei Uhr die weltweite Übertragung eines Konzertes der Jackson Five in seinem Lokal zu zeigen. Es war eine Weltsensation, da das Konzert den Auftakt der *Victory Tour* bildete, die zugleich die Begleittour zu Michael Jacksons Erfolgsalbum *Thriller* war und das Comeback der Jackson Five in vollständiger Besetzung bedeutete. Ed hatte bereits seit Tagen über dieses Ereignis referiert, und nun saßen Menschen aller möglichen Nationen vor dem großen Farbfernsehgerät bei *Frankie's*, wo sonst nur Fußball- oder Handballspiele gezeigt wurden. Frankie versuchte seit zwei Stunden, den Sender *Star Channel* zu finden, indem er wie besessen an dem geriffelten Knopf drehte. Es waren nur noch wenige Minuten bis Konzertstart, da erschien das bunte Logo des Fernsehkanals. Gin Tonics wurden ausgeschenkt, man prostete sich zu, rief »Jamas«, »Cheers« und »Skol«. Die musikalische Nacht konnte beginnen.

Götz seufzte zufrieden. Sein Herz war erfüllt von Glück und jener schlummernden Sehnsucht, die ihn seit der Begegnung mit seiner Fee auf dem Oktoberfest vor vierzehn Jahren nicht mehr losgelassen hatte.

FREITAG, 6. JULI 1984

Kansas City, Abend

Das Arrowhead Stadium in Kansas war bis auf den letzten Platz ausverkauft. Michaels Kopfverletzungen aufgrund des Feuerwerkskörpers waren laut diverser Boulevardblätter gut verheilt, und die Tour konnte wie geplant stattfinden. Es waren weit über vierzig Konzerte angekündigt – ein Bombenerfolg. Dagmar freute sich wahnsinnig, zumal neben Michael auch dessen großartiger Bruder Jermaine nach neun Jahren das erste Mal wieder mit der Band auf der Bühne stehen würde. Michael hatte einen Tag vor Tourstart bekannt gegeben, dass er – als Dank an die Fans für seinen überwältigenden Erfolg – sämtliche Einnahmen an eine Hilfsorganisation spenden würde, was Dagmar tief beeindruckte.

Das Konzert begann pünktlich und wurde ein Feuerwerk an perfekten musikalischen Darbietungen, ausgeklügelten Choreografien und raffinierten Showelementen. Nach dem Intro kam gleich Michaels erster Riesenhit *Wanna be startin' something*, er tanzte einen speziellen Tanz, eine Mischung aus Breakdance und Pantomime, jede seiner Bewegungen war perfekt, sexy und atemberaubend. Dagmar nannte diesen Stil in ihrem begeisterten und humorvoll gehaltenen Konzertbericht »Gestenballett«.

Seit dem Konzert von Jimi Hendrix auf Fehmarn hatte sie keine solche Euphorie bei einem musikalischen Ereignis mehr empfunden. Es war wie ein religiöses Erweckungserlebnis, das sie zum zweiten Mal durchlief. Erneut spürte sie jene Ahnung, jenen geheimnisvollen Hauch, der sich wie die kurze Erfüllung einer lange gehegten Sehnsucht anfühlte, wie eine Heimkunft, verbunden mit der Erinnerung an wohlbekannte Düfte und Farben. Aus heiterem Himmel musste sie plötzlich an ihren Oktoberfest-Prinzen denken. Wo er wohl gerade war?

1989

SAMSTAG, 1. JULI 1989

Berlin, Nachmittag

Bei seinem Job in der *Slammer Bar* hatte Götz ein paar extrem feierwütige Frauen und Männer aus Berlin kennengelernt. Sie waren dem Konsum leichter Drogen nicht abgeneigt, hörten elektronische Musik und hatten hohe DJ-Qualitäten, die sie für ein kleines Taschengeld jeden Abend unter Beweis stellten. Gerade war die Musikrichtung Acid House entstanden, eine berauschende Mischung aus Housemusic und Techno, die in der *Slammer Bar* sehr gut ankam. Im vergangenen Sommer hatte einer der *Slammer-Bar*-Betreiber die Idee gehabt, Gästen, die einen Slammer bestellten, einen Motorradhelm auf den Kopf zu setzen und nach Konsum des schaumhaltigen Getränks mit dem an der Wand hängenden Feuerlöscher einen ziemlich heftigen Schlag auf die Vorderseite des Helmes zu verpassen, damit das Hirn im Schädel ordentlich durchgeschüttelt wurde. Für manche Urlauber bedeutete diese Aktion zwar das verfrühte Ende des Abends aufgrund unerwartet rasch einsetzender Alkoholwirkung, aber für die Umstehenden war der Effekt großartig. Die Berliner hatten eine diebische Freude daran gehabt, amerikanische und australische Touristen dabei zu beobachten, wie sie sich gegen Bezahlung Schläge abholten, daher waren sie Abend für Abend in der Bar gewesen und hatten sich rasch mit Götz angefreundet. Bevor sie wieder abgereist waren, hatten sie Nummern ausgetauscht.

Vergangenen Monat hatte nun Kalle, einer der Berliner, bei Götz angerufen und ihn zur weltweit ersten *Love Parade* in Berlin eingeladen, einer Demonstration für »Friede, Freude, Eierkuchen«. Götz mochte diese humorvolle Idee, die zwar seine frühen politischen Aktivitäten auf die Schippe nahm, aber in ihrer Leichtigkeit ein sehr positives und frohes Lebensgefühl vermittelte. Er hatte zugesagt und war Ende Juni nach Berlin gereist.

Nun stand er am Wittenbergplatz in Schöneberg, wo der Zug starten sollte und wartete. Leider spielte das Wetter nicht mit, es regnete leicht, was allerdings die Stimmung der wenigen Teilnehmer, die sich hier bereits versammelt hatten, nicht trüben konnte. Insgesamt waren nur eine Handvoll Leute gekommen, höchstens vierzig oder fünfzig. Angesichts der zahlreichen Polizeibeamten, die für die »Demonstration« abgestellt worden waren, wirkte das fast etwas lächerlich. Offensichtlich wusste die Polizei nicht so recht, wie sie die Veranstaltung einzuschätzen hatte, und war lieber auf Nummer sicher gegangen. Der Hauptorganisator der *Love Parade,* Dr. Motte, hatte zusammen mit den Westberliner DJs Westbam, Kid Paul und Jonzon drei alte Autos mit leistungsstarken Boxen ausgestattet, aus denen nun laute Musik dröhnte, als sich der Trupp in Bewegung setzte und den Ku'damm entlangzog.

Nach und nach gesellten sich weitere Leute dazu, viele davon leicht bekleidet, ein Mann auf einem Einrad trug nur eine rosafarbene Federboa und sonst nichts. Irgendwann hatte sich die Teilnehmerzahl verdreifacht, und es ging wieder zurück. Bei jedem Stopp an einer Kreuzung oder Ampel erntete die Aktion positive Reaktionen. Die Veranstaltung war etwas völlig Neues, unbeschwert und spielerisch. Und was war schon gegen ein öffentliches Bekenntnis zu Liebe und Frieden einzuwenden? Nichts!

An diesem Abend war jedenfalls bereits ein Hauch der lebensbejahenden Stimmung zu verspüren, die vier Monate später den Fall der Mauer und die anschließende Wiedervereinigung begleiten sollte.

1996

DIENSTAG, 20. AUGUST 1996

Köln, Nacht

Dagmar lag nackt und nur in eine leichte, pinkfarbene Decke gehüllt auf ihrer Couch und döste vor sich hin. Sie liebte ihren Beruf und übte ihn gern und mit Leidenschaft aus. Ihrer Meinung nach brauchte man dafür eine Mischung aus Neugier, Gründlichkeit und Ehrgeiz – Eigenschaften, die sie zur Genüge besaß. Doch als Journalistin zu arbeiten brachte auch ein Riesenproblem mit sich: Schlaflosigkeit durch die stetige Furcht, eventuell etwas zu verpassen. Immer wieder griff sie deshalb zu Schlafmitteln, die zwar das gewünschte Ergebnis erzielten, sie aber manchmal morgens viele Stunden lang in einem halb wachen Zustand umherwandeln ließen. Da half dann nur sehr starker Kaffee, der wiederum das abendliche Einschlafen erschwerte. Ein Teufelskreis.

Sie dachte über das Wort »Teufelskreis« nach. Letzten Monat hatte sie im Kino *Die üblichen Verdächtigen* gesehen, ein spannender und eindrucksvoller Film.

Darin hatte sie am meisten der Satz, »Der größte Trick, den der Teufel je gebracht hat, war, die Welt glauben zu lassen, es gäbe ihn gar nicht«, beeindruckt. Was für eine Wahrheit! Je näher man seinem Gottglauben und damit sich selber kam, desto häufiger wurde man in Versuchung geführt. Das war ihr schon seit längerer Zeit aufgefallen. Sie hatte einmal von einem weisen Mann gehört, dass das Vaterunser möglicherweise ungenau übersetzt sei und es statt »und führe uns nicht in Versuchung« in Wahrheit »und führe uns in der Versuchung« heißen müsse. So war es ja auch viel sinnvoller, denn Versuchungen war jeder Mensch ausgesetzt, doch sich »in der Versuchung« richtig zu entscheiden, das war der entscheidende Punkt. Dagmar zwang sich, an etwas anderes zu denken, denn all diese Gedanken bargen die Gefahr, dass sie wieder die halbe Nacht wach lag.

Sie hatte sich kürzlich ein Buch mit Meditationsübungen zum Ein- und Durchschlafen gekauft, und eine der Übungen funktionierte erstaunlich gut. Sie war sehr einfach, erst musste man das Gesicht vollkommen entspannen, um dann Schultern, Arme, Brust, Bauch und den restlichen Körper folgen zu lassen und dabei hörbar ein- und auszuatmen. Dadurch wurde der Körper sehr schwer, und man nickte nach kurzer Zeit ein. Auch heute funktionierte dieser Trick tadellos.

Dagmar träumte von einem großen Konzert. Sie war sich nicht sicher, ob es unter freiem Himmel oder in einer Halle stattfand. Auf der Bühne standen drei

Musiker: Michael Jackson, Udo Jürgens und Jimi Hendrix. Sie spielten ein großartiges Lied. Dagmar hatte einmal gehört, dass Udo gewöhnlich nichts unter seinem Bademantel trug, weshalb sie den Blick auf ihn gerichtet hielt, aber er tat ihr nicht den Gefallen, von seinem Flügel aufzustehen. Er war zu vertieft in seine Musik. Jimi legte gerade ein beeindruckendes Gitarrensolo hin, als Dagmar auffiel, dass es gar nicht Jimi Hendrix war, der da spielte, sondern Rio Reiser, der Sänger von Ton Steine Scherben. Mitten in diesen bewegenden, berauschenden Klängen hob Rio den Kopf und sang mit seiner unverwechselbaren Stimme *Somewhere over the Rainbow* ins Mikrofon.

Als Dagmar aufwachte, fühlte sie sich ungewöhnlich erholt und ausgeschlafen. Es war bereits Morgen. Draußen war es zwar sonnig, doch von Westen her zogen schwere Regenwolken auf. Sie stand auf, duschte, putzte sich die Zähne mit ihrer Elektrozahnbürste und bereitete sich ein pompöses Frühstück mit Grapefruit, weich gekochten Eiern, Schinken, Milchkaffee, Käse, Joghurt, Lachs und frisch gepresstem Orangensaft zu. Sie schaltete den Fernseher ein, wie sie es fast jeden Tag tat, um die Nachrichten zu sehen.

Die Sprecherin blickte ernst in die Kamera. Hinter ihr wurde ein Foto von Rio Reiser eingeblendet. »Der Sänger Rio Reiser ist tot«, sagte sie.

Dagmar konnte es kaum glauben. Tränen schossen ihr in die Augen. Rio Reiser! Der so viel bewegt, so vielen Menschen Mut gemacht, so entschlossen für die

Gerechtigkeit gekämpft hatte! Er war Prophet, Philosoph, Poet und Repräsentant der Liebe und der Wahrheit gewesen. Dagmar hielt ihn für einen der ehrlichsten und konsequentesten Künstler aller Zeiten. Sie hatte ihn ja vor über zwanzig Jahren live erlebt, bei dem großen Festival auf Fehmarn, das so wichtig und prägend für ihr Lebensgefühl und letztlich zum Grundstein ihres Berufslebens geworden war. Und nun war er auf dem Hof in Fresenhagen, auf dem er lange Zeit gelebt, gearbeitet und geliebt hatte und wo so viele seiner Werke entstanden waren, verstorben. Dagmar blickte aus dem Fenster in den Himmel. Es hatte leicht zu regnen begonnen. Hinter den Häuserdächern hatte sich ein prachtvoller Regenbogen gebildet.

»Ja, lieber Rio«, dachte sie und wischte sich eine weitere Träne von der Wange, »nun wohnt deine Seele am Ende des Regenbogens.«

1999

SAMSTAG, 23. OKTOBER 1999

Hamburg, Abend

Wieder einmal war Götz zu Besuch in der alten Heimat. Er hatte durch diverse Veranstaltungen in Griechenland einiges an Geld zusammengespart und konnte es sich leisten, in Udo Lindenbergs Stammhaus *Hotel Atlantic* abzusteigen. Seine Eltern waren mittlerweile beide Mitte siebzig, zwar geistig fit wie eh und je, aber Götz wollte ihnen trotzdem nicht zur Last fallen, indem er sich bei ihnen einquartierte. Auch für ihn war es viel entspannter, wenn er ein paar Stunden mit ihnen im Wohnzimmer verbringen und sich dann wieder zurückziehen konnte.

Wie schon lange geplant, lebte er inzwischen nur noch die Hälfte des Jahres auf den Kykladen und verbrachte die Zeit außerhalb der griechischen Saison meist in Deutschland. Er hatte kürzlich einen Job als Alleinunterhalter auf dem Kreuzfahrtschiff *MS Seegans* angenommen, bei dem er dreieinhalb Wochen lang von Peru über den Panamakanal in die Karibik gereist und erst vor ein paar Tagen im Hamburger Hafen von Bord gegangen war.

Morgen würde sein übliches Besuchsprogramm mit der Verwandtschaft und Freunden starten, und nächste Woche ging es dann schon wieder zurück nach Griechenland. Er saß in seiner ehemaligen Stammkneipe *Ritze*, trank bayerisches Bier, das es hier schon seit eh und je gab, und dachte noch mal an die Reise auf dem Schiff zurück.

Als Jugendlicher hatte er kurze Zeit Klavierunterricht gehabt, was für den Job aber gar nicht nötig gewesen war, da in dem Schiffskeyboard ohnehin um die zweihundert Lieder einprogrammiert waren und per Knopfdruck abgerufen werden konnten. Seine stimmlichen Qualitäten waren eher dürftig, aber durch flotte Sprüche und anzügliche Scherze konnte er dieses Manko weitgehend überspielen.

Seine Arbeitszeit auf dem Schiff hatte um einundzwanzig Uhr begonnen und um null Uhr geendet, war also durchaus übersichtlich gewesen. Die Passagiere auf der *Seegans* waren wie bei den meisten Kreuzfahrten relativ gut situierte Menschen zwischen vierzig und achtzig Jahren gewesen.

Einmal, als das Schiff gerade von Martinique nach Guadeloupe unterwegs gewesen war, hatte er bei einer kurzen Pause an der Bar ein Gespräch zwischen einer älteren, etwas tantenhaften Dame und einem vermutlich aus dem philippinischen Raum stammenden Stewart belauscht.

»Hallo, sprechen Sie Deutsch? Do you speak English?«, hatte sie gefragt.

»Wir sprechen alle Deutsch«, hatte der Stewart geantwortet.

»Aha, man weiß das ja heutzutage nie mit Sicherheit.«

»In unserer Bar können Sie natürlich auch auf Englisch bestellen, aber fließendes Deutsch wird bei uns vorausgesetzt.«

»Prima. Dann hätt ich gleich 'ne Frage: Was haben Sie denn heute für einen *Drink des Tages?*«

»Der heutige *Drink des Tages* ist ein Longdrink, ein Gin Tonic für sieben Mark fünfzig. Der Gin stammt aus einer neuen kleinen britischen Destillerie, das Tonic Water ist von Fentimans.«

»Och, dann kost ich das mal. Das hört sich lecker an.«

»Sehr gerne.«

Götz hatte einen Schluck von seinem Bier genommen und auf die Uhr gesehen. In fünf Minuten musste er weitermachen. Er hatte bereits die Evergreens *Hello again* und *Ein Schiff wird kommen* zum Besten gegeben, nun sollte er für ein tanzwütiges Paar aus Sachsen noch das Lied *La Cucaracha* singen, das er selbstverständlich im Repertoire hatte.

»Hier, bitte, Madame, Ihr Gin Tonic«, hatte der Stewart beim Überreichen des Drinks gehaucht. Aber die Dame war nicht zufrieden gewesen.

»Das ist ja nur null Komma zwei.«

»Wie bitte?«

»Das Glas, in dem Sie das Getränk serviert haben, das sind nur null Komma zwei Liter.«

»Das dürfte in etwa hinkommen, ja.«

»Es ist gar nicht bis zum Rand voll.«

»Nein, wir haben da auch genaue Vorgaben.«

»Und was schwimmt denn da Rundes herum?«

»Das ist eine Gurkenscheibe.«

»Bitte tun Sie die wieder raus, wenn ich einen Salat bestellen möchte, sag ich das schon.«

Manchen Menschen kann man aber auch gar nichts recht machen, hatte sich Götz gedacht und das Bier leer gezischt.

»Gut, gern, Augenblick. So, nun ist Ihr Gin Tonic ohne Gurke.«

»Aber damit haben Sie mir noch keine zufriedenstellende Antwort zur Größe gegeben.«

»Was hätten Sie denn gern für eine Größe?«

Der Stewart hatte nun beinahe etwas gereizt gewirkt. Götz' Pause war fast zu Ende gewesen, aber er hatte den Ausgang des Gesprächs miterleben wollen, sodass er sitzen geblieben war und weiter gelauscht hatte.

»Das ist ein LONG-Drink. Das heißt für mich, dass da VIEL drin ist und nicht nur so eine Pfütze. Ich muss sagen, ich bin da schon ziemlich unzufrieden. I am not amused.«

»Nun, aber was wollen Sie denn …?«

»Ich bin enttäuscht. I am disappointed.«

»Aber so gut wie jeder Longdrink …«

»Papperlapapp. Könn Sie mir nich noch 'n bisschen

Orangensaft draufkippen? *Orange Juice.* Damit könnten Sie mich besänftigen.«

»O-saft? Auf einen Gin Tonic?«

»Ja. Ich bitte darum!«

»Von mir aus.«

Der Stewart hatte skeptisch und widerstrebend Orangensaft auf den Gin Tonic geschenkt.

»Machen Sie ruhig bis zum Rand voll.«

»So. Nun zufrieden?«

»Ja, jetzt bin ich zufrieden. Es ist schon ein Jammer, dass man Fachkräften wie Ihnen als Laie zeigen muss, wie gehobene Gastronomie funktioniert.«

Götz hatte seine leere Bierflasche abgestellt, sich ans Keyboard gesetzt und *La Cucaracha* in der vorprogrammierten Liederliste gesucht.

Später hatte ihm das sächsische Tanzpaar noch ein paar Schnäpse ausgegeben. Dann war er auf seine Kabine gegangen und hatte sich hingelegt. Mitten in der Nacht war er aufgestanden, um auf die Toilette zu gehen, hatte sich allerdings in einem nicht wachen, schlafwandlerischen Zustand befunden. Erst nach ein paar Minuten war er ganz zu sich gekommen und hatte festgestellt, dass er mitten im Gang des Schiffes stand. Zum Glück hatte er Boxershorts angehabt, manchmal schlief er nämlich nackt. Der asiatischen Schiffsrezeptionistin zu erklären, was er hier mitten in der Nacht mit Alkoholfahne, nacktem Oberkörper, barfuß und leicht verwirrt machte, war allerdings an Peinlichkeit kaum zu übertreffen gewesen.

Bei der Erinnerung an diese Erlebnisse auf dem Schiff schüttelte Götz leicht den Kopf. Er kaufte sich am Automaten noch eine Schachtel *Benson & Hedges,* leerte sein Bier, zahlte und verließ die *Ritze.* Nebenan war eine Wurstbude, in der nur eine einzige Frau saß und telefonierte. Er überlegte, ob er sich noch einen Happen ungesundes, aber glücklich machendes Essen genehmigen sollte, entschied sich dann aber dagegen und machte sich auf den Weg zurück ins Hotel. Auf der Reeperbahn begegneten ihm zwei Männer, die wie Piraten aussahen und ziemlich betrunken zu sein schienen.

Als er im *Atlantic* ankam, nahm er sich noch ein Glas Campari Orange als Schlummertrunk mit aufs Zimmer. Den hatte er zuletzt vor einigen Jahren bei seinem Besuch auf dem Kölner Karneval in den Händen einer hübschen Storchenfrau gesehen. Seltsam, an was für Banalitäten man sich manchmal erinnert, dachte er, legte sich aufs Bett und schaltete den Fernseher ein. Es lief eine Dokumentation über die Errichtung eines zwei Meter fünfzig hohen Gedenksteins aus rotem Granit für Jimi Hendrix, und zwar direkt an der Stelle der ehemaligen Bühne, auf der beim *Love-and-Peace-Festival* sein letzter Auftritt stattgefunden hatte. Und das erste Konzert von Ton Steine Scherben. Auf dem Gedenkstein stand: *Jimi Hendrix – Fehmarn – Love-and-Peace-Festival – 4.–6. Sept. 1970.* Götz hatte Tränen in den Augen. Er trank einen Schluck Campari Orange, zog sich bis auf die Unterwäsche aus und schlief ein.

SAMSTAG, 23. OKTOBER 1999

Hamburg, Abend

Dagmar arbeitete seit einigen Wochen an einer Reportage über das Rotlichtmilieu. Sie war für einen Tag nach Hamburg gereist, um die Prostituierte Petra Tretter auf der Reeperbahn in der Gaststätte *Ritze* zu treffen. Wie üblich war sie über eine Stunde zu früh dran. Neben der *Ritze* gab es die Imbissbude *Frikadellen-Luis* und ein Spielcasino, vor dem ein junger Mann seiner Liebsten auf Knien ein Ständchen sang, das Lied *Merci, dass es dich gibt.* Ein Heiratsantrag? Auf jeden Fall war es sehr anrührend, und Dagmar freute sich für das junge Paar. Sie war seit ihrer Beziehung mit Hartmut Hahn keine wirkliche Bindung mehr eingegangen, lebte gern allein und genoss den Luxus, alle Entscheidungen ohne Partner und völlig unabhängig treffen zu können.

Sie entschied sich, vor dem Interview noch einen Happen zu essen, setzte sich in die Imbissbude an einen der Tische, auf denen Salz, Pfeffer, Maggi und Serviettenboxen standen, und bestellte sich einen Fleischspieß mit Brötchen und eine Orangenlimonade. Sie war die einzige Kundin. Ihr Handy läutete. Sie hatte es erst seit ein paar Wochen und war den Klingelton noch nicht gewohnt. Auf dem Display stand »Mama«. Sie ging ran.

»Hallo, Mama? Ja, ich bin gerade in Hamburg. Nein, beruflich, hab nachher ein Interview. Wie geht es Papa?«

Ein Mann blickte durch die Fensterscheibe, verharrte kurz und ging dann weiter. Dagmar trank einen Schluck Limonade.

»Oh, da soll er aber lieber was einnehmen, Gicht kann chronisch werden. Nein, sag ihm bitte, er soll sich was verschreiben lassen, das ist wirklich wichtig. Ja, ist gut. Bitte grüß ihn. Ich dich auch. Bis bald. Bützchen. Tschö.«

Sie drückte auf die rote Taste zum Beenden des Telefonats. Ihre Mutter war fünfundsiebzig und eine sehr liebe Frau. Sie hatten einen herzlichen Kontakt, sahen sich nicht zu oft und nicht zu selten und verstanden sich prima. Dagmars Vater hingegen wurde in letzter Zeit immer konservativer, hatte starrsinnige Ansichten und kritisierte grundsätzlich Dagmars journalistische Arbeiten.

Dagmar aß weiter an ihrem Spieß. Plötzlich flog die Tür auf und zwei wie Seeräuber aus einem *Pippi-Langstrumpf*-Film gekleidete Männer stürmten herein. Sie sahen nicht aus, als seien sie zu Scherzen aufgelegt oder als könne man mit ihnen gut Kirschen essen.

»Ich hoffe, wir haben Sie nicht geweckt«, zischte der schwarz gekleidete Pirat mit dem kurz geschorenen Haar den Imbissbudenbesitzer an. Der andere Seeräuber trug einen Backenbart wie aus einem alten Film.

»Wie kann ich euch helfen?«, fragte der Mann hinter der Theke.

»Wir würden uns gerne über die Schutzsituation unterhalten«, fuhr der Wortführer fort. »Uns kam zu

Ohren, es gibt hier keine Organisation, die sich um die Sicherheit dieses Lokals kümmert.«

»Ich weiß nicht, was Sie meinen …«

»Was?«, fragte der Eindringling verwundert. »Ich habe Sie nicht richtig verstanden? Sie wissen nicht … was?«

»Bitte, ich kann Ihnen da …«

Zack!, war bereits der Handrücken des Backenbärtigen im Gesicht des Imbissbudenbesitzers gelandet. Sofort begann dessen Nase zu bluten.

»Ich habe den Eindruck, dass es sich hier um ein schreckliches Missverständnis handelt«, fuhr der Kurzhaarige fort. »Wissen Sie, wir sind ehrbare Geschäftsleute. Und lassen uns nicht gerne verschaukeln.«

»Was haben Sie vor?«, fragte der eingeschüchterte Imbissmann.

Dagmar überlegte, ob sie die Polizei rufen sollte, entschied sich dann aber aus Selbstschutzgründen dafür, sich erst mal still zu verhalten und nur abzuwarten. Vielleicht würde die Sache ja glimpflich ausgehen.

»Wir wollen Ihnen helfen«, säuselte der Kurzhaarige. »Sind Sie denn der Eigentümer dieses Etablissements?«

»Ja!«

»Gut! Wir würden Ihnen gern ein Angebot machen, aber Sie scheinen mir nicht sehr kooperativ zu sein …«

»Bitte gehen Sie. Ich bin nur ein kleiner Einzelunternehmer und kämpfe täglich ums Überleben …«

Die Miene des kurzhaarigen Piraten verfinsterte sich.

»Ich weiß nicht, was mit mir geschieht, ich werde gerade so furchtbar zornig ...«

Der Backenbart drehte sich zu seinem kurzhaarigen Kompagnon um und legte ihm beschwichtigend eine Hand auf die Schulter.

»Beruhig dich«, knurrte er.

»Ich werde so böse, so schrecklich böse. Ooooh, ihr glaubt gar nicht, wie böse ich gerade werde.«

»Aber«, stammelte der Besitzer, »was kann ich denn ...?«

»Beruhig dich bitte! Du darfst dich nicht aufregen.«

Der Gorilla fing nun an, dem sich immer noch die blutende Nase zuhaltenden Imbissbudenbesitzer in regelmäßigen Abständen mit dem rechten Handrücken fest ins Gesicht zu schlagen. Er blickte ihn dabei nicht an, sondern sprach weiter besänftigend auf seinen Freund ein. Der Inhaber konnte nicht ausweichen, da er inzwischen hinter seinem Grill festsaß und der Backenbart ihn nicht vorbeiließ.

»Bitterböse bin ich!«

Unaufhörlich versorgte der Backenbart den Besitzer mit Handrückenohrfeigen.

»Mann, bin ich böse!«

»Beruhig dich.« Patsch! Patsch! Patsch!

»Hören Sie auf!«, flehte der Inhaber. »Wie viel wollen Sie denn?«

»Ah, nun sprechen wir plötzlich wieder die gleiche Sprache«, stellte der Wortführer fest. »Um genau zu sein, bräuchten wir eine Anzahlung von dreihundert und dann ab sofort wöchentlich zweihundertfünfzig Mark. Das ist für den Komplettschutzbrief ein faires Angebot.«

»Das ist eine Menge Geld …«

»Oh, ich kann es nicht erklären, aber ich werde schon wieder so böse …«

Patsch! Patsch! Patsch!

»Ja, selbstverständlich, Sie bekommen, was Sie wollen.«

Sobald sie das Geld hatten, gingen die beiden Piraten wieder.

»Mann, das waren ja grobe Kerle!«, sagte Dagmar.

»Bitte, tun Sie mir einen Gefallen, behalten Sie das für sich«, bat der Besitzer, als sie bezahlte. »Ich werde schon irgendwie mit der Situation klarkommen.«

Wem hätte sie denn etwas davon erzählen sollen? Egal. Sie versprach, ihren Mund zu halten, und verließ die Imbissbude.

Vor der *Ritze* wartete bereits Petra Tretter auf sie. Sie sah sehr gut aus, hatte hohe Stilettos und ein türkisfarbenes, knielanges Kleid an. Kurz darauf saßen die beiden im hinteren Bereich der Kneipe und führten ein interessantes Gespräch.

»Inwiefern stimmt die öffentliche Meinung über das sogenannte horizontale Gewerbe denn mit der Realität überein?«, fragte Dagmar.

»Leider so gut wie gar nicht«, antwortete Petra. »Dabei ist es, glaube ich, ausgesprochen wichtig, dass die für unsere Gesellschaft sehr bedeutende Arbeit der

Menschen im Rotlichtmilieu transparent gemacht wird. Für viele Kunden – Männer wie Frauen – bietet unsere Branche nämlich die Möglichkeit, abzuschalten, Nähe zu finden, Fantasien auszuleben, ist quasi eine Art Ventil bei Alltagsstress oder Eintönigkeit. Das Bild unseres Berufsstandes in der Öffentlichkeit ist veraltet, Freiwilligkeit in der Ausübung dieser Tätigkeit wird als Ausnahme angesehen, die meisten Leute verbinden Rotlicht immer gleich mit Kriminalität.«

Dagmar war froh, dieses Gespräch mit Petra führen zu können, die Reportage würde umfassend und anspruchsvoll werden.

Nachdem sie sich verabschiedet hatte und bevor sie ein Taxi in ihr Hotel nahm – das berühmte *Atlantic* –, schlenderte Dagmar noch etwas über die Reeperbahn. Sie grübelte wie so oft über ihre Situation und das Leben im Allgemeinen nach. Schon als Kind hatte sie gern ihre Gedanken schweifen lassen. Sie liebte es, Zeit zum Träumen und zum Nachspüren ihrer Empfindungen zu haben. Es war ihr wichtig, sich über ihr Inneres im Klaren zu sein, bewusst zu leben. Und Ziele zu haben, ob sie sie nun erreichte oder nicht. Etwas zu wagen! Sie musste an die Aktion denken, als sie mit Hinnerks Freundin Daisy barbusig einkaufen gegangen war. Das war ihr damals als enormes Risiko erschienen. »Schalte den Kopf aus und dein Herz ein, Süße«, hatte Daisy gesagt. Und irgendwie war das immer noch etwas, wonach sie strebte. Aber egal, was sie tat, es fehlte ihr irgendetwas. Und sie wusste auch, was: Erfüllung.

Vor ihr lief ein Kamerateam, das einen hünenhaften Mann im Anzug filmte. Er sah aus wie ein Zuhälter.

Sie folgte ihnen in einigem Abstand und versuchte dabei, ein paar Gesprächsfetzen aufzuschnappen, was sie gern zur Inspiration tat. Lauschen auf öffentlichem Raum war ja auch nicht verwerflich, schließlich wussten die Belauschten, dass alle Welt sie hören konnte.

Ihr Eindruck hatte sie nicht getäuscht. Es war ein gut aussehender, stämmiger Lude, der allerdings so wirkte, als sei mit ihm nicht zu spaßen. Er erzählte begeistert von seinen Etablissements, den Mädchen und seinen fabelhaften Kontakten. Er sprühte förmlich vor Enthusiasmus.

Da kam ein etwas kaputter hagerer Kerl mit Schnauzer und schmutzigen Sportklamotten vorbei und lief direkt ins Bild. Der Kameramann forderte ihn auf, aus dem Weg zu gehen, was der Mann auch kurz tat, dabei aber nicht besonders einsichtig wirkte. Der Zuhälter fuhr in seiner Rede fort, sprach davon, was für eine Herausforderung es sei, innerhalb weniger Wochen von vier Damen in der Tagesschicht auf siebenundzwanzig Frauen aufzustocken. Erneut drängte sich der Passant ins Bild und blickte demonstrativ mitten in die Kamera. Der Zuhälter fühlte sich offenbar in seinem Vortrag gestört, denn er griff ein, indem er den Kerl spontan mit einem gezielten rechten Haken aus dem Bild boxte.

PATSCH!

»Noch ’n Problem?«, fragte er drohend, drehte sich

um und bedeutete dem Kamerateam, mitzukommen. »So. Komm weider. Ich hab da kein Bock drauf, hier mit den Arschlöchern rumzureden. … So – und das is auch 'n guter Freund von mir. Hallo, Werner!«, begrüßte er unmittelbar danach überschwänglich einen Kumpel auf der anderen Straßenseite der Reeperbahn, als sei nichts geschehen.

Dagmar konnte das eben Erlebte kaum glauben und beschloss, sich lieber ein Taxi zu nehmen. Es waren für ihren Geschmack etwas zu viele Ohrfeigen für einen einzigen Tag.

SONNTAG, 24. OKTOBER 1999

Hamburg, Vormittag

Götz war früh aufgestanden und gönnte sich nach dem Frühstück noch zwei Stunden in der herrlichen Sauna des *Atlantic*, bevor er zu seinen Eltern fahren wollte. Es war eines der wenigen Hotels, die er kannte, in denen der Wellnessbereich schon morgens um acht Uhr geöffnet war. Er hatte bereits einen wohltuenden Saunagang hinter sich und schwamm jetzt noch ein paar Bahnen im beheizten Indoorpool, von dem aus man einen wundervollen Blick auf die Außenalster hatte. Er ahnte nicht, dass seine Fee mit den mintgrünen Augen gerade unten an der Rezeption ihre Rechnung beglich und abreiste.

2000

SAMSTAG, 30. SEPTEMBER 2000

Düsseldorf, Spätnachmittag

Dagmar war auf dem *National Poetry Slam* im Düsseldorfer Kulturzentrum *zakk* und sollte für eine Fernsehsendung einige der Künstler interviewen. Gerade lauschte sie dem Bühnenvortrag eines extrem lustigen Bonner Schüttelprosaisten namens Lasse Samström, der eine Hommage an München und das Oktoberfest ins Mikrofon sprach, in der die wunderbare Zeile »dort kann man schön das bunte Trachten betreiben« vorkam, die Dagmar sehr gefiel.

Nach seiner Show stand er für ein Gespräch zur Verfügung. Dagmar freute sich schon, den exzentrischen Dichter mit den verwegenen Zähnen und dem forschen Lächeln kennenzulernen – als sie plötzlich schreckliche Magenschmerzen bekam. So etwas hatte sie noch nie erlebt. Sie ging an den Tresen neben der Bühne und bestellte sich eine Flasche stilles Mineralwasser. Dann setzte sie sich hin, musste aber feststellen, dass sie neben ihren immer schlimmer werdenden stechenden

Schmerzen im Unterleib auch kaum noch Luft bekam. Sie tastete über den Bauch: Er war steinhart wie ein Fels. Kalter Schweiß bildete sich auf ihrer Stirn. Die nette Mitarbeiterin des Hauses, die ihr gerade das Wasser verkauft hatte, bemerkte, dass etwas nicht stimmte, und eilte zu ihr.

»Geht es Ihnen nicht gut?«, fragte sie.

»Nein … ich … ich bekomme kaum Luft«, japste Dagmar.

Elf Minuten später war der Krankenwagen da und brachte sie in die Notaufnahme des St.-Martinus-Krankenhauses. Nach einigen Ultraschall- und Blutuntersuchungen lag sie für weitere Tests in der Röhre. Zuvor hatte sie etwa einen Liter seltsam schmeckender Flüssigkeit trinken müssen, damit das nun in ihre Venen laufende Kontrastmittel wirken konnte. Ihr wurde überall heiß, vor allem im Kopf. Die Schmerzen waren noch immer entsetzlich, obwohl man ihr bereits ein starkes Sedativum gespritzt hatte.

Zwanzig Minuten später stand die Diagnose fest: Ihr Blinddarm war böse entzündet und stand kurz vor dem Durchbruch. Die Ärzte legten ihr ans Herz, sich noch am gleichen Tag operieren zu lassen. Das war ihr gar nicht recht, weil sie am nächsten Tag trotz Regenwarnung am Düsseldorf-Marathon teilnehmen wollte. Sie hatte es immer vorgehabt, und jetzt, mit fünfzig, hätte sie ihr Ziel endlich ernsthaft in Angriff nehmen können. Seit Wochen war sie täglich mindestens zwanzig Kilometer gejoggt und fühlte sich topfit – bis zum heutigen Abend. Vielleicht hatte sie sich doch etwas übernommen.

Sie ärgerte sich fürchterlich, stellte sich dann aber den nächsten Tag vor, an dem sie in ihrer Fantasie neben unzähligen weiteren Läufern zum Marathon antrat, vollgepumpt mit Schmerzmitteln, geschwächt, schwitzend, dennoch voller Ehrgeiz. Auf halber Strecke würden sie die Kräfte verlassen, man würde sie an den Rand ziehen, verschwommen sähe sie die Masse an sich vorbeirennen. Dann die gleiche Fahrt im Krankenwagen wie gerade, nur eben einen Tag später und mit Blinddarmdurchbruch, alle inneren Organe wegen der Überlastung und des jähen Durchbruchs schwer vergiftet. Der Rettungssanitäter würde mit besorgtem Blick ihre Hand halten, und ihre letzten Worte wären: »Immerhin habe ich die Dreißig-Kilometer-Grenze gemeistert.«

In diesem Moment kam die Ärztin ins Sprechzimmer. Dagmar sah sie gequält lächelnd an und sagte: »Ich stimme der Operation noch heute zu.«

SAMSTAG, 30. SEPTEMBER 2000

Ios, früher Abend

Der große Touristenandrang war vorüber, die meisten griechischen Gastwirte, Hotelbesitzer und Taxifahrer der Insel hatten genügend Geld für den anstehenden

Winter verdient, und die Tage wurden ruhiger. Götz saß fast jeden Abend im zum Strand hin offenen Supermarkt seines guten Freundes Panos. Sie tranken *Mythos*-Bier aus Flaschen. Kostas, Panos' Bruder, war mit ein paar Freunden beim Angeln und half seinem Bruder nicht wie sonst beim Regaleeinräumen und der Bestellung. Panos hatte ein paar Stühle und drei umgedrehte Bierkästen, die als Tisch dienten, mitten in den Supermarkt gestellt. Somit glich der Markt mehr einer Bar als einem Laden, auch wegen der griechischen Reggaemusik, die laut aus den überall von der Decke hängenden Boxen schallte. Zwei junge Burschen kamen mit nacktem Oberkörper herein und berieten sich vor dem Getränkeregal. Der eine entschied sich für zwei Flaschen englischen Cider, der andere für zwei Dosen *Heineken*-Bier. Französischen Cidre gab es in Griechenland nirgends, das war Götz schon mehrmals durch den Kopf gegangen. Dafür hatte er in Deutschland noch nie englischen Cider gesehen.

Als Nächstes nahmen sich die beiden Oben-ohne-Jungs ein Schälchen Oliven und eine Tüte frische Pistazien. Panos stand von seinem Bier auf und schlurfte zur Kasse, ohne die brennende Kippe aus dem Mund zu nehmen.

»Zwei Dosen Bier, zwei Cider, Pistazien und die Oliven. Macht zusammen dreitausendvierhundert Drachmen bitte«, sagte Panos auf Englisch mit griechischem Akzent.

»Dreitausendvierhundert Drachmas? Wie viel ist das

in amerikanischen Dollars?«, fragte der dunkelhaarige Tourist. Offenbar stammten die beiden aus den USA.

»Das sind etwa elf Dollar.«

»Oh, das ist nicht teuer.«

»Das hier ist ja auch keine richtige Bar, sondern ein Supermarkt. Es kommt euch nur so vor, als wäre es eine Bar. Das ist meine Absicht. Warum auch nicht?«, erklärte Panos, während er kassierte. »Ihr könnt euch gern ein bisschen zu uns setzen, es ist meistens ganz lustig.«

»Wollen wir?«, fragte der Blonde.

»Klar«, antwortete der Dunkelhaarige.

Man saß zusammen, trank und scherzte.

»Wo kommt ihr her?«, fragte Götz auf Englisch mit deutschem Akzent.

»Kentucky«, klärte ihn der Dunkelhaarige auf. »Wir wohnen hier gleich nebenan auf dem Far-Out-Campingplatz.«

Götz und Panos merkten auf. Sie hatten beide eine Zeit lang auf diesem Campingplatz gearbeitet, mochten viele der Mitarbeiter und fanden sich, wenn sie freihatten, manchmal zu einigen Gläsern an der dortigen Poolbar ein. Seit einiger Zeit gab es im Far-Out-Campingplatz eine Plastikkarte mit der Funktion einer Kreditkarte. Man brauchte sie, um in sämtlichen Bereichen wie den Duschen, Toiletten, Sportanlagen, Umkleiden und gastronomischen Einrichtungen durch die Türsensoren zu kommen, und konnte auch mit der Karte bezahlen. So brauchte man kein Bargeld mit sich zu führen. Wenn man die Karte verlor, musste man fünfzigtausend Drachmen bezahlen, umgerechnet mehr als einhundertsechzig US-Dollar.

»Habt ihr die Camping-Karte?«, fragte Götz.

»Ja, jeder von uns hat eine davon«, antwortete der Blonde.

»Achtet gut auf diese Karten«, riet Panos. »Wenn ihr sie verliert, bekommt ihr eine Menge Ärger.«

Ein Bier folgte aufs andere, man verstand sich gut, erzählte Anekdoten, bis irgendwann die Moskitos kamen, was aber kein Problem war, weil Panos in seinem Sortiment verschiedene Mückenschutzmittel führte. Doch auf einmal war von draußen großes Geschrei zu hören.

»Ein Dieb! Haltet ihn fest!«, rief eine Männerstimme auf Griechisch. Ein junger Mann lief auf der Strandstraße, die am Supermarkt entlangführte, vorbei. Offenbar war er der Dieb. Direkt vor den Augen von Panos, Götz und den beiden Amerikanern erwischten ihn seine Verfolger und schlugen von allen Seiten kräftig auf ihn ein.

»Was hat er gemacht?«, fragte der blonde Amerikaner.

»Er hat seine Campingkarte verloren«, ließ ihn Panos lächelnd wissen.

SAMSTAG, 30. SEPTEMBER 2000

Düsseldorf, später Abend

»Das war kurz vor knapp«, sagte Frau Doktor Stelzer, als Dagmar aus der Vollnarkose erwachte. »Wir sind heilfroh, dass wir heute noch operieren konnten. Der Wurmfortsatz Ihres Blinddarms war in einem fürchterlichen Zustand.«

»Ich danke Ihnen sehr«, lispelte Dagmar benommen. »Ein Glück, dass der Körper im richtigen Moment solche Signale sendet.«

»Eigentlich hätten Sie schon seit Längerem Beschwerden haben müssen.«

»Na ja, ich hatte ab und zu Bauchschmerzen ...«

»Bitte künftig lieber einmal zu viel zum Arzt gehen als einmal zu wenig.«

»Das mache ich.«

»Der Infusion, die gerade durchläuft, haben wir ein starkes und beruhigendes Schmerzmittel beigefügt, das Sie vermutlich bald schlafen lässt. Gute Nacht«, flüsterte Frau Doktor Stelzer und ging leise aus dem Krankenzimmer.

Dagmar sah sich um. Schräg über ihr hing die Flasche mit der durchsichtigen Infusion. Das Krankenzimmer war schwach mit weichem, orangefarbenem Licht beleuchtet. Sie war allein in dem Raum, der eine sehr angenehme Ruhe ausstrahlte. An der Wand neben einem Lichtschalter und einer Steckdose befand sich ein Fernsehgerät, daneben eine Tür, die vermutlich ins

Badezimmer führte. Neben ihrem Bett stand ein Nachtkästchen, auf das jemand eine volle Flasche Mineralwasser ohne Kohlensäure gestellt hatte.

Dagmar überlegte, was heute für ein Tag war. Der 30. September. Morgen fand der Marathon statt, an dem sie nicht teilnehmen würde. Vor ein paar Tagen hatte der Deutsche Bundesrat die erste Sitzung seit seinem Umzug von Bonn nach Berlin abgehalten, nächstes Jahr würde der Euro eingeführt werden – und in München war gerade Oktoberfest, dieses Ereignis, das für immer in ihrem Bewusstsein verankert war.

Wie lange war das jetzt her? Um Himmels willen, es waren genau dreißig Jahre! Im Halbschlaf schwirrten in ihrem Kopf verschiedene Symbole herum: der deutsche Bundesadler, das Münchner Riesenrad und das in ihren Augen nicht sehr schöne Euro-Symbol. Und zwischen den Symbolen erkannte sie hell leuchtend und vertraut ihren Sternenprinzen. Ihre Wangen verfärbten sich jugendlich rosa, als sie behaglich einschlummerte.

2001

DIENSTAG, 11. SEPTEMBER 2001

Ios, Nachmittag

Das türkisblaue Wasser der Ägäis umschmeichelte geradezu liebevoll Götz' Körper, während er sich mit geschmeidigen Schwimmbewegungen fortbewegte. Er liebte das herrlich erfrischende Meer, das Farbenspiel, die Seeluft, die Möwen, die sanft hin- und herschaukelnden Boote. Wohin das Auge auch blickte, alles war reizvoll und malerisch. Natürlich hatte der Massentourismus nicht vor der kleinen ehemaligen Hippie-Insel haltgemacht, die wilden Oasen der Zügellosigkeit verschwanden nach und nach wieder, aber der grundlegende Geist der Freiheit war wohl durch nichts aus den griechischen Herzen zu vertreiben, und hier, an diesem gesegneten Ort, blieb er nach wie vor sehr lebendig.

Götz stieg aus dem Wasser und ließ sich in den Sand fallen. Mittlerweile gab es selbst an den einsamsten Stränden Sonnenschirme und Liegestühle, aber der Aufenthalt im Sand war nach wie vor gestattet, wie Götz mit seinen Freunden Panos und Kostas oft spottete. Wie angenehm die Sonne noch strahlte, obwohl es schon September war. Aus der Ferne vernahm Götz eine vertraute Stimme: Der nette Bäcker Ilias rannte über den Strand und rief etwas. Götz richtete sich auf.

»Ein Flugzeug«, schrie Ilias mit heiserer, sich überschlagender Stimme, »ist in das World Trade Center in New York geflogen.«

»Um Himmels willen, das ist ja entsetzlich! Wie ist das passiert?«

»Man weiß noch gar nichts«, stammelte Ilias geschockt. »Es ist eine einzige Katastrophe! Man stelle sich nur vor, die Leute sitzen in einem Besprechungszimmer oder in der Kantine bei einem Stück Kuchen und einer Tasse Kaffee, sie blicken aus dem Fenster, und auf einmal kommt da eine Passagiermaschine direkt auf sie zu. Dann macht es BAMM!, und der Jumbo ist mitten in das Gebäude gekracht! Stell dir nur diese Kraft vor, Malakes! Imagine that power! Unbelievable!«

DIENSTAG, 11. SEPTEMBER 2001

Köln, Nachmittag

Gebannt saß Dagmar vor ihrem Fernseher. Wie so oft lief das Gerät, während sie einen Bericht verfasste – diesmal über einen neu erschienenen beutellosen Staubsauger. Doch heute war etwas Schreckliches geschehen: Zwei Flugzeuge waren ins World Trade Center in New York hineingeflogen. Möglicherweise handelte es sich um ein geplantes Attentat, es gab aber noch keine genauen Erkenntnisse. Dagmar war speiübel, sie hoffte, dass es nur ein Unfall gewesen war. Aber zwei Flugzeuge? Das war schon ausgesprochen unwahrscheinlich. Sie rieb sich die Augen und verfolgte aufgewühlt die weiteren Meldungen.

2002

DIENSTAG, 19. NOVEMBER 2002

Ios, Nachmittag

Götz saß mit einem Anorak und seiner Lieblingsmütze bekleidet vor seinem Apartment, aß Schafskäse mit Oliven und trank Wasser aus einer Eineinhalbliterflasche. Er war nun Anfang fünfzig, pendelte zwischen Griechenland und Deutschland und verdiente sein Geld mit Gelegenheitsjobs im Nachtleben, der Gastronomie oder auf Kreuzfahrtschiffen. Es war ja an sich nichts Schlechtes, aber irgendwie waren die letzten dreißig Jahre sehr schnell vorübergegangen, ohne dass sich *tatsächlich* etwas ereignet hätte, irgendetwas grundsätzlich Befriedigendes, das ihn vollends glücklich gemacht hätte. Er hatte zwar einen verlässlichen Freundeskreis, sehr liebe, fürsorgliche Verwandte, gute Geschäftskontakte, aber trotzdem schien ein Baustein in seiner Seele zu fehlen.

Er wusste instinktiv, dass es diesen Baustein gab. Vielleicht war es ein Boot, mit dem er wie Meister Geppetto übers Meer fahren würde, um seinen verloren gegangenen Pinocchio zu finden? Aber er hatte keinen Pinocchio, den er suchen konnte. Außerdem hatte er sich bisher immer eher selbst wie Pinocchio gefühlt. Einer, der nie erwachsen werden will. Der sich stets das Kindliche, das Spontane, das Unberechenbare bewahren möchte.

Wonach sehnte er sich? Was war es? Vielleicht wusste ja die Fee die Lösung, die ihm immerhin zweimal erschienen war. Ach was! Er schüttelte den Kopf und zweifelte kurz an seinem eigenen Verstand. Wie hatte er in seinen jungen Jahren glauben können, dass er einer Fee begegnet war? Zugegeben, erstaunlich waren diese beiden sehr kurzen, aber intensiven Zusammenkünfte mit der geheimnisvollen Unbekannten schon gewesen. Und wer wollte ihm verbieten zu glauben, dass sie eine Fee war?

Er blickte aufs Meer hinaus, sah den blauen Himmel, das türkisfarbene Wasser, ein paar Möwen, ein Segelboot am Horizont und atmete die gute Luft der Kykladen ein. Er fühlte sich immer noch jung und war im Grunde zuversichtlich.

DIENSTAG, 19. NOVEMBER 2002

Berlin, Abend

Dagmars Herz klopfte vor Aufregung! Knapp zwanzig Jahre nach dem Erscheinen des Albums *Thriller* war Michael Jackson zur diesjährigen *Bambi*-Verleihung nach Berlin gekommen. Die Missbrauchsvorwürfe gegen den Star waren schrecklich, sie hatte die ganze Zeit gehofft, dass nichts dran war und die Eltern der betroffenen Kinder nur möglichst viel Geld erstreiten wollten. Wäre herausgekommen, dass er die Kinder wirklich zu sexuellen Handlungen verführt hatte, hätte sie nie wieder eines seiner Lieder hören können. Glücklicherweise hatte sich das Ganze ja schließlich als haltlos erwiesen, und das Album *Invincible* entsprach zumindest in weiten Teilen Dagmars Erwartungen an ihr Idol.

Man wusste, dass der scheue Star nur sehr wenige Interviews geben würde, aber Dagmar wollte trotzdem vor Ort sein, falls sich wider Erwarten doch eine Gelegenheit ergeben sollte, ihn zu treffen. Vor drei Stunden war ein Privatjet mit dem King of Pop und dessen drei Kindern an Bord in der Hauptstadt gelandet. Dagmar wartete mit vielen anderen Fans ungeduldig vor dem Berliner *Hotel Adlon* in der Hoffnung, Michael würde sich ihnen zeigen. Insider hatten herausgefunden, dass er eine Suite im fünften Stock bewohnte, man wusste also sogar schon, an welchem Fenster er auftauchen würde. Der Weltstar war mit großem Gefolge angereist: eigene Köche, eigene Ärzte, Masseure, Visagisten, Kinderbetreuer, Sicherheitsbeamte und Berater. Es war bekannt, dass Michael Jackson ein ausgesprochen freundlicher, zurückhaltender und angenehmer Gast war, stets ein großzügiges Trinkgeld hinterließ und sich niemals über Personal beschwerte.

Dagmar hatte für den sehr unwahrscheinlichen Fall einer persönlichen Begegnung eine kleine Handkamera dabei. Neben ihrer privaten Schwärmerei war es vor allem das Interesse an Jacksons Gesundheitszustand, das sie bewogen hatte herzukommen. Der Weltstar hatte vor vier Monaten sein Testament unterzeichnet, und nach diversen Gerüchten über Essstörungen, Schlafprobleme und Medikamentenmissbrauch in der US-Presse wollte sie wissen, ob man sich Sorgen um ihn machen musste.

Vor dem Hotel riefen seine Bewunderer inzwischen: »We are the World«, und sangen den Refrain des *Earth Song*. Doch Michael ließ die Fans lange warten, bis er sich endlich an besagtem Fenster im fünften Stock zeigte. Dagmars Herz schlug schneller, sie zückte ihre Kamera und filmte mit.

Der Weltstar trug ein rotes Hemd und hatte ein Baby auf dem Arm, dem er ein weißes Tuch über den Kopf gelegt hatte. Er hielt es ausgesprochen ungelenk und stürmisch über die Fensterbrüstung. Den wartenden Fans stockte der Atem – für einen kurzen Moment schien es, als würde ihm sein Nachwuchs aus den Händen gleiten und in die Tiefe stürzen. Dann verschwand der King of Pop wieder im Inneren des Hotels.

Dagmar fuhr mit dem Taxi zurück in ihr Berliner Hotel. Sie war einigermaßen schockiert und gleichzeitig enttäuscht von der seltsamen und kurzen Darbietung des Künstlers. Was sollte denn dieser Leichtsinn mit dem Kleinkind? Dagmar setzte sich auf die Couch, schloss die Augen und schlief innerhalb weniger Minuten ein.

Sie hatte einen merkwürdigen Traum, in dem mit dem echten Michael Jackson auch ein ihm bis aufs Haar gleichendes Double nach Berlin gekommen war. Der Doppelgänger hatte sich einigen Gesichtsoperationen unterzogen und mit Schauspiellehrern Mimik und Bewegungen Michaels penibel einstudiert. Die Ähnlichkeit mit dem Original war beinahe gespenstisch.

In diesem Traum war Michael entsetzlich müde und wollte erst einmal ein Bad nehmen, nachdem er und sein Gefolge die Hotelräumlichkeiten bezogen hatten.

»Geh doch einfach kurz zum Fenster, wink den Leuten zu, damit sie sich freuen, dann kannst du dich ausruhen«, schlug sein Tourmanager vor.

»Nein«, sagte Michael. »Ich bin sehr erschöpft. Bitte holt meinen Arzt und lasst mir ein Schaumbad ein.«

»Dr. Young?«, sagte der Tourmanager in sein Handy. »Mister Jackson würde gerne mit Ihnen sprechen. Gut, bis gleich.«

Da ging die Tür auf, und ein gut aussehender Arzt kam herein.

»Mister Jackson, ich geb Ihnen eine Vitamin- und Mineralstoffmischung, die Sie bis heute Abend wieder komplett auf die Beine bringt«, versprach der Doktor und suchte die Vene an Michael Jacksons Armbeuge.

»Aber tun Sie bitte ein Schmerzmittel mit rein«, bat Michael.

»Sowieso«, lächelte der Mediziner.

Doch der Tourmanager hatte noch ein Anliegen.

»Die Fans möchten dich sehen. Bitte enttäusch sie nicht.«

»Es geht nicht, ich bin komplett im Eimer. Soll halt der Bucky rausgehen.«

So geschah es, dass sich in Dagmars Traum statt des King of Pop sein Double Bucky Reynolds am Fenster des Berliner *Hotel Adlon* zeigte. Er hielt aber kein Baby im Arm, sondern eine Geige samt Bogen. Doch er zitterte etwas, das Instrument glitt ihm aus den Fingern und fiel in die Tiefe. Dann strauchelte er, verlor das Gleichgewicht und stürzte ebenfalls hinab.

Dagmar erwachte, als ihr Kopf im Schlaf nach unten sackte.

2005

MONTAG, 13. JUNI 2005

Ios, Mittag

Götz saß am Hafen von Ios in einem Freiluftcafé vor einem Frappedaki und steckte sich eine Zigarette der Marke *Assos* an. Seine Stamm-Marke *Benson & Hedges* war hier nur sehr umständlich zu bestellen und doppelt so teuer wie hellenische Filterzigaretten, sodass er oft auf die ziemlich starke griechische Alternative zurückgreifen musste. Heute Morgen war er mit einem heftigen Hustenanfall aufgewacht, sein Rücken schmerzte, und er merkte, dass dieser Schmerz von der Lunge her kam. Das machte ihm große Sorgen, er wollte nicht mit Mitte fünfzig schon den Löffel abgeben. Das Problem war, dass er das Verlangen nach Nikotin nicht im Griff hatte, es war die einzige Sucht, der er nicht gewachsen war. Koffein, Alkohol, Süßigkeiten – damit konnte er umgehen. Aber Rauchen beherrschte ihn, sein Wille war zu schwach. Doch diese Lungenschmerzen waren ein echtes Warnsignal.

Eine große Fähre fuhr in den Hafen ein, die Hotelangestellten standen mit ihren Schildern bereit, um neue »Kundschaft« zu akquirieren. Götz drückte die halb fertig gerauchte Kippe im Aschenbecher aus und nippte an seinem Kaffee.

Er hatte sich vor drei Jahren eine alte Mühle auf Ios gekauft, sie zu einem schönen Wohnhaus ausgebaut und lebte jetzt davon, sie zu vermieten. Damit hatte er nun auch selbst ein festes Zuhause auf der Kykladen-Insel, in das er jederzeit zurückkehren konnte. Fast alle seine im Laufe der Jahre gewonnenen Freunde kamen noch regelmäßig her, man traf sich im Sommer und zelebrierte das gute alte Veteranendasein. Wie er es geplant hatte, verbrachte er die Hälfte des Jahres in Hamburg. Er war nun ein »Mann in den besten Jahren«, fühlte sich ein bisschen wie Hans Albers, den er sehr liebte und bewunderte. Er glich ihm sogar äußerlich. Er hatte die gleichen stahlblauen Augen, sein mittlerweile ergrautes Haar war ursprünglich ebenfalls hellblond gewesen. Aber sein Blick war nicht so markant wie der von Albers, und er konnte beim besten Willen nicht so viel Alkohol vertragen wie der Filmstar. Albers hatte mal gesagt: »Heimat ist da, wo einer stirbt, nicht da, wo einer lebt. Und wenn die Reihe mal an mir ist, dann soll es in Hamburg sein.« Das wünschte sich auch Götz.

Er liebte Griechenland, aber Hamburg war die Stadt seiner Ahnen; je älter er wurde, desto stärker zog es ihn zurück in sein Vaterland. Er empfand sein Leben als gelungen, er hatte vieles erreicht, und das Polster, das er sich angespart hatte, erlaubte ihm allerlei Kapriolen, und doch war das meiste Routine und Wiederholung. Es tat sich nichts Neues, es geschahen keine unerwarteten Dinge. Etwas war ihm entglitten, abhandengekommen, es war, als fehlte ein Modul, wie wenn man aus einem Orchester ein wichtiges Instrument entfernte. Die Musik klang angenehm und funktionierte, aber irgendetwas vermisste man. Etwas Überraschendes, etwas, das die Seele ansprach, ganz tief drinnen.

Dieses kleine Element der Unberechenbarkeit, dieser stets sehr schwach glimmende Funke, der darauf wartete, endlich zu einem Feuer ausbrechen zu dürfen, schwelte schon lange in Götz. Es war, als würde ihm eine innere Stimme zaghaft zuflüstern: »Du hast bewiesen, dass du den Alltag meistern kannst. Du hast bewiesen, dass du die Herzen der Menschen auf dieser Insel erobern kannst. Du hast bewiesen, dass du Liebe geben kannst, wenn auch nur saisonweise. Du hast bewiesen, dass du nicht viel brauchst, um zufrieden zu sein. Doch du hast aufgehört zu streben.« Denn eigentlich war Götz ja von Natur aus ein unruhiger Geist, ein Lebensforscher, immer neugierig und auf der Suche nach Abenteuern und Erkenntnis.

Er war Pinocchio! Ihm war sogar die gute Fee erschienen! Eine Fee, die frühlingsgrüne Augen gehabt und nach Niveacreme geduftet hatte. Er konnte sich nicht an ihr Gesicht erinnern, wusste aber, dass sie unglaublich schön gewesen war. Wie lange war das her? Fünfunddreißig Jahre! Zweimal war sie ihm begegnet, zweimal hatte er sie nicht halten können. Immerhin hatte er sie geküsst, es war der intensivste und zärtlichste Kuss gewesen, den er jemals erlebt hatte. Was sollte er tun? Sich wie Pinocchio ins Wasser stürzen, ins Ungewisse, damit der Riesenhai ihn verschlucken konnte und er im Bauch des Fisches seine Fee wiedertreffen würde? Nein, das war keine gute Idee.

Es war Zeit für seinen täglichen Mittagsschlaf, es würde ein langer Tag werden, um sechzehn Uhr war er mit Handwerkern verabredet, die einen Riss in der Außenwand seiner Windmühle beheben sollten. Da wollte er ausgeschlafen sein, denn er musste ihnen genau erklären, wie er es verputzt haben wollte. Sein Griechisch war zwar inzwischen ganz passabel, aber es gab immer noch viele Wörter, die er nicht kannte. Möwen kreischten, Schiffe hupten, zwei Armenkinder, die mit ihren Eltern in einem Wohnwagen nahe dem Hafen lebten, kamen zum Café und boten kleine Gebetskerzen zum Verkauf an. Götz kaufte zwei davon für je einen Euro. Er stellte sie auf den silbernen Bistrotisch neben seine leere Tasse und zündete beide an. Die eine als Dank für sein erfülltes Leben, die andere in Erinnerung an seine Fee und in der Hoffnung, dass das Feuer der Unberechenbarkeit eines Tages wieder in ihm ausbrechen würde.

Götz bezahlte sein Getränk, stand auf und warf im Vorübergehen die noch fast volle Packung *Assos* in einen der am Hafen aufgestellten Mülleimer. Er wollte noch lange leben und hatte fest vor, nie wieder auch nur einen Zug von einer Zigarette zu nehmen.

MONTAG, 13. JUNI 2005

Santa Maria, Nachmittag

Der wiederaufgenommene Prozess gegen Michael Jackson wegen Kindesmissbrauchs fand an diesem Nachmittag ein Ende. Der Star wurde von den Geschworenen aus Mangel an Beweisen einstimmig in allen Anklagepunkten freigesprochen. Die Verteidigung warf der Anklägerfamilie Arvizo vor, aus Geldgier gehandelt zu haben.

Dagmar hatte im Augenblick ganz andere Dinge im Kopf, die Reise zur Urteilsverkündung war, wenn sie ehrlich war, nur ein Ablenkungsmanöver. Sie hatte seit ihrem fünfzigsten Geburtstag mit einer unerwartet krassen Midlife-Crisis zu kämpfen, die damit begonnen hatte, dass sie sich über Partnerbörsen im Internet innerhalb kürzester Zeit mit unzähligen Männern verabredet hatte. Das war phasenweise in klares Suchtverhalten ausgeartet; sobald sie zu Hause war, hatte sie den Computer angeschaltet in der Hoffnung, interessante Anfragen vorzufinden, und um sofort einen Termin für das erste Treffen zu vereinbaren. Selten jedoch hielten die Männer, was sie in ihren Textnachrichten und auf den Fotos versprachen, oft waren sie in Wirklichkeit bei Weitem nicht so attraktiv, manchmal rochen sie unangenehm oder penetrant, weil sie es mit der Hygiene nicht so eng sahen oder zu viel Aftershave benutzten, selten kam es zu Zärtlichkeiten und noch seltener zu einem zweiten Treffen. Dennoch konnte sie viele Monate nicht damit aufhören, bis sie sich eines Tages bewusst eine Zwangsabstinenz von den Kontaktbörsen verordnete.

Als sie so vor dem Gerichtsgebäude in Santa Maria in der Sonne stand, erinnerte sie sich, wie sie sich nach ihrer Datingphase voll in ihre Arbeit gestürzt hatte, jeden erdenklichen journalistischen Auftrag angenommen hatte und dadurch erneut in eine Art Hamsterrad geraten war, diesmal kein zwischenmenschliches, sondern ein berufliches.

Einige Wochen später war sie auf der Straße in Köln-Ehrenfeld einem gut aussehenden Mann, etwa in ihrem Alter, begegnet, der sie mit einer Mischung aus Schüchternheit und verwegenem Schalk angelächelt hatte. Sie hatte sich sehr angezogen gefühlt von diesem Blick, seltsam gefesselt, wohlig irritiert und auf eine angenehme Weise ertappt. Sie hatte beschlossen, die Gelegenheit beim Schopf zu packen, und ihn angesprochen.

»Bitte entschuldigen Sie, aber Ihr Lächeln hat mich gerade sehr berührt, und ich möchte ungern bereuen, die Chance verpasst zu haben.«

»Das freut mich«, hatte der Mann schmunzelnd geantwortet, wobei sich kleine charmante Falten neben seinen Augen gebildet hatten.

Er sprach leise, betonte seine Sätze überdeutlich und mit sanftem Nachdruck, was seinen Worten eine gewisse Faszination verlieh. Diese Art zu sprechen hatte Dagmar vor langer Zeit schon einmal gehört. Blitzartig fiel es ihr ein: Der Mann war niemand anderes als Ulrich, der Sänger der Brigadisten!

»Ich glaube, wir sind uns vor dreißig Jahren schon mal über den Weg gelaufen«, teilte sie ihm ihre eben gemachte Entdeckung mit. »Kann das sein?«

»Das ist gut möglich, ich habe damals auf sehr vielen Hochzeiten getanzt.«

»Es war nach einem Brigadisten-Konzert in Köln und später beim Open Air in Fehmarn«, klärte sie ihn auf. »Ich war ziemlich fasziniert von dir, sehr zum Ärger meines damaligen Freundes.«

»Das geht runter wie Öl«, freute sich Ulrich strahlend. »Ich hätte große Lust, mit dir was trinken zu gehen, aber leider muss ich in einer Stunde am Flughafen sein. Ich habe inzwischen die Seiten gewechselt und arbeite als Produzent für deutsche Hip-Hop-Musiker. Bin die nächsten vier Wochen auf den Bahamas im Studio.«

»Wie schade!«

»Du kannst mir gern deine Nummer geben, dann melde ich mich, wenn ich wieder im Lande bin.«

»Oh, das würde mich sehr freuen!«

Dagmar hatte ihre Visitenkarte hervorgekramt.

»Am besten erreichst du mich per E-Mail. Hab eine schöne Zeit.«

»Du auch! Bis bald!«

Sie hatten sich die Hände gereicht. Der Anruf von Ulrich war nie gekommen. Dennoch war ihr die Begegnung in sehr guter Erinnerung geblieben.

Einige amerikanische Presseleute, die an ihr vorbei zum Gerichtsgebäude drängten, holten sie nun zurück in die kalifornische Realität. Sie war auf eigene Kosten angereist und durfte wie die meisten anderen Besucher nicht in den Gerichtssaal. Dagmar war noch immer ein großer Fan des King of Pop, doch die schwerwiegenden Anschuldigungen und das zunehmend exzentrische Verhalten Michaels gaben ihr zu denken. Ihr Traum im Anschluss an das Erlebnis in Berlin, als er das Baby ungelenk der wartenden Menge präsentiert hatte, hatte sie nicht mehr losgelassen. War es möglicherweise wirklich ein Double gewesen, das am Fenster des *Adlon* erschienen war? Vielleicht war der echte Michael Jackson ja einfach nur zu müde gewesen, um vor die Fans zu treten.

Auch sein Auftritt von vor über einem Jahr, als er nach Verlesung der Anklageschrift mit seinem Konvoi durch die jubelnde Menge gefahren und plötzlich durch das Schiebedach des Wagens auf die Limousine geklettert war, hatte Dagmar sehr irritiert – ebenso wie seine zahlreichen Anhänger, denen er völlig übertrieben Luftküsse zugeworfen, dabei manisch in die Hände geklatscht und Victory-Zeichen gemacht hatte. Ein Security-Mann hatte ihm einen aufgespannten Schirm gereicht, woraufhin er angefangen hatte, auf dem Autodach zu tänzeln. Dagmar fand die sich verbreitende Theorie, dass den Fans – genau wie in ihrem damaligen kuriosen Traum – statt des echten Stars nur ein ausgeflipptes Double vorgesetzt wurde, deshalb gar nicht so abwegig. Dieses eigenartige und höchst unangemessene Verhalten war schließlich sehr untypisch für den sonst so sensiblen Star.

In ihrem Kopf spann sie ihren Traum zu einem abenteuerlichen Gedankenexperiment weiter: Der wirkliche Michael Jackson hatte die Vorwürfe gegen ihn nicht überlebt und war bereits vor Beginn des Prozesses tot in seinem riesigen Badezimmer aufgefunden worden. Da man aber gerade aufgrund des Missbrauchsskandals kein großes Kapital aus seinem Tod schlagen konnte, hatte sein Management beschlossen, den Leichnam einzufrieren und stattdessen sein Double einzusetzen, das dem Original zwar täuschend ähnlich sah, leider aber immer öfter auf eigene Faust handelte und sich mitunter äußerst skurril benahm. Nach dem Prozess wollte man etwas Gras über die Sache wachsen lassen und eines Tages, wenn die Öffentlichkeit die rufschädigenden Anschuldigungen vergessen hatte, spektakulär eine Riesen-Comeback-Tournee ankündigen. Erst dann würde man seinen Tod gewinnbringend vermarkten. So in etwa konnte sich Dagmar die Geschichte vorstellen.

Ach, wenn das doch der Grund für dieses sonderbares Verhalten wäre, dachte Dagmar wehmütig, als sie nun beobachtete, wie ein geknickt wirkender Michael Jackson das Gerichtsgebäude verließ und eilig in einem schwarzen SUV verschwand.

2009

DONNERSTAG, 5. MÄRZ 2009

Ios, Abend

Götz lag im Schlafzimmer seiner Windmühle im Bett und lauschte dem Rauschen des Wassers, das aus dem Badezimmer an sein Ohr drang. Er hatte nach einem großartigen Abendessen in seinem Lieblingsrestaurant *Spiti Mas* noch mit Melina, der unglaublich hübschen und wortgewandten Tochter des Hauses, geplaudert und Raki getrunken. Alle anderen Mitarbeiter hatten bereits Feierabend gehabt, Melina sollte abschließen. Sie hatten sich Geschichten aus ihrer Schulzeit erzählt, über Kinderbücher gesprochen. Melina hatte zwar *Pippi Langstrumpf* gelesen, kannte jedoch *Karlsson vom Dach* nicht. Vielleicht war das Buch aber auch gar nicht ins Griechische übersetzt worden. Sie war erst einunddreißig, Götz bereits neunundfünfzig, fast schon ein alter Mann. Herren über fünfzig wurden in Griechenland gerne mit »Barba« angesprochen, was so viel heißt wie »Onkelchen«. Das mochte Götz überhaupt nicht, er sah weder alt aus, noch identifizierte er sich mit einer bestimmten Altersgruppe. Das war bei ihm schon immer so gewesen.

Irgendwann hatten sie fast am Boden gelegen vor Lachen, mit Melina konnte man herrlich herumalbern. Während eines Lachanfalls hatte sie sich auf einmal über ihn gebeugt und ihn in einer Mischung aus Zurückhaltung und sanftem Fordern sehr zärtlich und sinnlich geküsst, was sich fantastisch angefühlt hatte. Sie hatten geschmust und sich gestreichelt und waren irgendwann in seine Mühle gegangen, wo Melina sich vor ihm nackt ausgezogen hatte. Danach hatten sie kein Wort mehr gesprochen und sich einfach in einen sinnlichen Rausch hineinfallen lassen.

Jetzt duschte sie, er lag in seinem Bett und blickte durch den weißen Vorhang aus seinem Schlafzimmerfenster. Wäre es Tag gewesen, hätte er die kleine hübsche Panagia-Gremiotissa-Kirche sehen können, die am höchsten Punkt des Hauptdorfes der Insel stand.

Im Lauf der Jahre hatte er viele griechische Ausdrücke gelernt und herausgefunden, dass Griechen gerne delikate Wörter für alles Mögliche benutzen. Obwohl die Sprache sehr blumig ist, werden für erotische Handlungen meist derbe Bezeichnungen gewählt, aber es gibt auch sehr schöne Ausdrücke wie »erotiki so i«, was so viel wie »sinnliches Leben« bedeutete. Im Deutschen kannte er natürlich sehr viele Namen dafür, aber er verwendete keinen davon gern. Am ehesten noch »Liebe machen«, obwohl ihm das absurd vorkam, da man diese heiligste aller Emotionen nicht fabrizieren, nicht ausüben, basteln oder gestalten konnte, sondern froh sein durfte, wenn man so etwas wie Liebe empfand. Der Zustand des Verliebtseins war ein Hochgefühl, das vorübergehen konnte, echte Liebe jedoch blieb, da war er sich sicher, obwohl er sich nicht erinnerte, jemals wirklich Liebe empfunden oder empfangen zu haben, außer familiär vielleicht, aber das war ja etwas anderes.

Er versuchte, sich anhand der Plätschergeräusche aus dem Badezimmer vorzustellen, welche Stelle ihres makellosen Alabasterkörpers Melina gerade einseifte. Irgendwann hielt er es nicht mehr aus und stand auf, um zu ihr unter die Dusche zu steigen.

»Kalimera«, begrüßte sie ihn freudig. Sie küssten sich und seiften sich gegenseitig ein. Allerdings kam diesmal kein sexuelles Verlangen mehr zwischen ihnen auf, sondern eher ein kindlicher Übermut.

Als sie abgetrocknet waren und Melina sich angezogen hatte, beschwor sie ihn, keiner Menschenseele von dieser Nacht zu erzählen. »An to epanalavoume, then leoutemia lexi«, antwortete er – »Wenn wir es wiederholen, ist mein Schweigen gewiss.« Lachend gab sie ihm einen Kuss auf die Nasenspitze, bevor sie sich umdrehte und ging.

Als die Tür ins Schloss gefallen war, erinnerte er sich an eine Szene aus einem Hans-Albers-Film. Einem sehr späten Albers-Film aus der Nachkriegszeit. Hans Albers spielte darin einen Schwarzhändler, der sich mit Schiebergeschäften an der Not der Menschen bereicherte und ein Vermögen anhäufte. In einer Szene kommt das Nachbarsmädchen Helga zu ihm und erbittet etwas Brot oder ein paar Kartoffeln. So genau wusste es Götz nicht mehr, er hatte den Film als Kind gesehen. Jedenfalls packt Albers daraufhin die hübsche junge Frau, küsst sie mannhaft und kernig, lässt wieder von ihr ab und ruft: »Nu lauf wieder zu deiner Mudder, Mädchen!« Als sie fort ist, setzt er sich auf einen Stuhl, blickt an die Zimmerwand und sagt: »Ich kann's einfach nich lassen. Ich bin immer noch der alde Swerenöuder, der ich immer gewesen bin.«

Ein bisschen erinnerte Götz das an seine eigene Situation. Er lachte, weil er sich durchaus vorstellen konnte, dass Albers sich diese Szene selbst in den Film hineingeschrieben hatte. Sie passte perfekt zu dem Bild, das er von sich zeichnen wollte: Leicht in die Jahre gekommener Held leidet immer noch unter seiner ungeheuren Wirkung auf junge Frauen, ist aber letztlich doch der Besonnene und bewahrt die jungen Dinger vor unüberlegten Handlungen. So war es bei Götz allerdings beim besten Willen nicht, beim jüngsten Ereignis hatte eindeutig Melina die Zügel in der Hand gehabt. Das Einzige, was ihn gerade mit Hans Albers verband, war die Sentimentalität. Und die Liebe zu Hamburg.

Er blickte aus dem Fenster auf die Kirche, die er mehr erahnte, als dass er sie sah, und sang mit der Stimme von Hans Albers, die er als junger Mann so oft imitiert hatte, das Lied *Nimm uns mit, Kapitän, auf die Reise,* das ihn an den Ort seiner Sehnsucht erinnerte.

FREITAG, 26. JUNI 2009

Köln, Morgen

Dagmar frühstückte und hatte wieder einmal nebenbei den Fernseher laufen. Sie arbeitete gerade an einem Artikel über den Komiker und Schauspieler Dieter Hallervorden, der kürzlich mit dem *Goldenen Vorhang* für sein Lebenswerk ausgezeichnet worden war und den Kulturpreis *Berliner Bären* erhalten hatte. Sie hatte sich die halbe Nacht Hallervorden-Filme auf DVD angesehen, um sich ein umfassendes Urteil über den Künstler bilden zu können.

Hochinteressant erschien ihr dabei vor allem die sehr frühe Komödie *Mein Gott, Willi!*, die zwar eine relativ überschaubare und harmlose Handlung bot, durch ihr außergewöhnliches Schauspielerensemble in ihrer Art aber absolut unerreicht sein dürfte. Nur durch Zufall hatte sie die Stimme eines Hauptdarstellers als die von Tony Curtis erkannt, den sie sehr verehrte. Als sie genauer hingehört hatte, war ihr aufgefallen, dass in diesem Film aus dem Jahr 1980 nahezu alle namhaften Synchronsprecher des deutschen Films als Darsteller mitwirkten. Warum das so war, wusste sie nicht, sie vermutete aber, dass Didi Hallervorden seinerzeit ebenfalls Synchronprojekte verwirklicht und daher viele Freunde und Kollegen aus dieser Branche als Schauspieler für *Mein Gott, Willi!* hatte gewinnen konnte.

Einige von ihnen waren bereits verstorben, aber viele lebten noch. Glücklicherweise war sie im Besitz diverser Nachschlagewerke und hatte auch im Internet eine entsprechende, sehr gut geführte Kartei gefunden, mit deren Hilfe sie lückenlos alle Sprecher in dem Film hatte identifizieren können. Das Ergebnis ihrer Recherche hatte sie in einer Liste festgehalten:

1. *Arnold Marquis, die berühmte rauchige Stimme von John Wayne, Kirk Douglas und Robert Mitchum*
2. *Peter Schiff, der späte Sprecher von Louis de Funès*
3. *Joachim Tennstedt, der Sprecher von Jeff Brigdes, Bryan Cranston und John Malkovich*
4. *Ursula Heyer, die Stimme von Joan Collins*
5. *Gudrun Genest, die Stimme von Angela Lansbury*
6. *Rainer Brandt, der Mann, der die Synchronszene komplett revolutioniert hatte, indem er die Serie Die Zwei völlig frei und übermütig übersetzt und mit seinem »Schnodderdeutsch« zahlreiche Werke von Belmondo, Pierre Richard, Louis de Funès, Bud Spencer und Terence Hill sowie Adriano Celentano in oft lustigerer Form als die Originalfilme gebracht hatte. Er war zudem der Sprecher von Tony Curtis, Elvis Presley, Belmondo und Oliver Reed*
7. *Inge Wolffberg, die Stimme von Shelley Winters*
8. *Ilse Pagé, die zeitweise Sprecherin von Liza Minelli*
9. *Wolfgang Draeger, der Sprecher von Woody Allen*
10. *Wolfgang Völz, die Stimme von Mel Brooks,*

Käpt'n Blaubär, Majestix, Peter Ustinov, Leslie Nielsen, Walter Matthau und Philippe Noiret

11. *Edith Elsholtz, die ältere Schwester der Stimmlegende Arne Elsholtz und Sprecherin bei Benjamin Blümchen und Bibi Blocksberg*
12. *Horst Pinnow, der Tintenfisch in Alfred J. Kwak*
13. *Gerd Duwner, die Dagmar seit ihrer Kindheit bekannte Stimme von Oliver Hardy, Ernie aus der Sesamstraße, Barney Geröllheimer aus Familie Feuerstein, Danny DeVito und Chico Marx von den Marx Brothers.*

Sie war sehr stolz auf sich, diese Entdeckung gemacht zu haben, und freute sich auch noch jetzt, am nächsten Morgen, darüber.

Dagmar sah aus dem Fenster zu dem gegenüberliegenden Geschäft, in dem einst der Milchladen der lieben Frau Rettmann gewesen war, bevor es einen regen Wechsel gegeben hatte – zuerst ein Handygeschäft, dann ein Billigbäcker, danach ein Waxing-Studio und mittlerweile ein Fachgeschäft für Computerspiele. Sie strich sich gerade etwas Biohonig auf ihr Brot, als die Nachrichtensprecherin im Fernsehen verkündete, dass gestern Nachmittag um 14:26 Uhr Ortszeit Michael Jackson, der King of Pop, im Alter von fünfzig Jahren in Los Angeles verstorben sei. Dagmars Hände zitterten auf einmal so stark, dass sie das Messer beiseitelegen musste.

Noch im März war sie in England gewesen, um für

Deutschland Global über sein Comeback zu berichten. Da er seit Jahren keine Konzerte mehr gegeben hatte, war die Ankündigung einer großen Tournee für sie und viele seiner Anhänger ein Grund zum Jubeln gewesen. Auf einer riesigen Pressekonferenz in London sollten Details bekannt gegeben werden. Dagmar hatte mit trockenem Mund unter den Reporterkollegen gestanden und auf Jacksons Ankunft gewartet. Als er endlich die Bühne betreten hatte, hatte Dagmar unwillkürlich an ihre eigene tollkühne Verschwörungstheorie denken müssen, die sie sich nach seinem Missbrauchsprozess vor vier Jahren zurechtgelegt hatte. Denn wieder hatte er sich sehr sonderbar benommen, mit den Fans reißerisch den Titel seiner Tour *This is it* skandiert, dann völlig unzusammenhängende Dinge wie »This is the final curtain call« gestammelt und mehrmals mit brüchiger Stimme das berühmte »I love you« zitiert. Im Anschluss daran hatte er das Eröffnungskonzert der Tournee für Juli diesen Jahres angekündigt. In den ausliegenden Pressemitteilungen der Konzertagentur waren bereits einige weitere Termine vermerkt gewesen.

Danach hatte die Musikwelt kopfgestanden! Da alle Karten für die zehn ursprünglich geplanten Konzerte innerhalb weniger Minuten ausverkauft gewesen waren, hatte sich Michael Jacksons Management entschlossen, noch vierzig weitere Konzerte folgen zu lassen. Schon damals hatte es allerhand Gerüchte und Zweifel am Gesundheitszustand des Superstars gegeben, und in den Medien war wild spekuliert worden, ob er der enormen Belastung durch eine solche Tournee überhaupt gewachsen wäre. Dagmar hatte inständig gehofft, dass die Tournee stattfinden und sie endlich von ihrem mittlerweile fast gruselig nahe an die Realität herangerückten Gedankenexperiment befreit werden würde.

Die Frage hatte sich nun erübrigt, da er ja jetzt tatsächlich knapp drei Wochen vor Tourneebeginn verstorben war. Dagmar war sehr traurig über den Verlust des King of Pop, den sie vor allem zu Beginn seiner Karriere so geliebt hatte, aber es lief ihr auch eiskalt den Rücken herunter. Da sie keine Anhängerin von Verschwörungstheorien war, verbannte sie ihre verstörenden Gedanken. Sie hatte ihn als Künstler bewundert, war von seinem Charisma und seiner perfekten Selbstinszenierung tief beeindruckt gewesen. Mit ihm war einer der hellsten Sterne am Pophimmel erloschen.

Stern? Sie hatte lange Zeit nicht mehr an ihren *tatsächlichen* Stern gedacht. Fast vierzig Jahre war es jetzt her. Ob er noch lebte? Wie sah er eigentlich aus? Groß, schlank, blond, langhaarig, ein offenes, schönes Gesicht, marineblaue Augen. Ein Tagtraum, den ihr ihre Seele vorgespiegelt hatte, eine Lichtjahre entfernte Illusion, die sich aber auch nach all der Zeit noch immer vertraut anfühlte.

2020

DONNERSTAG, 17. SEPTEMBER 2020

Hamburg, Mittag

Götz war wieder einmal in seiner Heimatstadt, in die es ihn ja in den letzten Jahren immer häufiger gezogen hatte. Seine Mühle in Griechenland war nicht mehr sein Hauptwohnsitz, aber nach wie vor eine Oase der Ruhe, der Entspannung und der Besinnung. Die Landungsbrücken dagegen, die Elbe, der Fischmarkt, all das war sein Ursprung und mittlerweile auch wieder sein Zuhause. Wie immer wohnte er im *Hotel Atlantic,* genoss den komfortablen Service, dachte viel nach und hatte in letzter Zeit auch begonnen, fleißig Tagebuch zu führen.

Er war jetzt siebzig Jahre alt. Seine Eltern waren weit über neunzig, wurden immer langsamer, redeten manchmal stundenlang über Banalitäten, waren sonst aber immer noch topfit. Götz war sehr dankbar dafür, dass sie in Würde und sowohl in geistiger als auch körperlicher Gesundheit altern durften.

2020. Wie schnell war die Zeit vergangen? Vor genau

fünfzig Jahren war er mit seiner Freundin Karen und der Band Die Brigadisten nach Fehmarn gereist. Mit zwanzig. Und auf der Heimreise hatte ihn der nette Erich nach München eingeladen, war dann aber nicht aufgetaucht. Dann *das* Erlebnis! Dieser Moment, der immer heimlich in seinem Unterbewusstsein weitergearbeitet hatte. Zweimal war ihm die Fee erschienen. Ihm, dem kleinen Pinocchio, damals noch mit langen Haaren und Spitzbart. Der kleine Pinocchio, der sein Leben lang auf Wanderschaft gewesen war, dieser Pinocchio war jetzt siebzig Jahre alt. Und er hatte sich, wenn er ganz ehrlich war, nur in den zwei kurzen Augenblicken, als ihm seine Fee gegenübergestanden hatte, wirklich zu Hause gefühlt.

Seitdem hatte ihn sein Weg nicht mehr nach München geführt. War sie etwa noch dort und wartete jeden ersten Oktoberfest-Samstag auf ihn? Übermorgen war Anstich. Warum sollte er eigentlich nicht …?

Ein Entschluss keimte in ihm. Ein Entschluss, der schneller gefasst war, als der Anker eines Schiffes auf Grund geht: Er würde nach München fahren und am Samstagmittag zum fünfzigjährigen Jahrestag vor den Treppen der Statue stehen!

DONNERSTAG, 17. SEPTEMBER 2020

Intercity-Express, Nachmittag

Dagmar saß in der zweiten Klasse eines ICE-Abteils auf der Fahrt von Köln nach München. Nächste Woche würde sie einen Monat an der Ostee verbringen; aber vorher, das war ihr sehr wichtig, noch einen Abstecher auf das Oktoberfest machen. Nicht, weil sie sich davon etwas erwartete oder erhoffte. Nein, es war ihr einfach ein inneres Bedürfnis, nach fünfzig Jahren an den Ort zurückzukehren, an dem sie die beiden glücklichsten Augenblicke ihres Lebens erfahren hatte.

Um sie herum saßen fünf Personen unterschiedlicher Generationen, die wie Außerirdische wirkten. Keiner sprach, alle hatten ihre Smartphones in der Hand und starrten darauf, als wären es Bücher oder Schatzkarten. Dagmar blickte aus dem Fenster, der Zug fuhr in den Ulmer Hauptbahnhof ein. Auf dem Bahnsteig standen Personen, die sich nicht bewegten und ebenfalls in ihre Smartphones blickten. Sie wirkten fast wie Wachsfiguren oder Schaufensterpuppen. Ein paar von ihnen stiegen ein, andere blieben, wo sie waren.

In den Gängen spielten Kinder – ein Glück, wenigstens ein paar lebendige Menschen zu erleben! Dagmar stand auf, um sich im Bordbistro ein Kaltgetränk zu kaufen. Durch die Tür des noch immer wartenden Zuges kam eine Hummel hereingeflogen und setzte sich auf eine Werbetafel der Bahn neben der Durchgangstür zum nächsten Abteil. Dagmar erinnerte sich an einen Bericht über Hummeln, den sie einmal gelesen hatte. Diese hier war ziemlich klein und damit höchstwahrscheinlich eine Wiesenhummel. Wie lustig, dachte sie, ich fahre auf die Wiesn und begegne einer Wiesenhummel. Sie lächelte, ging weiter Richtung Bordbistro und freute sich auf ihre kühle Apfelschorle.

SAMSTAG, 19. SEPTEMBER 2020

München, Mittag

Es war wieder Samstag und wieder der 19. September. Götz stieg aus dem Taxi und blickte über das Oktoberfest. Es sah wie immer alles gleich aus, nur dass es deutlich mehr Menschen waren als in seiner Erinnerung und plötzlich alle bayerische Tracht trugen. Er war am Vormittag gelandet und hatte sich über das Internet ein sündteures Hotel in der Nähe der Festwiese gebucht – das *Hotel Peter* gab es nicht mehr, sonst hätte er sich dort einquartiert.

Er genoss es, sich von den Menschenmassen durch die Gassen zwischen den Zelten und Fahrgeschäften treiben zu lassen, und erfreute sich am Geruch, den Geräuschen und der rundum positiven Atmosphäre. Sein Gedächtnis und sein Orientierungssinn funktionierten einwandfrei, sodass er mühelos jenen historischen Platz wiederfand, der eine so wichtige Rolle in seinem Leben gespielt hatte. Auf den Stufen zu der großen Statue saßen unzählige Menschen.

Er stellte sich an dieselbe Stelle wie damals – zumindest hoffte er das –, schloss die Augen, spürte fremde Körper an sich vorbeieilen und konzentrierte sich darauf, ruhig zu atmen. Es war ein sehr schönes Gefühl der inneren Stille inmitten dieser äußeren Unruhe. Er bemerkte nicht, dass nicht allzu fern seine Fee stand.

Dagmar hatte im Gegensatz zu Götz nicht im Entferntesten die Illusion, ihren Sternenprinzen zu treffen, es ging ihr nur um die Rückkehr an jenen magischen Ort. Die vielen gut angezogenen Menschen in Lederhosen und Dirndln machten sie ein bisschen nervös, sie wuselten und schoben sich an ihr vorbei. Es war gar nicht so leicht, den genauen Standort von vor fünfzig Jahren auszumachen. Seinerzeit war hier alles noch überschaubarer gewesen.

Das Bier, die Gerüche und die Musik aus den Fahrgeschäften und Zelten sorgten zusammen mit dem sonnigen Herbstwetter bei allen Festbesuchern ringsherum für Euphorie; allerdings hatte Dagmar das Gefühl, dass die Leute nervöser, aufgeregter, nicht mehr so entspannt waren wie damals. Das war vermutlich überall auf der ganzen Welt so. Nur die Bavaria strahlte die gleiche Ruhe und Erhabenheit aus wie eh und je. Dagmar blickte hinauf und fühlte sich glücklich und geborgen.

Götz öffnete die Augen. Es musste exakt dreizehn Uhr sein, er hatte ein ziemlich genaues Zeitgefühl, das ihn selten trog. Er blickte auf die Uhr – 12:59 Uhr. Er würde der Fee noch zehn Minuten geben. Das war nach fünfzig Jahren eine kulante Spanne bei einer nicht getroffenen Verabredung.

Doch auch um 13:10 Uhr war die Fee noch nicht erschienen. Er hatte ja im Grunde auch nicht wirklich damit rechnen dürfen. Was war er doch trotz seines betagten Alters noch immer für ein unrealistischer Fantast! Er beschloss, etwas über das Gelände zu schlendern und vielleicht in einem der Zelte zu Mittag zu essen. Die Fee war nicht gekommen, er würde desillusioniert wieder nach Hamburg fliegen. Wie kam er auch dazu, nach einem halben Jahrhundert ein Wesen aus einer Märchenwelt aufspüren zu wollen? Denn ein Märchen ist nun mal ein Märchen.

Auch Dagmar hatte gegen 13:10 Uhr genug von dem Trubel. Um 17:20 Uhr startete ihre Maschine am Münchner Flughafen, also wurde es allmählich Zeit für den Aufbruch. Sie dachte nochmals zurück an diese zwei Momente des Zaubers, diese magischen Augenblicke Anfang der Siebzigerjahre, als der Sternenprinz vor ihr gestanden hatte. An diesen endlos erscheinenden Blick, an den Jahrtausend-Universum-Unendlichkeits-Kuss.

Jetzt würde sie von diesem Ort Abschied nehmen und auch von der Illusion, die sie fünfzig Jahre ihres

Lebens bewegt und begleitet hatte. Sie würde nicht noch einmal hierher zurückkehren. Es wurde Zeit, streng mit sich zu sein und sich dem letzten Lebensabschnitt zuzuwenden. Sie atmete tief durch und richtete von unten ihren Blick hinauf zur Bavaria, zu der sie noch ein einziges Mal im Leben hinaufsteigen wollte, was bei den vielen auf den Stufen sitzenden Menschen allerdings nicht einfach werden würde.

Als sie die ersten Schritte zu den Treppenstufen hin machte, sah sie plötzlich durch eine Reihe lachender Menschen hindurch vor sich einen älteren Herrn. Er hatte der Bavaria den Rücken zugekehrt und war offensichtlich dabei, sich einen Weg durch den ihm entgegenkommenden Menschenstrom zu bahnen. Inmitten der fröhlichen Wiesnbesucher war sein nachdenklicher, beinahe trauriger Gesichtsausdruck nicht zu übersehen.

Da, plötzlich, geschah etwas Unerwartetes: Die Blicke der beiden trafen sich.

Sie erkannten sich sofort. Der Sternenprinz und die Fee. Sie erstarrten. Wie damals. Die Zeit stand still. Tränen schossen ihnen in die Augen. In ihre grünen und seine blauen, die trotz des Alters noch immer glänzten und keinerlei Anflug von Trübheit zeigten.

Die Erde hörte für den Bruchteil einer Sekunde auf, sich zu drehen. Sie hatten sich wiedergefunden. Wie damals bei ihrem zweiten Treffen lagen sie sich in den Armen, und es bedurfte für beide keiner Worte, um zu wissen: Wir sind angekommen!

2020

Ihre große Liebe durfte nun erblühen. Eine kleine Hummel flog um ihre Köpfe, sanft wehte der Wind durch ihr Haar. Sie waren beide erst siebzig Jahre alt und hatten noch so viel vor …

DANK AN

Dr. Franziska Jäger
Vera Freytag
Rio Reiser
Gert C. Möbius
Volker Keidel
Nora Haller
Greta Frank
Tina Schwarz
Wumbo
Rabe
meine lieben Eltern
alle Freunde der Kykladen-Insel Ios
die Reeperbahn
alle Münchnerinnen und Münchner
alle Hamburgerinnen und Hamburger
alle Kölnerinnen und Kölner
meine treue, liebe Leserschaft